V

G. BRAUN

ALEXANDER EMMERICH

WUT IM QUADRAT

MANNHEIM-KRIMI

Über den Autor

Alexander Emmerich, Jahrgang 1974, lebt in Mannheim und Paris. Während er im Zug zwischen beiden Städten pendelt, schreibt er Kriminalliteratur, Sachbücher, Drehbücher und Hörbücher. Darüber hinaus arbeitet Alexander Emmerich im Bereich der digitalen Kommunikation.

Impressum

G. BRAUN

Lektorat: Andrea Hahn, Literaturbüro am Cottaplatz, Marbach a. N.
Umschlaggestaltung: Röger & Röttenbacher GbR, r² Büro für Gestaltung, www.roeger-roettenbacher.de
Satz und Herstellung: post scriptum, www.post-scriptum.biz
Druck: CPI Ebner & Spiegel, Ulm
Umschlagbild: Millennium Images / LOOK-foto

ISBN 978-3-7650-8800-1

Dieser Titel ist auch als E-Book erschienen: ISBN 978-3-7650-2101-5

Besuchen Sie uns im Internet unter www.gbraun-buchverlag.de und auf www.facebook.com/G.BraunBuchverlag.

Erleben Sie Olivia von Sassen online:
facebook.com/OliviaVonSassen
twitter.com/OliviaVonSassen
instagram.com/OliviaVonSassen
www.mannheim-krimi.de

Mannheim ist wie New York
– nur flacher.

Olivia von Sassen

prolog

Wut ist heftiger als Ärger und schwerer zu beherrschen als Zorn. Sie ist eine extreme Gefühlswallung, eine impulsive und aggressive Reaktion.
Wut ist mächtig. Wut ist gewaltig. Wut kann Menschen zu Taten verführen, an die sie niemals gedacht hätten. Wut ändert das Wesen eines Menschen und untergräbt die Vernunft.
Wut stimuliert. Sie motiviert und treibt an. Sie kitzelt die letzten Gefühle aus einem heraus, aus den dunkelsten Ecken der Seele. Ob fromm oder gehässig, ob gutmütig oder verletzt, ungehemmt und mit blanker Emotion folgt der Mensch dem Willen der Wut.
Wut ist ein Gefühl der Ohmacht und der Hilflosigkeit. Wer sich nicht geschätzt oder respektiert, wer sich ausgenutzt oder betrogen fühlt, wird wütend, schnell und massiv, seine Wut bricht sich Bahn. Denn Wut ist ein starkes, ein heißes Gefühl, wen sie überkommt, der wird blind vor Wut. Er verliert die Kontrolle über sich und seine Taten. Wutentbrannt wird mancher zur Bestie.
Wut ist neben Freude, Angst und Trauer eine der grundlegenden Emotionen des Menschen. Sie erfüllt einen wichtigen Zweck, indem sie Menschen vor Verletzungen schützt.

In jener Nacht waren zwei Menschen aufeinander wütend. Der eine, weil der andere nichts tat, und der andere, weil er nichts tun konnte. Angespannt und voller Angst hatten sie sich am verabredeten Ort getroffen. Doch als sie sich gegenüberstanden, erkannten sie sich in ihrem Innersten und Wut schäumte in ihnen hoch. Fassungslos standen sie sich gegenüber. Der eine war genauso verletzt wie der andere. Es genügten wenige Worte, und aus der Fassungslosigkeit wurde Hilflosigkeit, aus der Hilflosigkeit Ohnmacht, aus der Ohnmacht Wut. Für Verstand war kein Platz mehr. Nach und nach verloren beide die Kontrolle über ihr Handeln. Als der eine schließlich den anderen verhöhnte, rastete dieser aus.

In diesem Augenblick entwickelte er übermenschliche Kräfte, fühlte sich unverwundbar. Und entschlossen. Seine Hände wurden zu stählernen Instrumenten, die nicht mehr der Vernunft folgten. Angetrieben aus dem tiefsten Inneren seines Herzens schlug er auf sein Gegenüber ein. Noch nie hatte er einen Mensch geschlagen, doch als seine Faust dessen Gesicht traf, fühlte es sich gut an. Unglaublich gut. Er genoss es. Er baute sich vor seinem Opfer auf und schlug zu, drosch auf es ein. Mit der Rechten holte er aus und donnerte seine Faust mit aller Gewalt gegen dessen Schädel.

Winselnd lag der eine am Boden und machte einen tödlichen Fehler: statt seinen Peiniger zu beruhigen, reizte er ihn. Das war schon immer sein Weg aus der Klemme gewesen. In der Schule, in der Jugend, in der Arbeitswelt. Und auch jetzt. Er wusste genau, wie er den anderen mit Worten treffen konnte. Und er traf ihn messerscharf mitten ins Herz.

Der andere ließ sich das nicht bieten. Gekränkt von den Worten des einen und voller Angst griff er wie eine Maschine nach ihm. Seine Bewegung mag langsam ausgesehen haben, doch innerlich brodelte es in ihm. Sein Herz schlug laut, so als würde es Kanonenkugeln abschießen. Der Schweiß lief ihm von der Schläfe.
Kräftig umklammerten seine Finger den Hals des einen. Warm fühlte sich dessen Haut an. Warm und weich. Der andere empfand sich seinem Opfer sehr nahe. Dann drückte er zu. Lange und mit großer Kraft.
Der eine schlug noch um sich, trat nach dem anderen. Doch seine Kräfte schwanden. Der andere drückte immer weiter zu. Immer ein wenig mehr, immer ein wenig kräftiger ...

nachts

Grotesk und düster sah alles aus. Schatten huschten mit hoher Geschwindigkeit an ihrem Blick vorbei. In allen Grauschattierungen bewegte sich die Landschaft vor ihren Augen, sodass sie kaum Details erkennen konnte. Ihr Kopf lehnte müde an der Scheibe, ihre Augen waren halb geöffnet. Vor ihnen tänzelten ihre schwarzen Locken, die mit der dunklen Landschaft draußen zu einer bizarren Szenerie verschwammen. Das spiegelnde Licht des Zuges blendete sie aus, ihre Augen waren ganz auf die Ferne gerichtet.
Ihre Gedanken auch.
Goodbye, Berlin. Ich werde dich vermissen. Hoffentlich ist mein Schritt nach Mannheim der richtige, nach all dem, was ich in den letzten Monaten in Berlin erlebt habe.
Olivia von Sassen saß im ICE von Berlin nach Mannheim, wo sie am nächsten Morgen ihre Arbeit als Kriminalhauptkommissarin bei der Mordkommission aufnehmen würde. Im Zug war es warm, beinahe zu warm, doch Olivia fröstelte. Sie redete sich ein, dass sie wegen ihrer neuen Stelle nervös sei, doch es war noch etwas anderes. Standen ihr schwierige Zeiten in Mannheim bevor? War ihr Frösteln eine dunkle Vorahnung? Sie glaubte nicht an so etwas. Vielleicht war es auch nur eine Reaktion auf den ausbleibenden Sommer und die schweren Regenfälle der letzten Tage. Sie sehnte sich nach Sonne.

Die grotesken Schatten vor ihren Augen hatten sich mittlerweile zu beleuchteten Wolkenkratzern verändert. Licht erhellte die Nacht und holte Olivia aus den Gedanken an die noch ferne Zukunft wieder zurück in die Gegenwart. Der Zug hatte Frankfurt am Main erreicht.
Hier hielt der ICE ungefähr 10 Minuten. Das reichte den meisten Rauchern, um aus dem Zug zu eilen und ihre Sucht zu befriedigen. Olivia beobachtete sie und war froh, das Rauchen vor Jahren aufgegeben zu haben.
Ihr Sitznachbar bemerkte, dass Olivia nicht weiter aus dem Fenster starrte und sprach sie an. Sie nahm seine Worte nicht wirklich wahr, doch falls das ein Flirtversuch sein sollte, wollte sie den sofort unterbinden. Sie lächelte ihm flüchtig und bewusst aufgesetzt zu, drehte den Kopf weg und richtete ihren Blick wieder nach draußen.
Die flache Landschaft rund um Berlin hatte sie noch bei Tageslicht gesehen, inzwischen war die Sonne untergegangen. Nachdem sie die Großstadtlichter Frankfurts hinter sich gelassen hatten, war es düster, teilweise sogar stockdunkel. Nur das schwache Licht des Neumondes beleuchtete hin und wieder ein zufälliges Detail der Umgebung.
Seit Stunden blickte Olivia aus dem Fenster. Normalerweise nutzte sie die Zeit im Zug für etwas, das sie als sinnvoll ansah. Sie las Berichte, surfte auf ihrem iPad oder unterhielt sich mit anderen Reisegästen. Heute war alles anders. Der Zug war beinahe leer. Zu Beginn ihrer Fahrt hatte sie Ihre E-Mails gecheckt und sich bei Facebook eingeloggt. Normalerweise war sie ständig online, aber seit sie im Zug saß, hatte sie kein Interesse an der digitalen Welt mehr. Sie hatte sich wieder ausgeloggt

und war auch nicht daran interessiert, ein E-Book zu lesen oder sich die neuesten Angebote auf Zalando anzuschauen. Viel lieber blickte sie in die Ferne der Landschaft und träumte vor sich hin.
Ein kurzer Blick in die Runde hatte ihr gezeigt, dass sie scheinbar die Einzige war, die die Landschaft zu genießen schien. Die restlichen Fahrgäste waren mit Excel-Tabellen, E-Mails und anderer Arbeit beschäftigt. Keiner schaute aus dem Fenster und beobachtete, wie Dörfer, Wiesen und Wälder vorbeirauschten. Olivia erinnerte sich an die Zeit als Kind, als sie mit ihren Großeltern in die Alpen in den Urlaub gefahren war. Sie waren zusammen in einem Zugabteil mit sechs Sitzen gesessen und hatten sich mit den anderen Fahrgästen unterhalten, hatten das Essen und Geschichten geteilt. Es war ein buntes, lebhaftes Miteinanderreisen gewesen. Heute war der Zug ein mobiles Büro. Jeder saß eingekerkert in seiner Ecke und beschäftigte sich mit sich und seiner digitalen Welt.
Wie schnell sich alles verändert hatte.
Während ihr Blick aus dem Zugfenster und über die Landschaft schweifte, sinnierte sie über sich selbst. Ihre Berliner Vergangenheit holte sie ein. Sie hatte das Gefühl, dass sie eigentlich gerade erst nach Berlin gezogen war und nun verließ sie die Stadt schon wieder. War es richtig gewesen, die Hauptstadt hinter sich zu lassen, nachdem sie dort fünf erfolgreiche Jahre bei der Mordkommission verbracht hatte? Einige ihrer Freunde hatten den Kopf geschüttelt, als sie ihnen von ihrer Versetzung erzählt hatte.
»Mein Gott, wer zieht denn freiwillig nach Mannheim!«, hatte die allgemeine Meinung gelautet. Na ja, ganz frei-

willig zog Olivia ja nicht nach Mannheim, aber das behielt sie für sich. Das hatte sie niemandem erzählt, und das würde sie auch in Zukunft niemandem erzählen. Es wird schon richtig sein, sagte sie sich. Nach alldem, was geschehen war.
In Gedanken rief sie sich noch einmal ihr Berlin herbei. Sie erinnerte sich an ihr letztes Wochenende in der Hauptstadt, an ihre Berliner Wohnung in der Jablonski-Straße am Prenzlauer Berg, an ihre Freunde, an Westberliner Kneipen und Ostberliner Clubs. Was vor ihr lag, blendete sie für den Moment aus.
Während sie in Erinnerungen schwelgte, bemerkte sie nicht, dass der Zug zum Stehen gekommen war. Erst die Durchsage des Schaffners brachte sie in die Gegenwart zurück.
»Sehr geehrte Fahrgäste. Wegen einer Streckenfunktionsstörung wird dieser Zug über Heidelberg umgeleitet. Daraus ergibt sich eine Verzögerung von zehn Minuten. Wir bitten um Ihr Verständnis.«
Olivia seufzte leise. Hoffentlich blieb es bei zehn Minuten, das könnte sie gerade noch hinnehmen. Schon wenige Minuten später fuhr der ICE mit gedrosselter Geschwindigkeit weiter und erreichte den Mannheimer Rangierbahnhof, der wie eine Einflugschneise vor der Stadt lag und einer der leistungsstärksten Bahnhöfe Europas war. Er gehörte im Grunde nicht zu Mannheims Hauptbahnhof, wie das andernorts zum Teil üblich war, sondern bildete ein eigenständiges Areal der Bahn, das hauptsächlich dem Güterverkehr diente.
Wahrscheinlich hätte mein kleiner Neffe hier viel Spaß mit all den Waggons und Lokomotiven. Das muss ein Traum für Jungen sein.

Olivia versuchte sich den Rangierbahnhof in seiner ganzen Größe vorzustellen. Rings um ihn befand sich kaum ein Stück Zivilisation. Mannheims Häuser lagen weit entfernt. Der Rangierbahnhof war umgeben von Wiesen und Feldern der flachen Rheinebene, in deren Herzen Mannheim lag. Überall waren Weichen, sodass sich an allen Orten des Rangierbahnhofs neue Gleise von den alten abspalteten. Sie musste unweigerlich an einen vielköpfigen Drachen denken, aus dessen abgeschlagenen Köpfen zwei neue wuchsen.
Jetzt fuhren sie besonders langsam. Olivia wollte schon fluchen, weil der Zug kurz vor dem Erreichen des Ziels zum Erliegen zu kommen schien. Wenn das der Fall war, würde sie sehr spät ins Bett kommen. Morgen wollte sie aber fit und wach sein, um bei ihren neuen Kollegen und ihrem neuen Chef einen guten Eindruck zu hinterlassen. Der erste Eindruck zählte bekanntlich gewaltig, sie wusste nur zu gut, dass man schnell in eine Schublade gesteckt werden konnte.
Der Neumond kam hinter ein paar Wolken hervor und schickte sein mattes Licht auf den Rangierbahnhof nieder. Was er nicht leisten konnte, schafften hunderte von Laternen: Sie strahlten mit voller Kraft und verliehen dem Rangierbahnhof etwas Märchenhaftes und Verträumtes. Das Licht ermöglichte Olivia, sich die Wagen und Lokomotiven, an denen der ICE vorbeirollte, genauer anzusehen.
Sie rollten gerade an einem Waggon der langen, roten S-Bahnen des Verkehrsverbundes Rhein-Neckar vorbei, als Olivia ein paar hektische Bewegungen darin zu bemerken glaubte. Sie kniff ihre Augen zusammen und starrte genauer hin. Hatte sie sich das nur eingebildet?

Ihr Zug rollte langsam weiter. Gleich würde die verdächtige Stelle verschwinden. Sie schaute noch einmal angestrengt in die Richtung, in der sie die Bewegungen vermutete. Es war nichts zu erkennen. Alles war ruhig. Plötzlich schnellten hinter einem der S-Bahn-Sitze zwei Menschen vom Boden hoch. Olivia zuckte zusammen. Der vordere Mann schien für den Bruchteil einer Sekunde Olivia aus der Ferne tief in die Augen zu sehen. Der hintere ließ seinen Blick nicht von seinem Opfer. Er hatte diesem beide Hände um den Hals gelegt und drückte mit aller Gewalt zu. Dann verschwanden die beiden. Olivia drückte sich ans Fenster, um die S-Bahn nicht aus den Augen zu verlieren.

Sie bekam Angst. Hatte sie gerade beobachtet, wie ein Mensch einen anderen umbrachte? Das konnte nicht sein. Sie drückte sich noch stärker ans Fenster.

Mist! Es ist nichts mehr zu sehen.

Ihre nächste Reaktion war es, ihren Sitznachbarn anzusprechen, der nun aber seinerseits offenbar keinen Kontakt mehr mit Olivia wünschte.

»Haben Sie das auch gesehen?«

Mit typischer Berliner Schnauze bekam sie zu hören, was sie in den letzten Jahren immer wieder gehört hatte:

»Ick hab nischt jesehen.«

Langweiliger Idiot! Wenn dort wirklich ein Kampf vor sich geht, muss ich einschreiten und Schlimmeres verhindern!

Sie war hellwach. Zu einem Mord durfte es nicht kommen. Nicht, wenn sie es verhindern konnte.

Olivia musste so schnell wie möglich aus dem Zug und zur S-Bahn gelangen. Schnell schnappte sie sich ihre Lederjacke und ihren Rucksack.

»Lassen Sie mich bitte durch«, bat sie ihren lakonischen Sitznachbarn.

Als dieser sich nicht regte, blickte sie den Berliner auffordernd an. Der bewegte sich nur ein wenig. Olivia dauerte es zu lang.

Mach mir Platz, los! Ich muss ein Unglück verhindern, während du hier dein Phlegma auslebst!

Sie sprang über ihren Sitznachbarn hinweg.

»Sie lässt wohl alles kalt.«

Der Mann begann zu schimpfen, doch Olivia rannte so schnell, dass sie ihn schon nicht mehr hörte. Das Berlinerische entschwand ihrem Ohr, als sie durch den Großraumwagen bis zum Ausgang hetzte und die Notbremse zog. Für eine Sekunde war sie über sich selbst erstaunt. Die Notbremse ziehen ... das hatte sie sich als Kind immer gewünscht. Das Quietschen des Zuges und der plötzliche Ruck, der den ICE zum stehen brachte, holte sie wieder in die Gegenwart.

Mach schon! Halt endlich an, du blöder Zug!

Sobald der ICE zum Stehen gekommen war, öffnete Olivia die Tür und sah sich um. Die vielen Lichter, die den Rangierbahnhof ausleuchteten, erleichterten ihr die Orientierung. Gewohnheitsgemäß griff sie an ihren Gürtel, doch ihr Griff ging ins Leere. Ihre Berliner Dienstwaffe hatte sie schon abgegeben, und eine neue Waffe hatte sie noch nicht.

Es wird so gehen müssen.

Sie holte tief Luft, schmiss ihren Rucksack aus dem Zug und sprang hinterher.

Autsch. Diese Schuhe sind dafür nicht gemacht. Wahrscheinlich hab ich sie jetzt ruiniert.

Sie knickte um, als ihre Füße den Boden berührten und rollte sich auf den harten Steinen ab. Im Fernsehen sah

das immer so elegant aus. Schnell prüfte sie, ob ihre heißgeliebte Jacke Schaden genommen hatte.
Gott sein Dank! Sie ist noch in Ordnung.
Hinter Olivia brach ein Tumult aus. Stimmen riefen durcheinander. Sie hörte aus der Ferne eine Durchsage. Doch das alles kümmerte sie nicht. Mit ihren Gedanken war sie ganz und gar bei den Männern, die in der S-Bahn gekämpft hatten.
Während sie über das rötliche Geröll zur S-Bahn rannte, holte Olivia ihr Smartphone aus der Jacke und verständigte die Mannheimer Polizei. Die künftigen Kollegen wollten jede Einzelheit wissen, doch als Olivia in Hörweite der S-Bahn angekommen war, bekräftige sie ihre Aussage mit einem ernsten »es geht um Leben oder Tod« und legte auf. Sie schaltete auf stumm, bevor der Kollege von der Zentrale auf die Idee kommen konnte, sie zurückzurufen. Im Hintergrund hörte sie, wie der ICE wieder Fahrt aufnahm. Die Lichter des Zuges verschwanden allmählich, und Olivia fühlte sich plötzlich sehr einsam. Sie stand allein in einem scheinbar menschenleeren Bahnhof, außerhalb jeder Stadt, und wollte einen Mord verhindern.
Wo bin ich da nur wieder reingeraten? Und was, wenn ich mir alles nur einbilde? Was tu ich hier?
Die aufkommenden Angstgefühle verdrängte sie so gut es ging. Während sie auf die S-Bahn zulief, schaute sie sich um. Die Zugfahrt war ihr heute schon grotesk vorgekommen, aber das hier übertraf dieses Empfinden bei Weitem.
Ich würde mich nicht wundern, wenn gleich ein Geisterzug auftauchen würde – mit Dampflokomotive.
Sie eilte über die Gleise, bis sie schließlich die S-Bahn erreichte. Noch im Laufen band sie sich mit einem Haar-

gummi ihre wilde Lockenmähne zusammen. Das war fast schon eine typische Handbewegung, oft geübt, um nicht durch ihre Haare verraten zu werden.
Hier in dieser Bahn hatte sie die beiden Männer kämpfen sehen. Sie lehnte sich mit dem Rücken an die S-Bahn-Seite und schob vorsichtig ihren Kopf nach oben. In der Bahn war fast nichts zu erkennen. In geduckter Haltung schlich sie weiter. Etwa bis zur Mitte der Waggonreihe.
Hier muss der Kampf der beiden Männer stattgefunden haben.
Vorsichtig hob sie wieder den Kopf und spähte hinein. Wieder nichts. Kurz zweifelte sie, ob es sich um die richtige Bahn handelte. Schnell warf sie einen Blick um sich. Neben all den Güterwaggons und Rangierlokomotiven war dies die einzige S-Bahn im ganzen Rangierbahnhof, sie musste es also sein.
Olivia rief sich das Bild der beiden kämpfenden Männer vor Augen. Wieder schien sie den Blick des Opfers zu sehen. Wieder war sie zutiefst berührt, auch wenn die Szene nur den Bruchteil einer Sekunde gedauert hatte. Olivia malte sich aus, dass das Opfer zwischen den Stuhlreihen des Waggons liegen und ihre Hilfe brauchen würde. Oder der Mörder hatte sie längst entdeckt. Jede Sekunde würde er über sie herfallen. Sollte sie warten, bis ihre Kollegen hier auftauchen würden? Oder sollte sie in die Bahn einsteigen, sodass sie dem Opfer helfen konnte?
Olivia entschied sich für Letzteres. Sie musste vorsichtig sein, weil der vermeintliche Mörder noch in der Bahn sein konnte. Entschlossen schlich sie weiter zur nächsten Tür und versuchte sie aufzuschieben. Vergeblich. Die Tür war versperrt. Auch die nächste und übernächste.

Irgendwie mussten doch auch beide Männer in die Bahn gekommen sein! Sie versuchte es weiter und fand tatsächlich eine S-Bahn-Tür, die sich öffnen ließ. Wenn noch jemand in der Bahn war, dann war diese Tür sein einziger Ausgang. Vorsichtig schob sie die Türen zur Seite und schwang sich in den Waggon.

Sie blickte in der Dunkelheit nach vorne in eine lange, leere Reihe voller S-Bahn-Sitze. Dann drehte sie sich vorsichtig um und schaute in die andere Richtung. Das gleiche Bild. Sie blickte auf eine lange, leere Reihe. Keine Spur von den beiden Männern. Nichts deutete darauf hin, dass hier kurz zuvor ein Kampf stattgefunden haben könnte – keine Kampfspuren, keine verstreuten Kleidungsstücke, keine Beine, die in den Gang ragten, keine Leiche, kein Mörder. Wieder kamen in ihr Zweifel hoch. Sie fühlte sich unbehaglich und wäre am liebsten einfach davongelaufen. Warum nicht einfach das, was sie gesehen hatte, vergessen? So oft war sie in ihrem Leben als Kommissarin in solchen Situationen gewesen und immer wieder hatte sie ihren ganzen Mut zusammennehmen müssen, um nicht aufzugeben. Denn das kam für Olivia nicht in Frage.

Ich muss einfach nur die S-Bahn absuchen. Das ist alles, versuchte sie sich einzureden.

Vorsichtig bewegte sie sich Schritt für Schritt den Gang in jene Richtung entlang, in der sie den Kampf vermutete. Ihre Hände hatte sie zu Fäusten geballt, die rechte Hand umklammerte ihren Schlüssel, den sie zwischen ihre Finger geklemmt hatte. Damit würde sie sich wehren, sollte einer aus dem Hinterhalt auftauchen. Ihr Körper war angespannt. Sie atmete flach. Schon hundertmal hatte sie in gefährlichen Situationen wie dieser gesteckt, und

immer wieder fragte sie sich, warum ihr Körper dennoch jedes Mal so viel Adrenalin ausstieß. Ihr Herz pochte so laut, dass Olivia den Eindruck hatte, es sei das einzige Geräusch, das man weit und breit hören konnte.
So ging sie weiter bis zur nächsten S-Bahn-Tür. Jetzt musste sie durch zwei Glastüren hindurch, die die einzelnen Bereiche abtrennte. Das würde sicherlich zu hören sein. Sie zog die erste Glastür einen Spalt auf und verharrte. Nichts passierte. Dann zwängte sie sich durch und schlich die wenigen Schritte zur nächsten Glastür weiter. Die erste Sitzreihe hinter der Glastür gab Olivia Deckung. Vorsichtig spähte sie an ihr vorbei. Doch auch dahinter schien nichts zu sein. Langsam legte sie ihre Hand an den Griff der Glastür, zog auch diese einen Spalt auf und zwängte sich hindurch. Sie kauerte am Boden und sah die letzten 10 Meter des Waggons vor sich liegen. Jetzt hieß es tief durchatmen und den ganzen Mut zusammennehmen. Sie sammelte sich einen Augenblick, dann richtete sie sich auf. Sollte hier jemand auf sie lauern, wäre das seine Chance, sie anzugreifen. Doch es passierte nichts. Sollte sie wirklich einen Mord beobachtet haben, so war der Mörder wohl nicht mehr in der Bahn.
Nachdem sie die letzten Sitze nach der Leiche durchsucht hatte, stand sie ratlos am Ende des Waggons. Nichts. Niemand. Nirgendwo hatte sie einen Hinweis auf das gefunden, was sie wenige Minuten zuvor aus dem ICE beobachtet hatte. Nichts. Niemand. Nirgendwo. Hatte sie sich den Kampf vielleicht wirklich nur eingebildet? Sollte sie so überreizte Nerven haben? Sie straffte die Schultern. Nein, sie hatte diesen Kampf gesehen.
Nicht mehr ganz so vorsichtig wie zuvor ging sie zu der Tür zurück, durch die sie eingestiegen war. Ihr Puls be-

ruhigte sich allmählich, und das Adrenalin wich aus ihrem Körper. Sie begann zu zittern. Aber sie hatte dem Mann, der gewürgt worden war, doch in die Augen geschaut. Oder doch nicht?

Das war kein Traum gewesen. Nie und nimmer.

In der Tür blieb sie für einen Moment stehen und spähte in die Dunkelheit. Scheinbar hatte sich der Tumult gelegt und der ICE war mittlerweile weitergefahren. Sie stand jetzt ganz allein auf dem Rangierbahnhof.

Vorsichtig stieg Olivia aus der S-Bahn. Sie wollte nicht noch einmal umknicken. Eben stand sie wieder mit beiden Beinen auf dem Boden, dann geschah es, plötzlich und unerwartet. Jemand packte sie von hinten. Olivia konnte vor Schreck nicht reagieren. In Sekundenschnelle wurde sie gegen die S-Bahn geschleudert. Der Fremde griff nach ihrem rechten Arm und drehte ihn auf ihren Rücken. Dann hörte sie das Klicken, das entstand, wenn eine Pistole entsichert wurde. Sie bekam Angst, und sie dachte etwas, was sie noch nie in ihrem Leben gedacht hatte.

Verdammt. Jetzt bin ich dran.

Der Mann, der sie gegen die S-Bahn drückte, flüsterte.

»Keine Bewegung! Wer sind Sie?«

»Das geht Sie nichts an!«, fauchte Olivia und versuchte, sich zu wehren. Doch sein Griff war zu fest.

* * *

Der Kollege am Telefon hatte Kriminalhauptkommissar Moritz Martin gleich nach dem Anruf verständigt. Sonntagabends war das Polizeipräsidium nur spärlich besetzt,

und im Grunde wollte jeder nur nach Hause. Die ankommende Arbeit wurde schnell bewältigt oder für Montag zur Seite gelegt.
Moritz Martin hatte eigentlich gar keinen Dienst. Er war ins Polizeipräsidium gekommen, um seinen Schreibtisch aufzuräumen, weil am nächsten Morgen eine neue Kollegin anfangen würde. Nun saß er seit zwei Stunden da und konnte keinen Finger bewegen. Das Chaos auf seinem Schreibtisch überforderte ihn.
»Frauen stehen auf Ordnung«, dachte er sich die ganze Zeit, um sich selbst unter Druck zu setzen. Er hatte nicht um eine neue Kollegin gebeten und trauerte den Zeiten hinterher, als er mit seinem alten Partner Fritz Such das Büro und die Ermittlungen geteilt hatte. Doch Fritz war seit ein paar Wochen im Ruhestand, und Klose hatte diese Berlinerin verpflichtet. Es hätte Moritz nichts ausgemacht, fortan alleine zu ermitteln, das fiel ihm ohnehin leichter. Doch da nun mal die Stelle frei war, musste sie neu besetzt werden, so einfach war das. Mit der Neubesetzung sollte er also künftig ermitteln. Wie sie wohl war?
Die Stimme aus dem Telefon holte ihn wieder in die Gegenwart zurück. Richtig, es war Sonntagnacht im Polizeipräsidium, und er hatte eigentlich keinen Dienst.
»Da will jemand einen Mord in einer abgestellten S-Bahn am Rangierbahnhof beobachtet haben. Ts, ts! Die Leute lesen zu viele Krimis. Ich glaube, du musst da jetzt hin, Moritz! Das SEK ist verständigt. Du musst nur noch selbst zum Rangierbahnhof fahren.«
So lautete der knappe Anruf eines Kollegen, der Moritz Martin in dieser späten Sonntagnacht direkt in seinen nächsten Fall katapultierte. Die Stimmung und die Stimmlage des Kollegen wirkten so müde, dass sich Mo-

ritz ein wenig anstecken ließ. Lustlos quittierte er den Anruf lediglich mit einem kurzen »Okay.«
»Typisch Moritz, freundlich wie immer«, hörte er den Kollegen noch sagen, bevor dieser auflegte.
Plötzlich hatte Moritz eine Erleuchtung, die ihm seinen Elan zurückbrachte. Klar, der Anruf rettete ihn vor dem Chaos auf dem Schreibtisch!
»Pech, ich hatte leider keine Zeit aufzuräumen!«, rechtfertigte sich Moritz vor sich selbst. Einigermaßen erleichtert schaute er auf die Stapel von Akten, die losen Blätter und Notizzettel, Stifte und Büroklammern, die bunt durcheinander vor ihm lagen. Hinter einem Stapel Ordner befand sich ein alter Monitor, doch wo die Tastatur zum Rechner sein sollte, konnte man nur erahnen. Scheinbar war Moritz kein Freund von Computern und technischen Geräten, und auch kein Freund von Ordnung. Dann schüttelte er seinen Kopf über die Art und Weise des Anrufs. Bei manchen Kollegen fragte er sich immer, warum sie ausgerechnet bei der Polizei gelandet waren, wo sie eigentlich doch nur Beamte sein wollten.
Er schaltete im Kopf auf Verbrecherjagd um und schnappte sich schnell seine geliebte Lederjacke, die er als 17-Jähriger in einem Second Hand Shop erstanden hatte und die immer noch passte. Dann verließ er sein Büro und rannte los. Atemlos kam er an seinem Dienstwagen an und schwang sich hinters Steuer. Das Blut in seinen Adern schien doppelt so schnell und kräftig zu pulsieren. Auf der Straße schaltete er das Blaulicht ohne Sirene ein und düste mit einem Einsatzkommando im Schlepptau zum Rangierbahnhof.
Moritz Martin war 32 Jahre alt. Und er war der jüngste Kriminalhauptkommissar, den es jemals in Mannheim

gegeben hatte. Seine Aufklärungsquote gehörte zu den besten im ganzen Bundesland. Darauf war er stolz, doch er zeigte seinen Stolz nicht. Er brauchte die Anerkennung der anderen nicht, er war kein Angeber. Er wollte lediglich sich selbst beweisen, dass er der Beste war, nur sich allein. Die Quote war sein Antrieb. Er galt unter den Kollegen eher als Einzelgänger, als einer, der sehr darauf bedacht war, niemandem, weder seinen Kollegen noch irgendwelchen Verdächtigen, jemals seine Gefühlslage zu zeigen. Sein wahres Inneres verbarg er hinter einer grinsenden Maske aus Coolness und Draufgängertum.
Er war schlank, groß gewachsen, hatte dunkles Haar, kleidete sich in dunklen Tönen und verzog nie eine Miene - außer wenn er grinste. Bloß nie etwas anmerken lassen, das war seine Devise.
Der jüngste Kriminalhauptkommissar Mannheims liebte solche Einsätze wie diesen. Im Alltag fuhr er nicht gerne Auto, der langweilige Trott des Stadtverkehrs nervte ihn. Er war ein Raser und liebte Geschwindigkeit. Wenn er zum Tatort gerufen wurde und durch die Straßen sausen durfte, fühlte er sich in seinem Element. Verkehrsregeln brauchte er da nicht zu beachten. Hier kam es darauf an, dass er schnell war, und das kam ihm und seinem halsbrecherischen Fahrstil entgegen. Vielleicht hatte er sich gerade wegen solcher Momente für den Polizeidienst entschieden.
Jetzt war er froh, dass er an diesem Sonntagabend ins Präsidium gekommen war, um aufzuräumen. Hätte er es nicht getan, hätte er den Einsatz verpasst. Apropos Aufräumen: Die Neue sollte sich mal nicht so anstellen, sie musste ihn eben so nehmen, wie er war, mit all seinem Schreibtischchaos. Schließlich musste er das ihr gegen-

über ja auch. Eine aus Berlin, er mochte gar nicht daran denken.

* * *

Moritz flog über die nächtlichen Straßen Mannheims in Richtung Rangierbahnhof. Beides, die hohe Geschwindigkeit und die vor ihm liegende Aufgabe, verliehen ihm einen Kick, den er um nichts in der Welt missen mochte. Am Planetarium bog er auf die Autobahn ab. Vor ihm sah er seinen Chef und gab Gas.

Er mochte Kriminaldirektor Dr. Manfred Klose sehr. Dieser hatte ihn immer gefördert und ihm immer vertraut. Trotzdem bestand zwischen beiden eine Art Konkurrenzkampf, der häufig in bissigen Frotzeleien endete, sodass Außenstehende den Eindruck bekommen konnten, dass die beiden sich nicht leiden konnten.

Moritz fuhr dicht auf. Selbst in der Nacht konnte er erkennen, dass sich Dr. Klose gerade über ihn ärgerte. Dem jüngsten Kriminalhauptkommissar Mannheims gefiel das. Er scherte links aus, dann drückte er das Gaspedal durch und schoss an Dr. Klose vorbei. Natürlich war Moritz zuerst am Rangierbahnhof.

Er stieg aus seinem Auto aus, lief einige Schritte über die Gleise, zog seine Dienstwaffe und schaute sich um. Der ICE war verschwunden und an der Stelle, an der er jetzt stand, konnte er nur Güterwaggons sehen.

»Wo soll dieser Waggon stehen?«, brüllte ihm sein Chef hinterher, als auch er wenig später am Rangierbahnhof ankam. Moritz zuckte mit den Schultern, drehte sich aber nicht um.

Einen Kollegen vom SEK hörte er noch rufen, er solle seine schutzsichere Weste anlegen. Doch Moritz ignorierte die Aufforderung.
»Wenn noch einer in der Nähe ist, dann weiß er jetzt nach all dem Lärm, den die Kollegen veranstalten, dass wir hier sind«, dachte er bei sich und schaute unverwandt zum Bahnhof. Konzentriert versuchte er die Düsternis mit den Augen zu durchdringen.
Dr. Klose kannte das und schätzte Moritz dafür. Wenn sich sein junger Kommissar einmal in etwas verbissen hatte, musste er ihn nur noch von der Leine lassen, dann fand er in aller Regel schnell und sicher das Ziel. Dr. Klose wusste, was er an Moritz hatte, ja es war ihm von Anfang an klar gewesen. Deshalb hatte er ihn schon vom ersten Tag an unter die Fittiche genommen und ihn schließlich zum Kriminalhauptkommissar befördert.
Als er die Kollegen vom SEK hinter sich hörte, ging Moritz vorsichtig los. Flankiert von vier Polizisten in Helmen und Einsatzuniformen, die sich stumm und nur mit Gesten verständigten, durchforschte er das Gelände. Hinter ihnen kam Dr. Klose mit vier weiteren Polizisten.
»Hier, untersuch' das!«, sagte Moritz zu einem Kollegen vom SEK, als er am Boden einen Rucksack fand. Der Kollege widmete sich vorsichtig dem Fundstück, während die anderen weiterhin Moritz folgten. Mit der Pistole im Anschlag schob er sich Schritt für Schritt vorwärts, bis er vor sich eine verlassene S-Bahn sah. Er gab den Kollegen vom SEK, die hinter ihm waren, das Zeichen zum Ausschwärmen.
Moritz blieb stehen, packte seine Waffe fester und nahm die Waggons aus geringer Entfernung ins Visier. Nichts bewegte sich. Mit der rechten Hand gab er dem SEK

Anweisung, rechts entlangzugehen, während er selbst die andere Seite wählte. Als er die S-Bahn schließlich erreicht hatte, ging er daran entlang und spähte vorsichtig hinein. Plötzlich war ihm, als hätte er eine Bewegung gesehen. Wieder schoss ihm das Adrenalin ins Blut.
Er holte tief Luft und machte mehrere schnelle Schritte in die Richtung, in der er die Bewegung gesehen zu haben glaubte. Tatsächlich: Die Waggontür stand offen, eine dunkle Person sprang heraus. Moritz steckte seine Waffe in das Holster und stürzte sich auf sie. Er packte ihren Arm, drehte ihn auf den Rücken und drückte die Person gegen die Zugwand. Dann zog er seine Waffe.
»Keine Bewegung! Wer sind Sie?«
»Das geht Sie nichts an!«, fauchte Olivia und versuchte, sich zu wehren. Doch Moritz' Griff war zu fest.
»Polizei?«, konnte Olivia gerade noch krächzend hervorbringen.
»Kripo Mannheim«, bestätigte Moritz.
Stell dich doch gleich vor, Mensch! Endlich seid ihr da.
»*Ich* habe die Polizei verständigt. Gut, dass ihr da seid«, japste Olivia nach Luft.
»Das kann jeder behaupten.«
Moritz ließ langsam von ihr ab. Olivia drehte sich um, und er musterte sie mit scharfem Blick.
Vor ihm stand eine große, selbstbewusst wirkende Frau, die etwa so alt war wie er. Sie hatte einen dunklen Lockenkopf, dessen Haare kreuz und quer in die Höhe standen.
»Was in aller Welt macht die hier draußen?«, fragte sich Moritz.
»Ich bin nicht jeder«, unterbrach Olivia zynisch Moritz' Gedankengänge.

In der Zwischenzeit war auch Dr. Klose an der Stelle angekommen und hörte den letzten Satz mit.
Ein wilder Lockenkopf. Das war doch nicht etwa –«, dachte sich Dr. Klose. Er sicherte seine Waffe und steckte sie zurück in den Gürtel.
»Olivia von Sassen?«, fragte er höflich, aber bestimmt.
»Ja?«
»Kriminaldirektor Dr. Manfred Klose.« Er streckte ihr die Hand entgegen.
»Oh, mein Gott, das ist die Neue!«, fluchte Moritz innerlich. Zugleich erhielt er von Dr. Klose einen Tritt. Offenbar sollte er sich selbst vorstellen.
»Kriminalhauptkommissar Moritz Martin«, hörte er sich langsam sagen und fügte noch ein halb geräuspertes »Hallo!« hinzu.
Nach allem, was er in dem Licht der Bahnhofslampen sehen konnte, sah die neue Kollegin verdammt gut aus, das stand fest. Moritz war sich nicht sicher, ob ihm das gefiel. Irgendwie hatte er auf eine unsympathische Berliner Göre gehofft, die er aus vollem Herzen abscheulich finden konnte. Aber nun? Das glatte Gegenteil schien eingetreten zu sein.
»Na ja, sie sieht zwar gut aus, aber bestimmt ist sie unausstehlich«, tröstete er sich und brachte damit seine Welt wieder in Ordnung, »sie wird nie meinen alten Partner Fritz ersetzen«.
Fast wehmütig wünschte er sich die Zeit mit seinem alten Partner zurück, zu dem er Jahre lang wie zu einem Vater aufgeschaut hatte.
»Was ist mit dem Mörder?«, unterbrach Olivia die Vorstellungsrunde. Sie war immer noch auf Verbrecherjagd. »Gibt es eine Leiche?«

In diesem Moment kamen die Männer vom SEK um den Waggon herum. Als sie die friedliche Szene sahen, senkten auch sie ihre Waffen.

»Nichts. Es handelt sich um einen Fehlalarm«, sagte einer der Männer.

»Welcher Idiot hat denn diesen Fehlalarm ausgelöst?«, fragte ein anderer.

»Ich!«, erwiderte Olivia empört.

Die Männer schauten sich an.

»Doch das ist kein Fehlalarm!«, hörte sie sich empört hinzufügen, obwohl sie selbst ein bisschen zweifelte.

»Keine Leiche, kein Mörder, also Fehlalarm«, kommentierte einer der Polizisten trocken, »so ist das hier.«

So ist das hier, äffte Olivia ihn in Gedanken nach.

Dann riss sie sich zusammen. Sie straffte sich und versuchte gegenüber ihren Kollegen glaubhaft und selbstbewusst zu wirken, während sie ihnen ihre Hand entgegenstreckte.

»Darf ich mich vorstellen, ich bin die neue Kollegin, Kriminalhauptkommissarin Olivia von Sassen.«

»Eine ›Von und Zu‹?«, bemerkte der eine Kollege zum anderen.

»Wenn die Herren sich noch vorstellen würden, könnten wir hier endlich verschwinden«, forderte Moritz die beiden auf.

»Schuster.«

»Waigel.«

»Angenehm«, fügte Olivia mit etwas schnippischem Unterton hinzu.

erster tag

Der Mann hatte große, dunkle Augen. Sie waren voller Panik und Angst. Sein Blick war geradeaus gerichtet und traf aus der Ferne den ihrigen. Er wehrte sich, schlug um sich, trat, versuchte zu beißen - vergeblich. Aus seiner Angst wurde Todesangst, aus seiner Panik der Kampf ums Überleben. Als er fast keine Luft mehr bekam, traten seine Augen aus den Höhlen. Sein Blick war noch immer starr in die Ferne gerichtet.

Mit seinen Händen umklammerte er die würgenden Hände des anderen, die Knöchel stachen weiß hervor. Wie ein Koloss stand sein Mörder hinter ihm. Machtvoll und unnachgiebig bearbeitete dieser sein Opfer.

Zu Beginn konnte er sich noch wehren, doch je länger sein Überlebenskampf dauerte, umso weniger Kraft hatte er. Irgendwann überkam ihn Hoffnungslosigkeit. Noch einmal versuchte er um sich zu schlagen, doch der ausbleibende Sauerstoff ließ seine Kräfte immer mehr schwinden. Er japste nach Luft.

»Livi!!!!!!!«, krächzte er mit letzter Kraft. Dann streckte er eine Hand in ihre Richtung. Sein Blick flehte um Hilfe. Als keine Reaktion kam, begriff er, dass es für ihn zu spät war. Nun gab er sich voll und ganz seinem Schicksal hin und nahm den Tod entgegen. Ganz sanft. Die Panik verschwand aus seinen Augen und wich dem leeren Blick des Todes, der dem Blick in die Ferne nur allzu ähnlich war.

Für einen kurzen Augenblick verharrte er so. Dann sackte er in sich zusammen und fiel zu Boden. Tödliche Stille kehrte ein. So als ob nie etwas gewesen wäre.
Doch plötzlich war der Tote wieder da. Direkt vor ihren Augen schreckte er in die Höhe und starrte sie an.
»Olivia!!!!«
»Olivia!«
Olivia schreckte hoch. Schlagartig wurde sie wach. Ihr Herz raste. Der Blick des Sterbenden hatte sie bis in ihre Träume verfolgt. In den wenigen Stunden, die sie geschlafen hatte, war der Tote immer und immer wieder in ihren Träumen aufgetaucht. Immer und immer wieder wurde er vor ihren Augen erwürgt. Seine Augen hatten sie durchdrungen und tief berührt. Nun war sie wach.
Schnell wurde Olivia klar, dass sie zwar geträumt hatte, ihr Alptraum aber mit den Ereignissen der letzten Nacht eng verbunden war. Unwiderruflich fiel ihr wieder ein, was in den vergangenen Stunden geschehen war.
Was für ein Alptraum! Ich darf diese Momente nicht mehr so nah an mich heranlassen. Das kostet mich jedes Mal viel Kraft.
Augenblicklich fühlte sie sich unwohl und bedrückt. Der Mord, den sie beobachtet hatte, verbreitete in ihr morbide Gedanken, Gedanken an die Vergänglichkeit. Sie schüttelte sich bei der Erinnerung daran, dass der Tote ihr, kurz bevor er gestorben war, tief in die Augen geblickt hatte.
Als sie an diese Augen dachte, fragte sie sich, wo die Leiche jetzt wohl liegen mochte. Hatte der Mörder sie in irgendeinem Güterwaggon versteckt? In diesem Fall wäre der leblose Körper vielleicht schon auf einer Reise quer

durch Deutschland unterwegs und würde irgendwann in den nächsten Tagen irgendwo auftauchen. Es würde noch ein paar weitere Tage dauern, bis man bestätigen konnte, dass die Leiche aus Mannheim stammte. Oder hatte der Mörder die Leiche aus dem Bahnhofsbereich fortgeschafft? Dann würde sie sich noch irgendwo hier in der Region befinden. Vielleicht hatte er sie vergraben oder versenkt?
Olivia dachte weiter über die vergangene Nacht am Rangierbahnhof nach. Schließlich fielen ihr die neuen Kollegen ein, und ihre Stimmung verschlechterte sich noch weiter. In der Magengegend breitete sich ein ganz mieser Druck aus. Irgendwie fühlte sie sich wie ein kleines Kind, das etwas Dummes angestellt hatte. Sie war zwar nach wie vor überzeugt, dass sie wirklich einen Mord beobachtet hatte, aber da die Kollegen ihr nicht glaubten, schwante ihr Ungutes, was den Start in Mannheim betraf. Es würde eine Weile dauern, bis sie Vertrauen zu ihr aufbauen konnten.
Sie fühlte sich, als hätte sie den Neustart in Mannheim bereits vermasselt. Nach den tragischen Ereignissen in Berlin wollte sie hier zeigen, dass sie eine gute und fähige Kriminalpolizistin war. Dass einige Kollegen nun annahmen, sie sei von Hirngespinsten getrieben, passte nicht in das Bild, das sie von sich selbst hatte und von dem sie hoffe, dass es auch die Mannheimer Kollegen bekommen würden.
Olivia blinzelte. Ihr Blick schweifte durch das neue Zimmer. Was sie sah, irritierte sie im ersten Moment. Bei all den Gedanken über den Toten in der S-Bahn war ihr nicht mehr bewusst gewesen, dass sie zum ersten Mal in diesem Zimmer geschlafen hatte.

Meine erste Nacht in der neuen Wohnung und dann gleich ein Alptraum. Ich hoffe, das wird nicht zur Gewohnheit.
Sie blinzelte. Überall standen Umzugskisten, Kartons und Koffer mit ihren Sachen, die sie vor dem letzten Wochenende in Berlin hierhergebracht hatte.
Ich muss mich hier dringend häuslich einrichten, sonst geht hier gleich eine andere Art von Alptraum weiter.
Früher wäre sie einfach in die Küche der WG gelaufen und hätte ihrer Mitbewohnerin alles erzählt. Sie hätten auf dem kleinen Balkon zum Hinterhof einen Kaffee zusammen getrunken und schließlich über alles gelacht. Daran war nicht mehr zu denken, das gehörte der Vergangenheit an.
Schade, ihr werdet mir alle sehr fehlen.
Olivia schaute sich eine Weile um und fühlte sich in ihrer neuen Wohnung so gar nicht heimisch. Sie war zwar noch müde, aber bei dem Gedanken, dass sie wieder einschlafen und ihr Alptraum weitergehen könnte, beschloss sie seufzend, sich aus dem Bett zu quälen. Nur nicht noch einmal einschlafen.
Vorsichtig setzte sie den rechten Fuß auf den Boden, suchte nach ihren Flipflops, schlürfte schließlich ins Bad und wusch sich das Gesicht. Das kalte Wasser tat ihr gut. Ein kurzer Blick auf die Uhr sagte ihr, dass es erst 5:40 Uhr war. Sie stand gerne früh auf, aber das war selbst für sie viel zu früh!
Dann blickte sie in den Spiegel und erinnerte sich daran, was die Kollegen vom SEK gestern Nacht bei der S-Bahn gesagt hatten.
»Nichts. Fehlalarm.«
»Welcher Idiot hat denn diesen Fehlalarm ausgelöst?«
»Keine Leiche, kein Mörder. So ist das hier.«

Sie starrte ihr verschlafenes Spiegelbild an.
Ich bin doch nicht bescheuert und bilde mir das nur ein! Was glauben die denn? Nur weil sie 20 Minuten später nichts finden können, heißt das doch noch lange nicht, dass ich spinne!
Olivia schüttelte den Kopf. Unsicherheit überkam sie, und sie versuchte in Gedanken das Bild, das sie im Traum gesehen hatte, mit dem aus der Realität zu vergleichen. Hatte der Tote aus der S-Bahn wirklich so ausgesehen? Oder hatte ihr Traum gerade ihre Erinnerung übermalt? Sie musste sich sehr konzentrieren, damit die Traumbilder ihr nicht die Erinnerung an das wirkliche Geschehen nahmen. Häufig verklärten Gedanken und Erinnerungen sehr schnell die Realität, das wusste sie als Polizistin nur allzu gut von vielen Zeugenaussagen.
Nach einer ausgiebigen, kalten Dusche ging sie zurück in ihr Schlafzimmer, das zugleich auch das Wohnzimmer war. Einen Kaffee würde sie erst im Polizeirevier trinken können, denn im Moment waren noch alle Haushaltsgeräte verpackt und irgendwo in den Kisten verstaut. Hoffentlich hatten die im Revier einen anständigen Kaffee!
Sie seufzte beim Blick auf die ganzen Kartons. Es würde eine Weile dauern, bis sie sich in ihrer neuen Wohnung eingerichtet hatte. Sollte sie jetzt schon etwas auspacken? Sie schaute auf die Uhr. Es war noch viel zu früh für den Dienstbeginn. Daher holte sie ihr Notebook aus der Tasche und fuhr es hoch. Erst jetzt fiel ihr auf, dass sie noch gar kein Internet hatte. Blöd, aber kein großes Problem, dann musste sie eben mit ihrem Smartphone einen Hotspot erzeugen. Nach wenigen Minuten war sie online.

Schön, dass es wenigstens mit der Technik klappt! Hat sich gelohnt, den neuen Rechner zu kaufen, auch wenn er teuer war.

Zufrieden strich sie mit der Hand über den Rechner, der es technisch in sich hatte – dafür hatte Olivia gesorgt. Sie war ein absoluter Technikfreak und in ihrem Freundeskreis dafür berüchtigt. Dass sie sich nicht mit einem in die Tage gekommenen Gerät abgab, sondern ein neues, schnelles Notebook ihr Eigen nannte, verstand sich für sie von selbst.

Sie checkte ihre E-Mails. Außer einem Newsletter hatte sie keine Neuigkeiten. Niemand hatte ihr in den letzten Stunden geschrieben, aber das wäre über Nacht ja auch zu viel verlangt. Anschließend loggte sie sich bei Facebook ein, doch interessante Neuigkeiten waren nicht unter den Posts. Sie klickte die Profile einiger Berliner Freunde durch und erinnerte sich an die letzten Jahre in der Hauptstadt, aber auch das verschaffte ihr keine Ablenkung, denn die meisten Fotos kannte sie ohnehin schon.

Olivia überlegte, was sie mit der Zeit bis zum Dienstbeginn anfangen sollte, und hatte schließlich eine Idee. Sie öffnete Google Street View und betrachtete den Lageplan des Mannheimer Rangierbahnhofs. Sie versuchte sich zu erinnern, wo der S-Bahn-Waggon gestanden und sich alles abgespielt hatte.

Sie betrachtete die Karte eine Weile und fragte sich, was sie an Stelle des Mörders mit der Leiche gemacht hätte. Welche Möglichkeiten hatte jemand, der mitten im Rangierbahnhof einen Menschen getötet hat? Hat er die Leiche in einem der Güterwaggons versteckt? In den nahen Rhein geworfen? Oder irgendwo in der unmittel-

baren Umgebung vergraben? Oder hat er sie gar mitgenommen? Dann müsste er mit dem Auto unterwegs gewesen sein.
Irgendwie hatte sie gehofft, dass sie die Karte weiterbringen würde, doch im Grunde warf sie nur weitere Fragen auf. Als sie nicht weiterkam, schaute sie sich im interaktiven Online-Stadtplan ihre neue Wohnung und ihren Weg zur Polizeiwache an.
Weil danach immer noch Zeit war, bis sie zur Arbeit musste, klickte sich Olivia quer durchs Internet. Plötzlich hatte sie eine Idee. Sie würde sich bei Twitter anmelden und dort von ihren Erlebnissen in Mannheim berichten. Sie würde erzählen, wie es ihr in der neuen Stadt erging und was ihr so begegnete. Jetzt war Olivia hellwach. Sie registrierte sich und begann, den Twitter-Account einzurichten. Als sie mit ihrem Nutzerprofil fertig war, fühlte sie sich so, als würde sie vor einem weißen Blatt sitzen – und sie wusste nicht, was sie nun twittern sollte. Nach einigen abgebrochenen Versuchen, fiel ihr der Stadtplan von Mannheim ein, mit dem sie sich ja eben beschäftigt hatte. Eine Stadt der Quadrate und mit aberwitzigen Straßenbezeichnungen wie B7, M4, S6, L9 oder U6. Dabei kam ihr New York in den Sinn, ihre Traumstadt, die sie während ihres USA-Aufenthaltes mehrfach besucht hatte. Da war sie, die Idee zu ihrem ersten Tweet: *#Mannheim ist wie #NewYork – nur flacher! @quadratestadt*
Zur Überraschung des Twitterneulings kamen sofort Reaktionen. Einige begrüßten sie in Mannheim, anderen gefiel der Vergleich mit New York. Selbst die Stadt Mannheim meldete sich bei ihr und bedankte sich: *Was für ein Kompliment ... Besten Dank @OliviavonSassen.*
Einige Krimi-Autoren freuten sich über den Kontakt zu

einer echten Kommissarin, und ein weiterer Twitter-Nutzer schrieb: *Aaaaahhh die Kripo folgt mir! Was hab ich getan? @Olivia von Sassen* Sie schmunzelte.
Olivia war hellauf begeistert, die Zeit verging nun wie im Flug. Kurz vor 8 Uhr musste sie sich mühsam von ihrem Notebook losreißen und zur Polizeiwache fahren. Sie verließ die kleine Zweizimmerwohnung in der Schwetzingerstadt und schwang sich auf ihr Fahrrad, denn sie hatte sich fest vorgenommen, jeden Morgen mit dem Fahrrad zur Arbeit zu fahren. Auf diese Weise wollte sie die Stadt besser kennenlernen, das hatte sie auch damals getan, als sie nach Berlin gezogen war.
Mannheim ist wie New York - nur flacher.
Dieser Satz schoss ihr immer wieder durch den Kopf, als sie auf dem Weg zur Hauptwache das Zentrum Mannheims erreichte und damit den Stadtteil, der einfach »Die Quadrate« genannt wurde. Sie musste in sich hineinlachen, obwohl ihr nicht wirklich zum Lachen war – »Die Quadrate«, das hatte doch was, auch wenn auf den ersten Blick nicht unbedingt eine Schönheit war. Sie hatte gelesen, dass die Stadt vor der Zerstörung im Zweiten Weltkrieg sehr schön gewesen sein sollte und Ende des 18. Jahrhunderts neben Wien als Zentrum der klassischen Musik gegolten hatte. Na ja, von der einstigen Schönheit war heute wenig zu erkennen, und einen Mozart konnte sie sich, während sie an Betonbauten vorbeistrampelte, auch nicht vorstellen.
Der Grundriss des Zentrums von Mannheim erinnerte sie an ein riesiges Schachbrett, dessen Fläche in Quadrate und Blöcke unterteilt ist. Sie schüttelte den Kopf, statt Straßenbezeichnungen wie Hauptstraße oder Marktstraße gab es für die Quadrate nur Nummern. Lei-

der, denn mit der Anordnung der Nummern tat sie sich schwer. Sie hatte sich in der letzten Woche die Reihenfolge der Quadrate einprägen wollen, aber keine richtige Ordnung entdecken können. Sie hatte erwartet, dass das Schachbrettmuster, nach dem Mannheim angelegt worden war, oben rechts mit A1 beginnen und unten links mit J10 enden würde. Dem war mitnichten so, A1 lag mitten in der Stadt. Immerhin hatte sie verstanden, dass die meisten Straßen keine Namen hatten, aber das war auch schon alles. Nun war sie unterwegs nach L6, wo die Hauptwache lag.

Mein kleines New York, ich pass auf dich auf!

Die Gedanken über die Straßeneinteilung und den neuen Twitterkanal hatten sie für eine Weile den Blick des Toten vergessen lassen, doch während sie mit ihrem Fahrrad durch die Mannheimer Innenstadt fuhr, fiel ihr die gestrige Nacht wieder ein. Mit Sicherheit hat es sich unter den Kollegen herumgesprochen, dass die Neue einen vermeintlichen Fehlalarm ausgelöst haben soll.

Mal sehen, welche Phantastereien in der Zwischenzeit zu diesem Gerücht hinzugedichtet wurden. Hoffentlich ist mein Bild unter den Kollegen noch nicht vollständig ruiniert.

Mittlerweile kam ihr die gestrige Nacht sehr schattenhaft, irreal und weit weg vor. Die bizarre Landschaft, die dunkle Neumondnacht, das Licht aus all den Laternen - der Mord, ihr Alptraum. Alles war irgendwie unwirklich, und tief im Inneren wünschte sich Olivia, dass es tatsächlich ein Fehlalarm gewesen und der Mord nie geschehen wäre.

Nie!

* * *

Wenig später erreichte Olivia das Polizeipräsidium, das im Quadrat L6 und verkehrsmäßig günstig an der dicht befahrenen Bismarckstraße lag, von wo die Einsatzkräfte schnell ausschwärmen konnten. Das Polizeipräsidium war in einem schönen Haus untergebracht, das etwa 100 Jahre alt war, auch die meisten benachbarten Quadrate waren erst nach 1900 bebaut worden. Olivia hatte gegoogelt und dabei festgestellt, dass das Haus 1903 als Badisches Bezirksamt errichtet worden und seit 1938 Sitz der Mannheimer Polizei war. Die Beschreibungen reichten von »schönem alten Stadthaus« bis zu »schwerem veralteten Beamtengebäude«. Jetzt stand sie vor dem Polizeipräsidium und blickte ehrfurchtsvoll am Gebäude hoch. Das war also ihr neuer Arbeitsplatz. Sie schloss das Fahrrad ab und ging zum Haupteingang, der aus einer großen und schweren zweigeteilten Pforte bestand, die von zwei Säulen umrahmt wurde und direkt auf der Ecke des Quadrats stand. Mit pochendem Herzen betrat sie das Gebäude.

Als die riesige Tür hinter Olivia ins Schloss fiel, tauchte prompt schon ein erster neuer Kollege auf. Sie lächelte ihm kurz zu und dachte daran, dass sich inzwischen vermutlich alle den Mund über den vermeintlichen Fehlalarm zerrissen hatten. Da machte dieser Kollege bestimmt keine Ausnahme.

Lächeln! Immer schön lächeln!

Während sie sich auf den Weg zu Dr. Klose machte, hoffte sie nur, dass ihr neuer Vorgesetzter Verständnis für sie zeigen würde. Immerhin war er ein Mann mit Erfahrung und konnte ihre Tat sicherlich richtig bewerten. Bei ihrem neuen Partner war sie sich allerdings nicht so sicher. Er schien ein Draufgänger und Mann der Tat zu

sein. Vermutungen und Hypothesen waren wahrscheinlich nicht seine Stärken. Auf die Zusammenarbeit war sie ehrlich gespannt. Die konnte heiter werden.
Auf dem Weg in den dritten Stock drängte sie sich an ein paar Streifenpolizisten vorbei, die ihr auffällig hinterherschielten.
Typisch Mann. Trotzdem lächeln! Die können nichts dafür. Entweder sie wissen bereits von meinem Einsatz gestern Nacht oder sie haben seit langem keine Frau mehr hier gesehen. Wahrscheinlich beides.
Sie nahm die letzten Treppenstufen und betrat den Flur, in dem sich das Büro ihres neuen Chefs, Kriminaldirektor Dr. Manfred Klose, befand.
Olivia war zwei Minuten zu früh, deshalb beschloss sie, noch einen Augenblick zu warten. Sie ging langsam auf dem Gang auf und ab und las einige Aushänge, den Speiseplan und ein paar Wohnungsgesuche am schwarzen Brett. Schließlich war es soweit.
9 Uhr. Dienstbeginn! Das wird schon gut. Am Ende lobt er mich sogar, dass ich so aufgepasst habe. Und mit viel, viel Glück haben sie die Leiche schon, dann löst sich alles in Wohlgefallen auf.
Olivia ging zum Zimmer von Dr. Klose und klopfte vorsichtig an. Nachdem sie ein kurzes und offensichtlich schlecht gelauntes »Ja« vernommen hatte, betrat sie den Raum.
Gute Laune hat er ja nicht gerade, mein neuer Chef. Hoffentlich hängt das nicht mit mir zusammen.
Sie hatte sich nicht getäuscht, im Gegenteil. Nicht nur das »Ja« hatte schlecht gelaunt geklungen, ihr Chef war insgesamt ziemlich mieser Stimmung. Als Olivia den Raum betrat, befand er sich gerade in einem Gespräch

mit Moritz. Für einen Moment schenkte er ihr seine Aufmerksamkeit und ließ von Moritz ab.

»Was um alles in der Welt haben Sie sich dabei gedacht?«, raunzte Dr. Klose sie an, ohne ihr die Chance zu geben, ihn zu begrüßen. Augenblicklich verschwand Olivias Lächeln.

Verdammt. Er hat schlechte Laune – und tatsächlich wegen mir. Das fängt echt gut an.

»Wobei?«, war alles, was Olivia einfiel, wenngleich sie sehr genau wusste, auf was Dr. Klose anspielte.

Das war keine gute Antwort, Livi.

»Wobei? Natürlich bei dem Fehlalarm vergangene Nacht, was sonst? Und beim Ziehen der Notbremse. Wir haben bereits mit der Deutschen Bahn und dem Verkehrsverbund telefoniert. Zum Glück habe ich Verbindungen bis in die höchsten Kreise. Sie müssen nicht damit rechnen, dass sie den Nothalt des Zuges bezahlen müssen, aber das ist alles, was ich für Sie tun kann.«

Dr. Klose ließ sich in seinen Chesterfield-Sessel fallen und suchte mit seinen Augen ziellos auf dem Schreibtisch herum. Er schien nach etwas zu suchen, mit dem er sich beschäftigen konnte.

Olivia war nicht gewillt, klein beizugeben und erwiderte nichts. Nach einer Weile fuhr Dr. Klose fort: »Ich brauche hier ordentliche Kriminalbeamte – und niemanden, der auf Abenteuer aus ist. Solche Leute haben bei der Polizei nichts verloren! So kommen wir hier auf keinen roten Zweig!«

Roter Zweig? Wie soll ich das jetzt verstehen? Heißt das nicht, dass man ›so auf keinen grünen Zweig‹ kommt?

Olivia war kurz verwirrt, dann ignorierte sie die Aussage ihres Chefs und entgegnete ihm: »Wir sollten am

Rangierbahnhof nach der Leiche suchen. Vielleicht findet sie sich in einem der Waggons. Nur so kommen wir weiter!«

»Wir haben keinerlei Anfangsverdacht, der eine solche Suchaktion rechtfertigen könnte. Wir müssten den Rangierbahnhof absperren, und damit wäre der gesamte Zugverkehr um Mannheim herum lahmgelegt. Wissen Sie was das bedeutet?«

Olivia wusste es natürlich, aber immerhin ging es hier um die Aufklärung eines Mordes.

»Und wenn sich dann herausstellt, dass die ganze Aktion auf einem Fehlalarm beruht, dann wackelt nicht nur mein Stuhl. Also schminken Sie sich das ab. Es gibt Wichtigeres zu tun.«

Olivia hatte keine passende Antwort parat, peinliches Schweigen trat ein. Ihr war es äußerst unangenehm, dass die erste Begegnung mit ihrem neuen Chef so offensichtlich schlecht für sie verlief.

Eigentlich fand sie sein Erscheinungsbild ganz sympathisch. Er war etwa Mitte 50 und hatte grau meliertes Haar. Am Wochenende war er höchstwahrscheinlich auf dem Golfplatz anzutreffen. Und seine gesunde Bräune stammte sicher nicht nur daher. Woher, wollte sie gar nicht erst wissen. Oder doch? Vermutlich besaß er eine Finca auf Mallorca oder ein Strandhaus auf Lanzarote. Zumindest war er häufig in der Sonne. Dr. Manfred Klose sah im Grunde genauso aus, wie sich Olivia einen Chef vorstellte. Eigentlich war er ihr sympathisch, aber nachdem er sie so unfreundlich begrüßt hatte, tat sie sich mit ihrer Sympathie ihm gegenüber schwer.

Dr. Klose nahm einen Schluck von seinem Earl Grey und unterbrach Olivias Gedankengang: »Wissen Sie, als ich angefragt wurde, ob ich Sie in Mannheim nehmen würde und von Ihrem Berliner Problem hörte, habe ich lange überlegt. Ich habe ein gutes Herz, wie ich meine, und ich gebe Menschen gern eine zweite Chance. Sie bekommen Ihre Chance, selbst wenn es die dritte Chance ist, aber enttäuschen Sie mich nicht!«

Olivia nickte.

»Darf ich Ihnen Ihr neues Büro zeigen?«, fragte Moritz und rettete seine neue Kollegin aus dieser schrecklichen Situation.

»Gerne.«

»Ja, das ist eine gute Idee. Wir verlieren hier nur Zeit«, nickte Dr. Klose Moritz zu, der Olivia nun hinausführte.

Gott sei Dank bin ich aus dem Büro raus. Das war mehr als unangenehm. Vielleicht sollte ich besser sofort meinen Dienst quittieren.

»Wir sprechen uns später«, verabschiedete sich Dr. Klose von seinen beiden Ermittlern und tat beschäftigt.

Olivia folgte Moritz den schier endlosen Gang entlang. Rechts und links saßen weitere Kriminalbeamte in den Büros. Die Türen waren offen und Olivia nickte einigen freundlich zu, erhielt aber meist nur einen mürrischen Laut zurück. Erst als Moritz sich ein Herz nahm und Olivia vorstellte, leider, machte er das nur dreimal, kamen freundlichere Reaktionen. Dennoch hatte Olivia jedes Mal das Gefühl, dass man sie nur als »die mit dem Fehlalarm« abstempelte.

»Danke, Herr Martin«, bedankte sie sich trotzdem für die Vorstellungsrunde.

»Ich heiße Moritz.«

Er lächelte sie an.

»Gut. Ich bin Olivia.«
»Ich halte nichts vom Siezen, vor allem wenn man eng zusammenarbeitet«, erklärte er.
Wahrscheinlich hält man davon nie etwas, wenn man einen Vornamen zum Nachnamen hat, Moritz Martin.
Olivia hatte recht. Moritz fand aus irgendeinem Grund seinen Nachnamen komisch und war heilfroh, wenn er ausschließlich mit dem Vornamen angeredet wurde.
»Ist dir aufgefallen, dass der Chef von einem *roten Zweig* gesprochen hat?«, fragte Moritz.
»Ja, klar! Was sollte das?«
Sie war froh, dass Moritz dieses Thema ansprach.
»Er hat irgendeine Schwäche und verwechselt ständig Sprichwörter und Redewendungen. Keine Ahnung, woher das kommt. Da muss man auf alles gefasst sein.«
Er machte mit seinem Zeigefinger eine drehende Bewegung am Kopf, was wohl besagen sollte, dass diesbezüglich bei Dr. Klose eine Schraube locker saß. »Als ich hier angefangen habe, hat er mich einmal angeschrien und gemeint, dass ich die Katze im Dorf lassen soll.«
Olivia musste lachen.
»Ja, so hab ich auch reagiert. Ich konnte mich kaum halten vor Lachen. Das hat dem Chef aber nicht geschmeckt.«
Schließlich erreichten sie das Ende des Flures. Moritz stieß eine Tür auf und hielt sie offen, bis Olivia ihr neues Büro betreten hatte.
»Hereinspaziert in die gute Stube!«
Der Raum war ungewöhnlich groß, sehr modern eingerichtet und durch eine Glaswand unterteilt. Das Büro hätte sehr schön sein können, hätte da nicht ein gewisses Chaos geherrscht – insbesondere auf Moritz'

Schreibtisch. Der war gar nicht mehr als solcher zu erkennen. Links im Raum befand sich eine Sitzecke, im rechten Teil standen sich zwei riesige Schreibtische direkt gegenüber. Olivias Blick schweifte über die beiden Schreibtische, ihr war sofort klar, welcher von beiden der ihrige war.
Auf der fast leeren Platte, die angesichts von Moritz' wildem Chaos wie eine Insel aus dem Ozean ragte, stand ein hübsches neues Notebook und wartete auf sie. Olivias Herz tat einen Sprung, sie brannte geradezu darauf, ihre Hände auf die Tastatur zu legen.
Dann blickte sie weiter im Zimmer umher. Nicht nur auf Moritz' Schreibtisch stapelten sich Akten über Akten, sondern auf jeder freien Stellfläche. Überall lagen Kugelschreiber und sonstige Büromaterialien herum und mittendrin unzählige Plastikflaschen. Wahrscheinlich befand sich hier ein Vermögen – allein schon, wenn man die Coke-Zero-Flaschen rechnete.
Coke Zero? Glaubte er wirklich an diesen Werbegag? Er sollte sich besser von Fruchtsäften ernähren. Und außerdem: Wo ist die Kaffeemaschine?

Olivia ließ sich in ihren Stuhl fallen und blinzelte in das Sonnenlicht, das durch das Fenster fiel. Ernsthafte Zweifel daran, ob der Schritt nach Mannheim richtig gewesen war, überfielen sie. Jetzt hatte sie einen Chef, der stark an ihrer Kompetenz zweifelte, ihr selbst war es fast peinlich über den Gang zu laufen und ihr neuer Partner schien auch nicht gerade über die neue Kollegin erfreut zu sein, die künftig mit ihm ermitteln sollte.
Die Stille wurde ihr allmählich unangenehm. Doch gerade als sie ein Gespräch mit Moritz anfangen wollte,

flog die Tür in weitem Bogen auf und ein kleiner, dunkelhaariger Mann Mitte dreißig betrat den Raum.

»Ich wollte mir mal die neue Kollegin anschauen, von der jeder spricht!«, begrüßte Fatih Üstbas, der deutschtürkische Gerichtsmediziner, Olivia.

»Von der jeder spricht?« Olivia war zusammengezuckt.

»Das ist korrekt! Dr. med. Fatih Üstbas, ich leite das Team Gerichtsmedizin/Mord«, stellte sich Fatih mit einer kleinen Verbeugung vor. Er sprach ein gestochen klares Deutsch.

So wie er spricht, ist er wahrscheinlich aus Hannover.

Fatih war um einiges kleiner als Moritz. Er trug einen perfekt sitzenden hellgrauen Anzug samt dunkler Krawatte und dazu eine Hornbrille. Zudem musste er frisches Parfüm aufgelegt haben, denn seit er das Zimmer betreten hatte, durchzog ein süßlicher Geruch den Raum.

Moritz beeilte sich zu sagen: »Was die Kollegen betrifft. Die einen freuen sich, dass du einen Fehlalarm ausgelöst hast und die anderen –«, er hielt inne und formulierte den Satz in Gedanken neu »und die anderen sind der Meinung, dass wir eine gutaussehende neue Kollegin haben«.

»Und wozu gehörst du?«, fragte Olivia.

Moritz legte das siegessichere Lächeln eines Lottogewinners auf. Seinem Gesicht sah man an, dass er über eine schlagfertige Antwort nachdachte, ihm aber nichts einfiel. Olivia mochte diesen Anblick und amüsierte sich darüber.

Höflich und korrekt versuchte Fatih, die Situation mit einer Bemerkung zu überbrücken: »Die Schönheit einer Frau sollte man stets zu schätzen wissen.« Er deutete

eine Verneigung an, die seine Wertschätzung unterstreichen sollte.
Der ist aber gewaltig flirty. Bei seiner Charmeoffensive muss Frau ganz schön vorsichtig sein. Na ja, immerhin ist er höflich. Das gefällt mir.
Aus Berlin kannte sie das nicht.
»Hey, alter Charmeur, du bist verheiratet und hast vier Kinder«, kommentierte Moritz, »kein Grund, hier mit guten Manieren aufzutrumpfen und mir die Show zu stehlen!«
Olivia hatte kein Ohr für die Frotzeleien ihrer neuen Kollegen. Sie hatte sich daran festgebissen, dass man im Polizeipräsidium von einem Fehlalarm sprach. Fassungslos trat sie zwischen die beiden.
»Moment, ihr zwei. Um noch einmal eines festzustellen: Das gestern Nacht war kein Fehlalarm! Gibt es hier verdammt nochmal denn niemanden, der meine Geschichte glaubt?«
»Es gibt zumindest viele, die ihre Schadenfreude kaum zügeln können«, entgegnete Moritz.
Schadenfreude? Wie bitte?
»Wie kann man denn Schadenfreude empfinden, wenn man mich noch gar nicht kennt?«, fragte Olivia verdutzt.
»Nicht wegen dir, keine Sorge. Aber möglicherweise kostet der Fehlalarm Klose die Beförderung ins Innenministerium, an der er seit Ewigkeiten arbeitet.« Moritz grinste. »Und wenn das der Fall sein sollte, hättest du eine Menge Anhänger im Polizeipräsidium gewonnen. Die wiederum empfinden dann Schadenfreude.«
»Dann bleibt er ja noch länger hier«, schaltete sich Fatih trocken und zynisch ein, »ist es das, was du willst?«

»Tja, damit hättest du dann deine schadenfrohen Anhänger genauso schnell wieder verloren«, konstatierte Moritz. »Aber nun an die Arbeit.«
Offensichtlich hatte Moritz genug von dem Wortgeplänkel und verspürte starken Tatendrang.
»Hast du alles vorbereitet?«, fragte Moritz in Richtung des Forensikers.
»Was meinst du?« Fatih verstand zunächst nicht ganz, was Moritz meinte, weil sein Kommentar aus dem Zusammenhang gerissen war. Dann ging ihm ein Licht auf, und er erinnerte sich daran, was die beiden ausgemacht hatten: »Ach so, ja, bin startklar. Allerdings muss ich noch einmal förmlich protestieren. Ich setze mich nur ungern über die Dienstvorschriften hinweg.«
»Etwas mehr Rock'n'Roll, Fatih!« Moritz gab ihm einen Klaps auf die Schulter, während er sich seine Lederjacke schnappte. »Sei nicht immer deutscher als die Deutschen.«
»Deutscher als die Deutschen? Wir Türken sind sehr ordnungsliebende Menschen. Wie soll ich da deutscher sein als die Deutschen?«
»Ordnungsliebend? Ganz bestimmt, Fatih«, zog ihn Moritz weiter auf.
»Moment, ihr beiden! Wohin gehen wir denn jetzt?« Olivia sah ihre Kollegen fragend an. Sie verstand gerade gar nichts.
»Und vorbereitet für was?«, hakte sie nach.
»Magst du nicht mit?«, fragte Moritz.
»Mit wohin? Du sprichst in Rätseln.«
»Zum S-Bahn-Waggon.«, grinste Moritz.
»Zum S-Bahn-Waggon? Ich dachte, du glaubst mir nicht?«
»Tue ich auch nicht. Aber da der Alte, also Klose, gegen jegliche weitere Untersuchung ist, kann ich leider nicht

widerstehen und fühle mich gezwungen, doch in dieser Sache zu ermitteln.«
»Nichts auf der Welt macht Moritz so sehr Spaß, wie Kloses Regeln zu brechen«, erklärte Fatih.
»Verstehe«, nickte Olivia.
»Abmarsch!«
»Und kein Wort zu Klose, ja!«, ermahnte Fatih seine beiden Kollegen. »Wegen der Dienstvorschriften –«
»Sag ich doch, deutscher als die Deutschen!«

* * *

Das Strandbad Neckarau befand sich nicht am Neckar, sondern am Rhein und dazu weit außerhalb des gleichnamigen, südlich von Mannheim gelegenen Stadtbezirks, zu dem Neckarau selbst sowie der Almenhof und Niederfeld gehörten. Am Strandbad, im daneben liegenden Waldpark und in einer kleinen, nahe liegenden Schrebergartensiedlung suchten die Bewohner der Umgebung Erholung. Dass in den Goldenen Zwanzigerjahren das Strandbad gerade hier eingerichtet worden war, lag vor allem daran, dass sich an dieser Stelle Kiesablagerungen befanden, die für klares Wasser sorgten. Zudem war hier die Strömung entlang des Ufers schwach, sodass für die Badenden keine große Gefahr bestand.
Vanessa hatte sich diesen Tag extra freigenommen und schon morgens die drei Kinder ihres Bruders ins Auto gepackt. Nun waren sie unterwegs zum Strandbad, wo sie den Tag gemeinsam verbringen wollten. Vanessa liebte ihren Neffen und ihre Nichten über alles, doch

meistens war sie, wenn sie zu Besuch kamen, voll und ganz mit ihrer Arbeit beschäftigt. Dieses Mal sollte es anders sein, weswegen sie bereits im Vorfeld alles genau geplant und bereits vor Wochen bei ihrem Arbeitgeber Urlaub eingereicht hatte.
Ungeduldig saßen die fünfjährige Ira und die dreijährige Luise auf dem Rücksitz von Vanessas Wagen. Während der Fahrt schauten sie aus dem Fenster und spielten ein Spiel, das Vanessa nicht ganz verstand. Auf dem Beifahrersitz saß Marcel, der bereits zwölf und damit um einige Jahre älter war als seine beiden Schwestern.
Nun spielten Ira und Luise in aller Ruhe »Ich sehe was, was du nicht siehst«. Es gab keinen Streit und keine Tränen. Die junge Frau freute sich, so konnte der Tag weitergehen. Ein Sommergefühl wie in ihrer Kindheit überkam sie, gleich würde es nach Sonnencreme riechen … Sie freute sich darauf!
Während der Fahrt unterhielt sie sich angeregt mit ihrem Neffen, der von seinen ersten Erfahrungen auf dem Gymnasium und seinen neuen Lieblingsfächern erzählte. Vanessa öffnete eines der Fenster ihres Autos, sodass der leichte Fahrtwind für Kühlung im Inneren sorgte.
Der teilweise steinige Boden knisterte unter den Reifen, als Vanessa endlich den Parkplatz am Strandbad erreicht hatte. Da es Montag war und noch dazu früh am Morgen, standen auf dem Parkplatz lediglich zwei weitere Autos und einige Fahrräder. Es würde am Strandbad also noch richtig schön leer sein. Sie stieg aus, nahm den Picknickkorb aus dem Kofferraum und half ihren Nichten aus den Kindersitzen.
»Das soll ein Strandbad sein?«, jammerte Marcel sofort, als er den Rhein sah.

Vanessa blickte sich um. Die Spuren des Hochwassers in der vergangenen Woche waren noch deutlich zu sehen, und die Nordsee, die ihre Nichten und ihr Neffe kannten, sah auch anders aus. Dennoch war dies der Ort, an dem sie in ihrer Kindheit eine Menge Zeit verbracht hatte, und das Gefühl der Sorglosigkeit, das sie damit verband, wollte sie nun auch den Kindern vermitteln.

»Ich weiß, ich weiß. Dort, wo ihr wohnt, sieht ein Strandbad anders aus!«, versuchte Vanessa die Enttäuschung aufzufangen.

»Bei uns gibt es ganz viel Sand!«, warf Ira ein.

»Ja, viel, viel Sand«, bestätigte Luise ihre Schwester.

»Was macht ihr denn am Strand am liebsten?«, fragte Vanessa.

»Sandburgen bauen«, antwortete Marcel trocken.

Sandburgen bauen. Das ging ja gut los. Vanessa schaute in den Picknickkorb. Dort hatte sie noch ein Federballspiel, Boule-Kugeln und eine Packung Eis, die sie bald essen mussten, weil sie viel zu schnell schmolz. Eine Sandburg würden sie heute ganz sicher nicht bauen.

Dann schaute sie um sich. Das Wasser des Rheins war immer noch weit aus seinem Flussbett getreten. Die frühsommerlichen Regenfälle der vergangenen Woche hatten dafür gesorgt, dass viele Flüsse überschwemmt waren. Der Neckar hatte Hochwasser und der Rhein sowieso. Die Bäume, unter denen sie sonst ihre Picknickdecke ausbreitete, standen fünf Meter weit im Wasser.

Damit hatte sie nicht gerechnet. Ihr war klar gewesen, dass der Wasserstand höher sein musste als normalerweise, aber dass der Rhein nach so vielen Tagen noch so viel vom Ufer verschlingen würde, überraschte sie nun doch. Sie musste auf die Kinder aufpassen, sie durften

auf keinen Fall ins Wasser, denn an den vorbeirauschenden Holzstücken und Baumresten konnte man sehen, dass die Strömung viel zu heftig war.
Ihr besonderer Tag, für den sie sich extra freigenommen hatte, schien durch das Hochwasser gefährdet.
»Scheiße!«, fluchte sie.
»Scheiße sagt man nicht!«, verbesserte sie die kleine Ira.
»Das hat uns Frau Bauer aus dem Kindergarten beigebracht!«, bestätigte ihre Schwester.
»Deine Kindergärtnerin hat vollkommen recht. Das sagt man nicht. Ich wollte eigentlich Schade sagen«, log sich Vanessa aus der Situation.
Ira nickte.
»Außerdem ist hier niemand! Bei uns am Strand sind immer viele Leute«, beschwerte sich Luise.
»Das ist doch gut so. Dann können wir uns jetzt in aller Ruhe einen Picknickplatz suchen.« Sie bemühte sich gute Miene zum bösen Spiel zu machen und die Kinder zu beschwichtigen.
Vanessa nahm noch die Decke aus dem Auto und schloss es dann ab.
»Kommt ihr?«
Sie blickte sich um und sah nur ihre beiden Nichten. Marcel entdeckte sie am Ufer, er flippte gerade Steine in den Rhein. Sie nahm Luise und Ira an der Hand und ging zu ihm.
»Macht Spaß, ne?«, fragte sie Marcel.
Der Junge nickte.
»Komm besser vom Ufer weg. Hier ist die Strömung zu stark. Und jetzt erkläre ich dir mal, was wir hier im Strandbad so alles machen können.«

»Schau mal, die Bäume sind im Wasser. Cool!«, riefen ihre beiden Nichten gleichzeitig und deuteten auf zwei Buchen, die einen halben Meter unter Wasser standen.
Ira und Luise folgten dem Beispiel ihres älteren Bruders, ergriffen ein Paar Steine und schleuderten sie ins Wasser. Währenddessen erzählte Vanessa Marcel, wie sie als Kind immer hierherkam und was man hier abgesehen vom Sandburgenbauen alles tun konnte.
Da sie wegen des Hochwassers nicht an ihren Lieblingsplatz konnten, musste sich Vanessa etwas einfallen lassen. Sie kannte noch eine andere schöne Stelle, die aber weiter hinten lag. Nach kurzer Überlegung gingen sie am Ufer entlang dorthin.
Luise und Ira lachten und eilten voraus. In einiger Entfernung blieben sie am Ufer stehen und machten es ihrem Bruder nach. Doch sie taten sich schwer damit, Steine in das Wasser des Rheins zu flippen, und Marcel lachte.
»Rennt nicht zu weit weg!«, rief Vanessa ihnen nach.
»Ich helf dir aufpassen«, unterstützte ihr Neffe sie, »auf die Kleinen muss man immer aufpassen.«
Die beiden beschleunigten ihre Schritte und holten die Nichten schnell wieder ein.
»Folgt mir nach!«, rief Vanessa ihnen zu. Ira und Luise liefen ihrer Tante einige Meter hinterher, blieben aber bald wieder stehen und suchten sich neue Steine für den Rhein. Vanessa und Marcel unterhielten sich, weshalb es ihnen nicht weiter auffiel.
Während des Gesprächs zog Marcel sein Handy aus der Tasche und präsentierte es seiner Tante. Er hatte es nach langem Bitten und Betteln zu seinem zwölften Geburtstag geschenkt bekommen und war ungeheuer stolz

auf sein erstes eigenes Handy. Enthusiastisch berichtete er, welche technischen Möglichkeiten es bot. Vanessa konnte seine Begeisterung nicht teilen, ihrer Meinung nach war er viel zu jung für so etwas.

Nach einiger Zeit verließen sie das Ufer und gingen einen kleinen Waldweg entlang zu dem Platz, an dem Vanessa so gerne als Kind gewesen war. Während Marcel ihr irgendetwas von Megapixeln erzählte, schwelgte sie in Erinnerungen. Eine Weile hörte sie mit halbem Ohr zu, dann fielen ihr ihre Nichten wieder ein.

»Ira! Luise! Kommt her!« Vanessa wurde plötzlich bewusst, dass die beiden lange nicht mehr gehört hatte.

Sie schaute sich um und spähte den Waldweg zurück. Da irgendwo in der Ferne, das musste Luise sein. Und für einen kurzen Moment glaubte sie, Iras rotes Kleid aufblitzen zu sehen.

»Ira! Luise! Kommt sofort hierher, sonst werde ich böse!« Sie versuchte sicher und streng zu klingen, obwohl sie innerlich unruhig wurde.

»Luise! Ira!«

Von den Mädchen kam keine Reaktion.

Die Kinder wussten eigentlich, dass sie sich nicht entfernen durften, aber es lag in ihrer Verantwortung, dafür zu sorgen, dass sie sich auch tatsächlich an die Spielregeln hielten.

Vanessa warf Marcel einen unruhigen Blick zu, doch der schien ihre Sorge nicht zu verstehen, dafür war er noch zu jung.

Vielleicht bilde ich mir das alles nur ein. Aber wenn man bedenkt, was heute alles passieren kann.

Angst stieg in ihr hoch und schnürte ihr die Kehle zu. Sie bekam Panik. Was war mit ihren Nichten los?

»Ich schau nach den Mädchen! Du läufst mir mit dem Picknickkorb langsam hinterher.«
»Ich kann hier warten«, wollte Marcel verhandeln.
»Nein, du läufst mir hinterher!«
Der strenge Blick Vanessas sagte ihm, dass jetzt nicht die Zeit für Kräftemessen war.
In diesem Moment drang ein markerschütternder Schrei durch den Wald. Vanessa gefror das Blut in den Adern.
Ohne ein weiteres Wort zu verlieren, rannte sie los. Sie scherte sich nicht um die Wurzeln, Pfützen und Dornensträucher, die in den Weg ragten, sie wollte so schnell wie möglich zu ihren Nichten gelangen.
»Ira! Luise! Wo seid ihr?«
Ihr Herz klopfte, ihre Lungen brannten. Sie war besessen von dem Gedanken, ihre Nichten retten zu müssen.
Schnell! Schnell! Ich muss rechtzeitig bei ihnen sein!
Dann war der Waldweg zu Ende und sie erreichte die Stelle, wo dieser vom Rheinufer abbog. Der Anblick, der sich ihr bot, ließ sie erstarren.
Ira und Luise knieten im Wasser und starrten auf etwas, das sich in einem Baum verfangen hatte. Als Vanessa bei ihnen ankam, übergab sich ihre jüngere Nichte gerade.
»Ich hab euch gerufen! Warum antwortet ihr nicht?« Sie war noch immer wütend.
Die beiden Mädchen saßen still im Wasser und rührten sich nicht. Sie schienen unter Schock zu stehen. Schließlich drehte Ira unendlich langsam den Kopf in Richtung ihrer Tante und blickte ihr tief in die Augen.
Vanessa verstand nicht, was Ira wollte, doch die Szenerie erinnerte sie an einen Horrorfilm aus den Achtzigerjahren, dessen Name sie vergessen hatte. Es gruselte sie.

»Sag doch was, Ira!«
Dann schaute sich die junge Frau um.
»Oh, mein Gott!«, rief Vanessa. Jetzt war ihr klar, was ihre Nichten derart schockierte. Sie stieg ins Wasser und nahm Ira in den Arm. Die Kleine ließ sofort ihren Tränen freien Lauf. Dann ergriff Vanessa fürsorglich Luises Hand und zog beide aus dem Rhein. Am Ufer holte sie ein Taschentuch hervor und säuberte Luises Mund vom Erbrochenen.
Gerade kam auch Marcel an. »Was ist los?«
Die drei antworteten nicht. Stattdessen nahm Vanessa die Picknickdecke und wickelte ihre zitternden Nichten darin ein.
Neugierig wollte Marcel ins Wasser eilen, um nachzusehen, was seine Schwestern so entsetzt hatte.
»Du bleibst hier!«, befahl Vanessa, während sie ihr Smartphone herauszog und die Nummer der Mannheimer Polizei wählte.
Als ihr Neffe nicht gehorchte und von der Neugier ins Wasser getrieben wurde, schrie sie ihn mit überschnappender Stimme an.
»Du bleibst aus dem Wasser!!!«
Marcel sah sie verwundert an. So ernsthaft und entschieden hatte er seine Tante noch nie erlebt.
»Komm hierher!«
Er gehorchte.

* * *

Die Kommissare parkten ihren Dienstwagen genau an der Stelle, an der Moritz auch in der Nacht zuvor geparkt hatte. Bei Tageslicht hatte der Rangierbahnhof nichts mehr von der bizarren Anmutung der letzten Nacht. Selbst die unzähligen Laternen, die ihm in der Dunkelheit etwas Märchenhaftes verliehen, sahen bei Tageslicht verrostet und alt aus.

Moritz hatte alle Vorbereitungen getroffen. Am Rangierbahnhof führte ein Angestellter des Verkehrsverbunds Rhein-Neckar die Kommissare zu besagter S-Bahn. Der Ort wirkte nun bei Tageslicht vollkommen anders als in Olivias Erinnerung. Die Szene war in keiner Weise mehr grotesk oder gar mythisch, die Realität am Rangierbahnhof sah kalt und nüchtern aus. Waggon war an Waggon gereiht, es roch nach Öl und Diesel, und in der Mitte stand die rote S-Bahn, die Moritz noch in der Nacht heimlich mit einem Sicherheitsband hatte absperren lassen.

»Ich habe gleich dafür gesorgt, dass er nicht zum Einsatz kommt«, versicherte Moritz Olivia, »das Baby gehört nun uns.«

Vor dem Waggon baute Fatih seine Gerätschaften auf. Dann drückte er seinen beiden Kollegen weiße Forensiker-Overalls in die Hand und bat sie hineinzuschlüpfen. Olivias Blick blieb an Moritz haften. Sie musterte ihn eine Weile und fragte sich, ob er wohl seine Lederjacke über den Overall ziehen würde. Doch er überraschte sie und tat es nicht. Stattdessen zog er Mundschutz und Haube über.

»Selten so gut gefühlt, wie in deiner Arbeitskleidung, Fatih«, kommentierte er die Situation, »ein ganz wunderbares Design!«

Olivia tat es ihrem Kollegen gleich und schob mühsam ihre Locken unter die Forensikerhaube.

»Entzückend«, kommentierte Moritz.

»Tja, ich kann es tragen«, antwortete Olivia.
Dir steht die Haube leider nicht. Aber das behalte ich mal besser für mich.
Sie war nun ebenfalls bereit, mit der Spurensicherung zu beginnen. Ganz in Weiß stiegen die drei in die S-Bahn.
»Bitte führe uns zu der Stelle, an der der Mord gewesen sein soll«, bat Fatih in seiner förmlichen Art.
»Der *angebliche Mord* gewesen sein soll«, fiel ihm Moritz ins Wort, »wir haben noch nicht einmal einen Beweis, dass es sich überhaupt um einen Mord handelt.«
»Hey! Was heißt hier *überhaupt* und *angeblich*!?«, raunzte Olivia.
»Ganz ruhig, Hochwohlgeborene. Das ist der aktuelle Ermittlungsstand, und wir können nur weiterermitteln, weil ich dem Chef gerade etwas vorgaukle, damit er keinen Verdacht schöpft! Lass uns herausfinden, ob es sich um Mord handelt.«
»Einverstanden«, kam es Olivia über die Lippen, »dann wollen wir mal sehen, ob aus *angeblich* nicht ganz schnell *tatsächlich* wird.«
Und nenn mich nicht Hochwohlgeborene!
Olivia ging an Moritz vorbei und gab ihm mit dem Ellenbogen einen leichten Stoß in die Seite. Dann schritt sie die Sitzreihen der S-Bahn ab und versuchte abzuschätzen, auf welcher Höhe des Waggons sie den Mord beobachtet hatte.
»Hier etwa muss es gewesen sein.«
Jetzt schaltete sich Fatih ein.
»Gut. Moritz, du bist das Opfer. Olivia, stell ihn so hin, wie du die Szene in Erinnerung hast.«
Beide folgten Fatihs Anweisungen. Dann legte Olivia ihre Hände um Moritz' Hals und fragte sich, wie sich

der Mörder dabei gefühlt haben mochte. Mit ihren Fingerspitzen fühlte sie seine Haut.
Um jemanden so zu erwürgen, braucht man wahrscheinlich eine Menge Kraft.
Olivia versuchte sich in den Täter hineinzuversetzen. Auch Fatih war voll und ganz auf seine Arbeit konzentriert, vor seinem inneren Auge stellte er sich ebenso wie seine neue Kollegin den Mord vor.
»Wie groß schätzt du den vermeintlichen Mörder und sein Opfer?« fragte er Olivia.
»Der Täter war um etwa einen Kopf größer als das Opfer. Vielleicht 1,90.«
Fatih nickte: »Das passt. Sonst hätte der Täter keine Chance gehabt, den Mord auch wirklich zu begehen.«
Vor seinem inneren Auge lief die Szene ab, die Olivia beobachtet hatte. Er sah, wie ein großer Mann einen kleinen Mann erwürgte und dieser schließlich leblos zu Boden sackte. Er versuchte sich vorzustellen, wie der Tote am Boden gelegen hatte. Wahrscheinlich war er quer gelegen, sodass sein Kopf bis fast an den Lüftungskasten reichte. Bevor er dort sein Werk beginnen wollte, kam ihm Olivia zuvor.
»Fatih, nimm bitte Proben von diesem Lüftungskasten und untersuch die Stelle genau.«
»Aye-Aye!«
»*Aye-Aye, Madam*, heißt das«, verbesserte ihn Moritz und spielte abermals auf Olivias Nachnamen an.
Nun wurde es ihr zu bunt. Sie konnte sich nicht mehr zurückhalten, es musste eine Retourkutsche her.
»Besser ein *von* im Nachnamen als einen Vornamen als Nachnamen, nicht wahr, Kommissar Martin?« konterte Olivia, und Fatih lachte.

»Wie Ihr wünscht, Hoheit.« Moritz wollte sich nicht beirren lassen.
Fatih mischte sich nicht weiter ein und fuhr mit seiner Arbeit fort. Während er die entsprechende Stelle nach Haaren und Hautresten untersuchte, plapperte er munter drauf los: »Weißt du, Olivia, wir Forensiker sind die geheimen Helden der Kriminalistik, ohne uns läuft nämlich gar nichts. In den 80ern waren die Anwälte die Stars, heute sind es wir. Hast du eine Ahnung, woran man das sehen kann? Was meinst du?«
Olivia zuckte mit den Schultern.
»An der Alltagskultur. In den Achtzigerjahren wollte jeder Anwalt werden, weil es so viele Anwaltserien gab. Jeder, der etwas auf sich hielt, war Jurist und Kämpfer für die Gerechtigkeit, heute ist das anders. Die unzähligen Anwaltshows, die in den letzten Jahren in den Privatsendern liefen, haben diesem Beruf jegliche Faszination geraubt. Man ist geradezu genervt von Anwälten und Richtern im Fernsehen. Ich jedenfalls bin es. Und jetzt kommt's, Olivia! Wer dominiert heute die großen Krimiserien im Fernsehen? Die Forensiker, die Gerichtsmediziner und die kriminaltechnischen Untersuchungen! Also wir.«
»Das stimmt«, pflichtete Olivia ihm bei.
»Wenn nichts mehr hilft, dann kommen wir und machen aus einem Nichts einen handfesten Beweis. Das ist so im Fernsehen, und das ist so in der Realität.«
Moritz konnte sich das nicht weiter anhören.
»Während die Amis jedoch die Täter finden, wird mir hierzulande bei der CSI Mannheim immer zu viel geplappert«, fügte er trocken hinzu.
Fatih warf seinem Kollegen einen beleidigten Blick zu, seufzte und machte mit seiner Arbeit weiter. Olivia

beobachtete ihn eine Weile bei der Spurensicherung, dann bemerkte sie, dass Moritz verschwunden war. Sie blickte um sich und sah ihn draußen auf den Gleisen stehen.
Für sie war alles so schnell gegangen. Noch gestern hatte sie sich ihren ersten Tag bei der Mannheimer Kripo als todlangweilig vorgestellt. Sie war davon ausgegangen, dass sie in den ersten Wochen nur Papierkram erledigen und Akten zu wälzen hatte. Aber seit sie gestern Abend vom Zug aus den Kampf zwischen zwei Männern beobachtet hatte, verging die Zeit wie im Flug. Alles fühlte sich ein wenig unnatürlich an. Sie war gerade erst in Mannheim angekommen und schon steckte sie mitten in einer Ermittlung.
Olivia stieg aus dem S-Bahn-Waggon und lief zu Moritz, der unentwegt in die Ferne starrte und sie zunächst nicht wahrnahm. Sie stellte sich schweigend neben ihn. Nach einer Weile unterbrach sie die Stille. »Wie hat der Täter die Leiche verschwinden lassen?«
»Darüber habe ich auch gerade nachgedacht.«
Moritz starrte weiter in die Ferne. Nur langsam begann er, Olivia seine Gedanken mitzuteilen: »Es gibt nicht sonderlich viele Möglichkeiten an den Rangierbahnhof heranzukommen. Ich vermute mal, dass ihn zwar jeder Bewohner der Region kennt, aber ausgestiegen sind hier sicherlich die wenigsten.«
»Dazu ist er auch nicht angelegt.«
»Stimmt, das ist er nicht. Wenn ich mir also ohne Vorkenntnisse überlegen müsste, mein Auto in der Nähe zu parken, dann würde ich den Parkplatz der SAP Arena wählen. Von dort würde ich dann einfach über die Gleise oder querfeldein laufen.«

»Und von dort ist man in Windeseile auf der Autobahn und kann theoretisch überall hin«, stellte Olivia fest.
Moritz sah sie an. »Ganz schön ortskundig für jemanden, der erst heute Nacht aus Berlin angekommen ist.«
Olivia zuckte mit den Schultern. »Für was gibt's Google Maps?«
Ihr Kollege ging nicht weiter darauf ein, und Olivia fuhr fort: »Er kann den Tumult um den bremsenden ICE genutzt haben, um die Leiche aus der S-Bahn zu ziehen und wegzuschleppen. Wenn er wirklich um einiges größer war, dann kann er die Kraft gehabt haben, ihn bis zur Arena zu tragen.«
Moritz fügte hinzu: »Ich habe keinen Zweifel, dass er die Kraft gehabt hat. Immerhin hat er sein Opfer mit den bloßen Händen erwürgt. Das ist nicht so einfach, der Täter muss groß und kräftig sein.«
»Trag mich!«, bat ihn Olivia.
»Was?« Moritz' Stimme überschlug sich fast.
»Ich will etwas ausprobieren!«
»Der Adel hat hier keine Privilegien mehr!«
»Idiot. Du sollst mich zum Parkplatz tragen! Dann können wir sehen, wie lange der Täter dafür gebraucht hat und ob das überhaupt möglich ist.«
»Wie Sie wünschen, Durchlauchtigste«, war Moritz' kurze Antwort, bevor er Olivia packte und sich über die Schulter legte.
»Und nenn mich nicht Durchlauchtigste!«
»Selbstverständlich, Majestät.«
Er stiefelte los.
Olivia merkte, dass sie ihm schnell zu schwer wurde. Doch sein Ehrgeiz schien ihn daran zu hindern, sie abzuladen.

»Bin ich dir etwa zu schwer?«
»Nein, keineswegs«, log Moritz.
Plötzlich begann er zu lachen.
»Was ist?«
»Mein Handy klingelt. Es kitzelt.«
»Wo trägst du es denn?«
»Sag ich nicht.«
»Das ist nicht gut für deine Fruchtbarkeit.«
»Das wiederum ist nur ein moderner Mythos. Und es zeigt mir zudem, wie du denkst. Mein Handy ist nämlich woanders.«
Mist.

In der Zwischenzeit war Fatih damit beschäftigt, Haare, Schuppen und irgendwelche Fusseln einzusammeln und vorsichtig in Tütchen zu archivieren. Als er eine kurze Pause machte, sah er aus dem S-Bahn-Waggon und entdeckte seine beiden Kollegen.
»Ringelpiez mit Anfassen.« Er schüttelte den Kopf und beobachtete Olivia und Moritz in ihren weißen Overalls. Letzterer lief kerzengerade über die Gleise und hatte offensichtlich mit der Last auf seinen Schultern zu kämpfen, obwohl Erstere nicht wirklich schwer sein konnte.
»Hoffentlich sieht sie niemand, sonst denken sie, wir bei der Polizei sind nicht ganz dicht.«
Er fing an, einen Fingerabdruck zu nehmen und hielt dann noch einmal inne.
»Da haben sich zwei gefunden!« Nickend bestätigte er sich selbst.

»Drei Minuten.« Keuchend ließ Moritz Olivia auf dem Parkplatz runter und schaute auf seine Uhr.

»Ich habe etwa zwei Minuten gebraucht, um von meinem Platz im ICE zum S-Bahn-Waggon zu kommen.«
»Angenommen das Opfer war gleich tot, als du die beiden gesehen hast, dann hatte der Täter genügend Zeit zu entkommen. In dem Moment, in dem du an der S-Bahn angekommen bist, war der Täter fast schon auf dem Parkplatz.«
Olivia nickte.
Moritz wollte nachsehen, wer ihn angerufen hatte, doch in diesem Moment klingelte Olivias Handy. Es dauerte eine Weile, bis sie aus dem Overall geschlüpft war und das Telefon in ihren Händen hielt. Es war Dr. Klose.
»Kriminalpolizei Mannheim. Kriminalhauptkommissarin von Sassen. Ja, bitte?«, meldete sich Olivia zum ersten Mal.
»Warum geht Kommissar Martin nicht an sein Telefon?«, antwortete Dr. Klose mit einer Frage und ohne sich vorzustellen.
»Ich weiß nicht«, log Olivia und grinste Moritz an.
»Wo stecken Sie? Wir haben eine Leiche.«
»Wir sind unterwegs«, gab Olivia Bescheid.
Mein Gott, wo bin ich hier nur hingeraten. In Mannheim passiert wohl dauernd etwas.

* * *

Olivia saß am Steuer ihres Dienstwagens. Sie flog förmlich über die Straßen Mannheims in Richtung Strandbad Neckarau. Dabei ließ sie sich von Moritz durch ein Industriegebiet leiten, in dem alle erdenklichen Fast-

food-Ketten, Supermärkte und Elektronikhersteller ihre Niederlassungen hatten. Es erinnerte sie ein wenig an ihr Jahr an einer US-Highschool, das sie in Charleston, South Carolina, verbracht hatte. Auch dort gab es - wie wahrscheinlich vielerorts in den USA - eine lange Straße mit allerlei Geschäften und riesigen Parkplätzen davor. Genauso sah es ihrer Meinung nach in Neckarau aus.
Fatih war mit seinen Untersuchungen noch nicht fertig gewesen und im Rangierbahnhof geblieben. Moritz hatte einen Kollegen hingeschickt, der ihn wenig später abholen sollte. Inzwischen kümmerte sich Fatihs Team bereits am Strandbad um die aufgefundene Leiche. Auf diese Weise würde Dr. Klose keinen Verdacht schöpfen und ihr geheimer Ausflug zum Rangierbahnhof unbemerkt bleiben. Zumindest hofften die drei das.
Nach den letzten Häusern Neckaraus folgte eine große Schrebergartensiedlung, das Aufeld. Hier hatten viele Privatpersonen und Vereine kleinere und größere Grundstücke. Olivia schüttelte es. In Berlin hatte sie mehrfach mit Morden zu tun gehabt, bei denen die Ermittlungen sie in die unterschiedlichsten Schrebergartensiedlungen führten, in der Hauptstadt boten die Schrebergärten einen perfekten Unterschlupf.
Nach dem Aufeld ging es direkt in einen Wald, der in der sogenannten Rheinschleife lag: der Waldpark. Die Straße führte quer hindurch, und bereits nach wenigen Minuten waren sie am Strandbad angekommen. Die Mannheimer waren sehr gern hier, auch wenn manche zweifelten, ob man wirklich im Rhein baden sollte, immerhin ragten am gegenüberliegenden Ufer gewaltige Industrieschornsteine in die Höhe, die einen daran erinnerten, dass der Fluss nicht nur ein Naturparadies war. Doch

für einen Tag Urlaubsgefühle reichte das Standbad allemal, zumal dessen gastronomischer Betrieb in den letzten Jahren auf Vordermann gebracht worden war.
Olivia hätte sich gewünscht, während der Fahrt etwas mehr mit Moritz zu sprechen. Doch nachdem er kurz aufgetaut schien, schwieg er nun wieder und war ganz in Gedanken. Sie wollte ihn nicht nerven und beließ es beim Schweigen.
Es war kein wirklich sonniger Tag, dennoch hatten die Temperaturen einige Mannheimer dazu veranlasst, den Tag am Rhein zu verbringen. Gerade in den letzten Minuten kamen immer wieder neue Badegäste. Die meisten von ihnen hatten sich an einem Fleck nahe dem Ufer versammelt, der gerade von einigen Polizisten abgesperrt wurde.
Olivia und Moritz stiegen aus dem Dienstwagen und steuerten auf die Menschenmenge zu. Die Kollegen waren bereits im Einsatz und versuchten, die Neugierigen zurückzudrängen. Fatihs Spurensicherer hatten mit ihrer Arbeit begonnen. Dr. Klose stand in der Mitte und gestikulierte hektisch.
»Unsere erste gemeinsame Leiche, Durchlaucht«, sagte Moritz verschmitzt.
Wie romantisch und charmant du doch sein kannst, Moritz Martin!
»Vielleicht ist es ja auch schon die zweite«, entgegnete sie laut.
Moritz nickte kurz.
Mit einer Geste deutete Olivia ihm an, dass er vor ihr gehen sollte. Die beiden bahnten sich ihren Weg zur Leiche, die von der Spurensicherung schon entsprechend präpariert worden war. Dr. Klose stand an der Seite und sprach mit einem Kollegen. Als er Moritz und Olivia er-

blickte, ließ er von ihm ab und ging genervt auf seine beiden Ermittler zu.
»Da sind Sie ja endlich!«
Wie gewohnt ignorierte Moritz seinen Chef und lief an ihm vorbei direkt zur Leiche. Olivia folgte Moritz' Masche und ignorierte Dr. Klose ebenfalls.
Nun beugte sich Moritz tief zu dem Toten hinunter und starrte ihm lange in die weit aufgerissenen Augen, als ob er darin den Moment des Todes lesen und ein Spiegelbild des Mörders sehen konnte.
Olivia beobachtete Moritz aus dem Augenwinkel. So direkt konnte sie sich einer Leiche nicht nähern. Sie hasste Leichen. Ihre Vorgehensweise war eine ganz andere. Im Grunde hatte sie zwar sehr häufig mit Leichen zu tun, dennoch fiel es ihr jedes Mal schwer, sie zu betrachten. Sie sah niemals nur einen toten Körper vor sich, sondern stellte sich immer das Leben des Toten vor. Seine Familie, seine Freunde, seinen Beruf, seine Gefühle, Trauer, Schmerz, Freude, all das, was die Leiche ehemals zu ei nem Menschen gemacht hatte.
Bevor sie sich einem Toten zaghaft näherte, musterte sie normalerweise erst einmal die Umgebung. Sie versuchte sich ein Bild davon zu machen, wie alles ausgesehen haben musste, als der Mord geschehen war, warum sich Mörder und Leiche genau an dieser Stelle getroffen hatten. All dies ging sie langsam in Gedanken durch, um sich in den Fall hineinzufühlen, der sie in der Regel die nächste Zeit voll in Anspruch nehmen würde.
Heute war es ein wenig anders. Schon von Weitem war klar, dass der Fundort der Leiche nicht der Tatort war. In Polizeikreisen unterschied man zwischen Fundort, Tatort und Ablageort. Die erste Vermutung der Ermitt-

ler legte nahe, dass die Leiche hier ans Rheinufer geschwemmt worden war. Eine Aussage darüber, wie lange sie im Wasser getrieben hatte, konnte die Spurensicherung noch nicht treffen. Im Moment kamen noch alle möglichen Orte entlang des Rheins als Tatort in Frage. Selbst Frankreich und die Schweiz mussten in Betracht gezogen werden.

Auch wenn Olivia nun nicht die Atmosphäre des Tatorts, sondern nur die des Fundorts aufnehmen konnte, wollte sie es mit der Betrachtung des Toten langsam angehen lassen. Sie blieb zunächst außerhalb der Absperrung stehen und sah den Schaulustigen, die einen weiten Kreis um die Leiche und die Polizisten gebildet hatten, ins Gesicht. Gerade weil sie sich eine Leiche nie locker anschauen konnte, verstand sie nicht, was die Leute daran so faszinierte, im Gegenteil, sie empfand Ekel, wenn sie an die Schaulustigen dachte. Wie würden sich diese Leute denn selber fühlen, wenn sie wüssten, dass ihr Körper nach ihrem Tod derart angegafft werden würde? Die Neugierigen waren sogar so von dem Anblick gebannt, dass sie Olivias forschende Blicke nicht bemerkten.

Dann musterte die Kommissarin ihre Kollegen. Das ein oder andere Gesicht kam ihr trotz der kurzen Zeit schon bekannt vor. Keiner schien Notiz von ihr zu nehmen. Das war vielleicht gar nicht schlecht, denn sie wollte nicht, dass sie weiterhin als diejenige hingestellt wurde, die den »Fehlalarm« ausgelöst hat. Ihre Blicke wanderten langsam über Dr. Klose und Moritz weiter zu den Forensikern und schließlich zur Leiche.

Langsam glitten ihre Augen an den Beinen des Toten entlang. Vor ihr lag ein nackter Mann im mittleren Alter, der an Brust und Armen tätowiert war. Sein braunes

Haar war kurz geschnitten, seine Gestalt eher klein und schlaksig. Er war aufgeschwemmt und blau angelaufen. Überall an seinem Körper fanden sich Kampfspuren, Risswunden und blaue Flecken. Rund um seinen Hals hatten sich weitere Hämatome gebildet und am Oberkörper waren mehrere Striemen und Kratzer zu finden. Ein Auge war geschwollen, zahlreiche kleinere Blutungen konnte Olivia an den Wangen, Augenlidern und an der Stirn erkennen.

Sie ließ die Absperrung hinter sich und stellte sich neben ihren Chef und ihren Kollegen. Jetzt musste sie die unmittelbare Nähe zu der Leiche zulassen. Sie stand schweigend da.

»Ist das der Tote, den du gestern Nacht vom Zug aus gesehen hast?«, unterbrach sie Moritz nach einer Weile.

Olivia zuckte mit den Schultern. Dann sah sie genau hin. »Alles, was ich sagen könnte, wären Vermutungen, mit Gewissheit kann ich nichts behaupten.«

»Sind das die Augen, von denen du gesprochen hast?« Moritz schob beide Lider der Leiche nach oben. Olivia, obwohl viel gewohnt, zuckte innerlich zusammen. Der Anblick wirkte so ungeheuer grotesk.

»Ich weiß es nicht, Moritz.«

»Okay.«

Moritz ließ von der Leiche ab und stand auf. Olivia streckte sich.

»Irgendetwas, was du verdächtig findest?«, fragte sie Moritz.

Ihr Kollege fixierte die Leiche und sagte nichts weiter.

Olivia fasste zusammen: »Alles deutet darauf hin, dass er in einen Kampf verwickelt war. Der Tote hat Spuren am Hals und wurde wahrscheinlich gewürgt, eventuell sogar erwürgt. Vielleicht ist es der Tote, den ich in der S-Bahn gesehen habe, aber zu hundert Prozent sicher bin ich mir nicht.«

»Bei Wasserleichen ist es oftmals so, dass sie die Verletzungen nach ihrem Ableben durch Schiffe oder schwimmende Gegenstände erhalten. Das muss nicht durch den Kampf geschehen sein, den du beobachtest hast. Passen würde es allerdings«, räumte Moritz ein.

»Selbst wenn in einem solchen Fall die meisten Wunden von schwimmenden Gegenständen im Wasser kommen, bin ich mir ziemlich sicher, dass das geschwollene Auge von einer Prügelei stammt.«

»Da hast du recht«, bestätigte Moritz ihre Annahme, »aber warum ist der Tote nackt?«

Olivia nickte bestätigend und warf eine neue Frage auf: »Vor allem: Ist er ertrunken oder war er schon tot, bevor er ins Wasser kam?«

Dr. Klose trat an die beiden heran.

»Haben wir schon etwas? Irgendeinen Anhaltspunkt?«

»Noch nicht«, entgegnete Moritz, »wir müssen noch auf die Ergebnisse der kriminaltechnischen Untersuchung warten.«

»Ach ja, die KTU«, fiel ihm Dr. Klose ins Wort. »Wo ist eigentlich Dr. Üstbas? Ich hab ihn hier am Tatort noch nicht gesehen.«

»Hier bin ich! Schon die ganze Zeit, Chef.«

Gerade noch rechtzeitig! Wenn Klose wüsste, wo wir gerade waren.

Fatih kniete neben dem Toten und tat, als würde er irgendetwas untersuchen. Dr. Klose setzte ein nachdenkliches Gesicht auf, so als wollte er sich erinnern, wann Fatih am Tatort eingetroffen war.

»Ich will nicht, dass mein Team aussieht, als würde es schlampen, wenn gleich die Staatsanwältin kommt!«, brummte Dr. Klose.
Als der Kriminaldirektor außer Hörweite war, lachte Fatih laut los. So laut, dass er Olivia mit ansteckte, obwohl ihr in der Gegenwart von Leichen eigentlich nicht zum Lachen zumute war.
»Glückwunsch, du hast es gerade noch einmal rechtzeitig geschafft«, kommentierte sie die Situation.
»Gerade noch einmal.« Fatih zog spielerisch die Augenbrauen hoch. »Und wehe, Moritz zwingt mich nochmal, irgendwelche Vorschriften zu missachten, dann lege ich offiziell Protest gegen seine Vorgehensweise ein.«
Olivia lächelte.
So wie ich meinen neuen Kollegen einschätze, wird er das baldmöglichst wieder tun, Fatih. Du hast keine Chance. Er hält sich nicht an Vorschriften.
Moritz kam hinzu: »Der Mörder hat sich die Mühe gemacht, ihn zu entkleiden. Oder er war schon nackt. Wenn der Mörder ihn entkleidet hat, dann müssen an der Kleidung Spuren zu finden sein. Wenn er schon nackt war, muss er den Toten in irgendeiner intimen Situation erwischt haben.«
»Beim Beischlaf, beim Fremdgehen oder beidem«, warf Fatih ein.
»Ich glaube eher, dass der Mörder seine Spuren verwischen wollte und deshalb die Kleider des Toten verschwinden ließ. Das bedeutet dann auch, dass er schon tot war, bevor man ihn in den Rhein warf«, überlegte Olivia.
»Wartet, ich mach noch ein paar Aufnahmen mit meinem Handy.« Insgeheim hoffte sie, dass nie einer die Bildergalerie ihres Telefons sehen würde. Bei all den Leichen,

die sie im Laufe ihrer Karriere fotografiert hatte, würde das ein ziemlich schockierender Anblick sein.

Olivia zog ihr Smartphone aus der Tasche ihres Kapuzenpullis und fotografierte die Leiche, bevor Fatih den Toten zur Autopsie in die Gerichtsmedizin bringen ließ. Sie interessierte sich vor allem für die Tätowierungen und versuchte, jede einzelne im Bild festzuhalten. Vielleicht würden ihnen diese Fotos bei der Identifizierung der Leiche helfen. Immerhin hatte jeder Tätowierer seinen eigenen Stil.

Der Tote hatte an den Oberarmen sowie über der Brust mehrere Tribals. Eine riesige Tätowierung schlängelte sich um den Hals. Sie war zackig und tiefschwarz. An den Unterarmen sowie in der Nähe des Herzens waren mehrere kleine Tätowierungen zu finden, die Olivias Aufmerksamkeit besonders auf sich zogen. Eine war schwarz-blau mit weißer Schrift.

»Outsiders«, las Olivia.

»Wer sind die Outsiders?«

Fatih zuckte mit den Schultern.

»Wenn einer das weiß, dann Moritz.«

Aber auch der schüttelte den Kopf.

»Kenne ich nicht.«

Olivia ließ von der Leiche ab und fragte Dr. Klose, wer den Toten gefunden habe. Er deutete auf eine junge Frau mit drei Kindern, die ein wenig abseits standen und vom Roten Kreuz versorgt wurden.

Olivia ging zu ihnen hinüber und stellte sich der gutaussehenden Frau kurz vor.

»Olivia von Sassen, Kriminalpolizei Mannheim. Hallo.« Sie lächelte aufmunternd.

»Hallo, Vanessa Dotter.«

Die Frau, die in ihrem Alter zu sein schien, wirkte erschöpft. Der Schreck saß ihr offenbar noch in den Knochen. Hinzu kam, dass es bestimmt nicht einfach gewesen war, die Kinder zu beruhigen.
»Haben Sie einen kurzen Moment Zeit?«
Vanessa nickte.
»Sie haben die Leiche entdeckt?«
Sie schüttelte den Kopf.
»Nein, die Kinder. Genauer gesagt, die Mädchen.«
»Ihre Kinder?«
»Nein, das sind meine Nichten und mein Neffe. Wir wollten heute hier am Rhein picknicken.«
»Können Sie mir die Situation beschreiben?«
Vanessa zuckte mit den Schultern.
»Hm, viel zu sagen gibt es nicht. Mein Neffe und ich sind dort vorne in den Waldweg eingebogen, während die Mädchen noch am Wasser gespielt und Steine in den Rhein geworfen haben. Dabei haben sie hier die Leiche gefunden und sind furchtbar erschrocken. Ich habe sofort die Polizei verständigt.«
Olivia bat Vanessa, sich für weitere Aussagen zur Verfügung zu halten, und nahm ihre Kontaktdaten auf, bevor sie sich mit einem herzlichen Danke verabschiedete.

* * *

Zurück im Präsidium kopierte Olivia die Fotos der Leiche von ihrem Smartphone auf den Server des Präsidiums und wollte mit ihrem Kollegen die Tätowierungen durchgehen. Der aber wollte sofort wieder los. Moritz hatte die Angewohnheit, nicht im Büro sitzen bleiben zu können, wenn er über einen Fall nachdachte. Für gewöhnlich verließ er die Polizeiwache, schlenderte durch die Quadrate, setzte sich auf eine Bank am Wasserturm, ging ein Eis essen oder stöberte in der Innenstadt in einem der Geschäfte. Auf diese Weise überkam ihn das Gefühl, dass er die Stadt stets im Auge behielt. Das war heute nicht anders.

»Was ist los mit dir, Moritz? Setzt dich doch mal hin!«

Moritz schwante nichts Gutes. Nun würde genau das losgehen, wovor er sich die ganze Zeit gefürchtet hatte, er musste sich, ob er wollte oder nicht, auf seine neue Partnerin einlassen.

»Was soll los sein?«, versuchte er in die Offensive zu gehen.

»Seit wir zurück aus Neckarau sind, läufst du hier durch das Büro wie ein Tiger im Käfig, ohne auch nur eine Sekunde still zu stehen.«

»Na und? Stört dich das?«

»Mich stört, dass du mich nicht in deine Gedanken einweihst. Dass du all deine Überlegungen für dich behältst.«

»Hm. Ich denke nach.«

»Ich bin es aber gewohnt, mit meinem Partner Pingpong zu spielen. Gemeinsam nachzudenken. Zu brainstormen. Da kommt man auf gute Ideen.«

»Und ich bin es gewohnt, allein zu arbeiten und nicht an dieses Büro gebunden zu sein. Ich mag zwar Beamter sein, aber ich bin noch lange kein Bürohengst.«

Olivia musterte ihren neuen Kollegen und verstand allmählich, wo das Problem lag.

»Wenn das das Problem ist, habe ich eine Lösung. Lass uns ein Eis essen gehen. Raus hier. Ich nehm die Bilder

von der Leiche mit und wir schauen sie uns unterwegs gemeinsam an.«
Sie schnappte sich ihren Kapuzenpulli und bedeutete Moritz, mit ihr zu kommen. Bevor er etwas erwidern konnte, raunzte sie ihn an: »Ich bin nämlich auch keine Schreibtischtäterin!«
Dann warf sie ihm seine Lederjacke zu. Er hatte verstanden.

Gemeinsam schlenderten sie in Richtung Planken. *Was für ein komischer Name für die große Fußgängerzone, die sich quer durch die Mannheimer Quadrate zieht,* schoss es Olivia durch den Kopf, *eigentlich hätte man so einen Namen eher in einer Hafenstadt erwartet. Mannheim hat wirklich eine eigenwillige Benennungsmethode für seine Straßen. Na ja, immerhin gibt es innerhalb der Quadrate Straßennamen, wie die Planken beweisen.* Sie gingen nicht gleich zum Eiscafé, sondern wanderten noch ein Stück die Einkaufsstraße entlang, vorbei an kleinen Geschäften und großen Kaufhäusern, und zwischen all den Menschen hindurch, die aus der Stadt und der Umgebung zum Einkaufen hierhergekommen waren. Die Planken waren für Autos gesperrt, lediglich der Straßenbahn galt es auszuweichen, da deren Trasse in der Mitte der Straße verlief. Schließlich kamen sie in O4 bei Fontanella an und ließen sich unter einer der orangefarbenen Marquisen nieder. Die roten Decken, die auf den Stühlen lagen, wärmten ihnen angenehm den Rücken.
»Ein Spaghetti-Eis«, rief Moritz der Kellnerin zu, noch bevor sie direkt an ihrem runden Tischchen angekommen war.

»Ein was?« Olivia lachte.
»Ein Spaghetti-Eis.«
»Okay, ich dachte, das essen nur Kinder.«
»Kinder und Menschen, die sich bewusst sind, dass das Spaghetti-Eis hier, in diesem Laden, 1969 von Dario Fontanella erfunden wurde.«
Olivia war erstaunt.
»Okay. Wirklich? Das wusste ich nicht.«
Moritz nickte bestätigend.
»Das ist ein Argument, ich nehme auch eines«, sagte Olivia zur Kellnerin.
Kaum war die Kellnerin davongeeilt, holte Olivia ihr Smartphone heraus und ging mit Moritz die Fotos durch, die sie von der Leiche geschossen hatte.
Moritz fachsimpelte: »Die Tattoos sind größtenteils Standard. Ich glaub nicht, dass wir einen gewissen Stil erkennen, der auf einen bestimmten Tätowierer hinweisen könnte. Sieht eher nach einfachem Handwerk als nach großer Tätowierkunst aus.«
»Ja, das sehe ich auch so. Aber das hier ist mir vorhin aufgefallen. Es wird uns weiterhelfen, weil es nicht nach einem Standard-Tattoo aussieht!«
Olivia zeigte Moritz die Tätowierung mit dem Schriftzug »Outsiders« und zog das Bild mit ihren Fingern groß.
»In der Tat«, merkte Moritz erstaunt an.
»Das könnte eine Motorradgang sein oder eine Fanvereinigung. Welchen Sport betreibt man hier in Mannheim besonders gern?« Olivia sah ihn fragend an.
»Eishockey«, antwortete Moritz, »hauptsächlich geht man zum Eishockey. Fußball war in den Achtzigern sehr beliebt.«
»Okay.« Olivia nickte.

Das Spaghetti-Eis kam, es sah prächtig aus. Der Macher des Eisbechers hatte weder an Erdbeersoße noch an Kokosraspeln gespart.
Moritz ließ sich weder von der Kellnerin noch dem Eis ablenken. Er starrte weiter auf das Foto.
»Aufgrund der Farben Schwarz und Blau und der verwendeten Typografie tippe ich auf den Waldhof, die Adler hätten wohl Rot dabei und eine kantigere Schrift.«
»Was?«, fragte Olivia.
»Adler Mannheim ist gleich Eishockey. Waldhof Mannheim ist gleich Fußball.«
Olivia lächelte gezwungen.
»Davon hab ich doch keine Ahnung.«
»Nicht? Klaus Schlappner? Jürgen Kohler? Die Waldhof-Buben?«
Olivia schüttelte den Kopf.
»Noch nie gehört. Keinen der Namen«, gab sie zu, »es handelt sich also um Fußball. Schön.«
Ihr Handy klingelte und rettete sie quasi wie der Gong beim Boxen in die nächste Runde. Sie blickte auf ihr Display. Es war Fatih. Als sie annahm, sprudelte er sofort los. Er konnte es kaum erwarten, endlich die ersten Ergebnisse aus der Obduktion der Leiche vom Rhein loszuwerden.
»Also, der Tote wurde mit nahezu hundertprozentiger Sicherheit erwürgt. Er ist nicht ertrunken, er ist erstickt. Das heißt auch, dass er schon tot war, bevor er in den Rhein geworfen wurde. Dem Verwesungsgrad zufolge muss die Leiche etwa acht Stunden lang im Wasser gewesen sein.«
»Das passt zu meinen Überlegungen.«
»Ja, das passt sogar ziemlich gut. Ich fahre fort.« Fatih räusperte sich. »Der Tote wurde also definitiv erwürgt.

Dafür bedarf es einiger Kraft und Ausdauer, denn der Mörder muss lange mit bloßen Händen die Stimmritze im Kehlkopf des Opfers zudrücken. Das ist nicht ganz einfach, es kann sogar einige Minuten dauern, bis ein erwachsener Mann daran erstickt. Aber das weißt du ja sicher alles aus deinen bisherigen Ermittlungen.«

Olivia nickte, obwohl Fatih sie gar nicht sehen konnte. »Er könnte also tatsächlich an dem Kampf beteiligt gewesen sein, den ich beobachtet habe.«

»Hinzu kommt«, erklärte Moritz, »dass niemand einen Mord mit bloßen Händen begehen will. Normalerweise nehmen Täter dazu eine Waffe. Das wiederum spricht dafür, dass der Mörder, als er sein Opfer getroffen hat, nicht vorgehabt hat, es zu töten.«

»Es gab einen Streit, der eskaliert ist – nach dem, was ich gesehen habe, genau das, was ich vermutete!«, raunzte Olivia. »Glaubt mir jetzt endlich mal jemand?«

»Deine Rückschlüsse machen durchaus Sinn, doch können wir erst sicher sein, wenn wir Spuren der Leiche am Tatort oder Spuren des Tatorts an der Leiche finden«, erklärte Fatih die Sachlage, als ob sie Olivia nicht klar wäre. »Ach ja, und sag Moritz, dass das Bild unterwegs ist.«

»Welches Bild?«, fragte Olivia.

Doch Fatih hatte bereits aufgelegt.

»Check mal deine E-Mails«, forderte Moritz sie auf. Olivia tat, worum Moritz sie gebeten hatte und öffnete eine E-Mail von Fatih mit einem kaschierten Bild der Leiche.

»Sind das die Augen in die du vorgestern Nacht geglaubt hast zu sehen?«

Sie blickte in die Augen des Toten. Dieses Mal waren sie weit geöffnet.

»Wie?«, polterte sie los. Sie wunderte sich über das Foto.
»Photoshop.« Moritz zuckte mit den Schultern. »Ich hab seinen Blick rekonstruieren lassen. Zuvor waren seine Augen zu, und nun sind sie geöffnet.«
Olivia verstand nicht.
»Das sind die Augen des Toten – offen und in das Gesicht hineinkopiert«, sagte Moritz, während Olivia wie gebannt auf das Display des Smartphones schaute.
»Das könnten wirklich die Augen des Toten aus der S-Bahn sein«, wiederholte sie.
Aber ich bin mir nicht hundertprozentig sicher. Nur sage ich das besser nicht laut, sonst geht die Geschichte mit dem Fehlalarm von vorne los.

* * *

Wie bereits am Vormittag wollte Moritz auch jetzt nicht selbst fahren und überließ den Feierabendverkehr Olivia. Sie waren unterwegs zu einem Tätowierstudio auf dem Waldhof, jenem Stadtteil, der den berühmtesten und in manchen Augen berüchtigtsten Fußballverein der Stadt beherbergte: Den SV Waldhof Mannheim, der seine größte Zeit in den Achtzigerjahren hatte. Moritz erinnerte sich noch gut daran, wie er als Kind Autogrammkarten gesammelt und die Spiele besucht hatte, die in den ersten Jahren nach dem Bundesligaaufstieg 1983 im Ludwigshafener Südweststadion ausgetragen worden waren.
Zunächst fuhr Olivia über die Neckarbrücke, die den gleichnamigen Fluss überspannte, kurz bevor er in den

Rhein mündete. Dann ging es auf der B 44 immer weiter in Richtung Mannheimer Norden. Ein Wohnblock folgte auf den anderen, die wenigsten davon waren neueren Datums. Als Olivia schon glaubte, dass sie gar nicht mehr aufhören würden, gingen die Blocks in kleine Reihenhäuser über, die vermutlich aus den Dreißigerjahren stammten und mit ihren Walmdächern und Dachgauben ganz nett aussahen. Manche waren bunt gestrichen, andere grau und heruntergekommen, manche hatten Zäune um die Minivorgärten, manche einen Abstellplatz, auf den gerade mal ein Anhänger passte, zu allen führten ein paar Treppen hoch. Moritz erklärte Olivia, dass westlich von ihnen der Rhein ganz nah war. Kurz darauf kamen sie über eine große Kreuzung, die Straßenbahn mündete ein und teilte ab jetzt die vierspurige Straße. Nach einer Unterführung wurde rechter Hand der Blick durch einen Sichtschutzzaun begrenzt, der irgendwann nach links zu wechseln schien. Die Gegend schien Olivia immer trister und öder zu werden, und als sie gerade ganz die Lust daran verlor, unterbrach Moritz die Stille im Auto.

»Und wie gefällt dir Mannheim?«,

»Frag besser nicht.«

»Gefällt es dir hier nicht?« Moritz schien erstaunt.

»Ich bin noch nicht einmal 24 Stunden in Mannheim. Vor zwei Wochen war ich kurz hier, um die Wohnung zu mieten, da hab ich fast nichts von der Stadt gesehen. Gestern Nacht hab ich einen Mord beobachtet, was mir bislang niemand wirklich glaubt, und seither suchen wir ununterbrochen den Mörder. Einen warmen Empfang nenne ich etwas anderes. Auf den ersten Blick gefällt es mir nicht so richtig.«

»Tja, an meinen ersten Eindruck kann ich mich nicht mehr erinnern.« Er grinste breit. »Ich bin nämlich in Mannheim geboren. Also mir gefällt's hier. Warte mal ab, das kommt bei dir auch noch!«
Er kramte in der CD-Box, die er vor ein paar Jahren mit in den Dienstwagen genommen hatte, holte eine CD von Chris Cosmo heraus und schob sie in das Autoradio, dann drückte er auf »Play«.
»In Mannheim weint man zweimal: Wenn es einen hierher verschlägt. In Mannheim weint man zweimal: Einmal, wenn man kommt, und einmal, wenn man geht«, klang es aus den Boxen.
Olivia gefiel das Lied, irgendwie gab es zum Teil die Stimmung wieder, in der sie sich befand.
»Es wird dir hier schon noch gefallen.«
Olivia schaute ihn an, als er stockte.
»Prinzessin.«
Das war alles, was er an Kreativität aufzubieten hatte? Prinzessin?
»Nenn mich nicht so. Ich bin keine Prinzessin.«
»Gut, Hochwohlgeborene.«
»Wie wär's mit meinem richtigen Namen?«
»Olivia? Das erinnert mich immer irgendwie an Popeye.«
»Das hat sich mein großer Bruder damals wohl auch gedacht, als er den Vorschlag machte.«
Sie sah, wie Moritz ein Grinsen unterdrückte.
»Er hat offenbar Humor.«
»Sehr witzig, Moritz.«
Sie machte eine kleine Pause.
»Nenn mich einfach Livi.«
»Ich finde Prinzessin aber besser. Das passt zu dir.«
Wieder grinste er.

»Du könntest ruhig etwas netter sein. Und grins nicht so, Moritz«, forderte sie ihn auf.
»Ich *bin* nett!«
»Nein, das bist du nicht. Und du glaubst mir nicht, was ich gestern Nacht gesehen habe.«
Nun ergoss sich ein Wordschwall über Moritz, den er nicht so recht einordnen konnte, ihm war lediglich klar, dass er Olivia nicht unterbrechen durfte.
Sie näherten sich langsam aber sicher der Adresse des Tätowierladens. »Hoffentlich hat sich Olivia bis dahin wieder eingekriegt«, dachte sich Moritz.
Aber nein, das hatte sie nicht. Konnte er sie jetzt unterbrechen? Sie fuhren an einer Parklücke vorbei, die er genommen hätte, wenn er am Steuer gesessen wäre. In wenigen Metern sah er die nächste Parklücke. Schnell blickte er zu Olivia hinüber. Hatte sie sich beruhigt? Immerhin sagte sie jetzt nichts mehr. Er wartete, bis sie kurz vor einer Parklücke waren, bevor er etwas sagte.
»Hier kannst du parken.«
Gerade wollte sie ansetzen und sich wieder darüber beschweren, dass er ihr offensichtlich nicht zuhörte, als sie doch wieder zu Vernunft kam. Sie biss sich auf die Lippen und warf ihm nicht mehr als einen erbosten Blick zu. Ungeschoren sollte er nicht davonkommen.
Moritz räusperte sich.
»Da vorne ist nämlich der Laden«, erklärte er.
»Wenn der Herr es so sagt.«
Prinz Charming.
Olivia nahm sich zusammen und vermied ein Schlechtwettergesicht, trotzdem behielt sie einen leicht zickigen Unterton bei.
»Gut, dann sind wir halt jetzt da.«

Sie stiegen aus und betraten den kleinen Laden. In der Mitte des Studios saß ein feister Glatzkopf, ganz in schwarzes Leder gekleidet, und sortierte sein Tätowierbesteck.
Moritz kam zuerst bei ihm an. Er zögerte kurz, dann stellte er sie beide vor.
»Kripo Mannheim. Kommissarin von Sassen, und ich bin Moritz Martin.«
»Na so was, eine Von-und-Zu als Boulette«, begrüßte sie der Tätowierer.
Olivia musste tief durchatmen, um ruhig zu bleiben.
»Und ein Möchtegern-Schimanski! Was darf's denn sein?«, fuhr der Fremde fort.
»Bloos disch mol net so uff«, entgegnete ihm Moritz.
Olivia war dermaßen erstaunt darüber, ihren neuen Kollegen den hiesigen Dialekt sprechen zu hören, dass ihr der Unterkiefer nach unten klappte.
»Worum geht's?«, wollte der Tätowierer wissen.
Moritz baute sich vor dem Dicken auf, woraufhin dieser aufstand und den Kommissar prompt um eine Kopflänge überragte. Beide schauten sich lange in die Augen.
»Hast eine ganze Menge Mut, hier aufzutauchen, nach allem, was du abgezogen hast«, meinte der Dicke.
Olivia glaubte, nicht richtig zu hören.
Kennt Moritz den Tätowierer, oder was ist das für eine Show?
»Komm schon, du hast in einem ehrlichen Spiel verloren«, entgegnete der Kommissar.
Moritz begann zu grinsen. Das Grinsen wurde zu einem breiten Lachen, das den Tätowierer schnell ansteckte.
»Mensch, Jack, ich wusste gar nicht, dass du mittlerweile tätowierst!«

»Mach ich schon ne Weile, Moritz. Eigentlich seit zehn Jahren«, entgegnete der Dicke.

Olivia verstand, die beiden kannten sich. Sie war trotzdem noch nicht bereit, in den gleichen freundschaftlichen Ton überzugehen, den Moritz mittlerweile aufgelegt hat.

»Das mit der Boulette nehmen Sie sofort zurück!«, raunzte sie den Tätowierer an.

»Okay, okay, Lady. Ich nehm's ja zurück.« Er musterte sie. »Was kann ich für euch tun?«

»Jack, wir suchen Informationen zu einem bestimmten Tattoo.«

Moritz zog sein Smartphone heraus und zeigte seinem Bekannten die Tätowierung.

»Hast du das gestochen?«, wollte er wissen.

Jack betrachtete das Bild lange und genau.

»Nein. Das war ich nicht.«

»Kannst du erkennen, wer das war?«

»Nein, tut mir leid.«

Er lügt, das sehe ich von hier.

Nun schaltete sich Olivia ein.

»Wissen Sie, wer die Outsiders sind?«

Abermals schüttelte er den Kopf.

»Hat das irgendwas mit Fußball zu tun?« Sie war nicht bereit, lockerzulassen.

»Weiß ich nicht. Ich kenn hier jeden Einzelnen der zum Waldhof geht. Aber die Outsiders gibt es nicht. Und wir haben es satt, immer ohne Grund in Verdacht zu geraten.«

Jack baute sich vor Olivia auf.

»Schon gut, schon gut«, ging Moritz dazwischen. »Immer mit der Ruhe.«

Olivia trat einen Schritt zurück.
»Ich müsste mal kurz für kleine Mädchen.«
»Hinten links«, der Dicke deutete in den rückwärtigen Bereich seines Ladens, und Olivia verschwand. Einen Moment später kam sie aufgeregt zurück.
»Tut mir leid, irgendwie stoppt die Spülung nicht.«
Jack reagierte unerwartet schnell und rannte zur Toilette, Moritz ging ihm hinterher. Das verschaffte Olivia die 30 Sekunden, die sie benötigte.
Als Moritz zurückkam, war Olivia verschwunden. Er trat vor das Studio und sah, dass sie im Dienstagwagen saß. Lächelnd winkte sie ihm zu. Moritz rief dem Dicken etwas zu, dann ging er zu ihr und setzte sich ins Auto.
»Was sollte das denn? Warum hast du den Spülkasten manipuliert?«, fragte er sie.
»Schau mal auf die Rückbank.«
Moritz drehte sich um. Auf der Rückbank lagen etliche Sammelmappen mit Tätowierungen aus dem Studio.
»Die gehen wir morgen alle durch«, kündigte sie Moritz an.
»Die gehen wir morgen alle durch.« Seufzend lehnte er sich zurück und schaltete das Autoradio ein.

* * *

Steffi Groß kam müde und ausgelaugt von der Arbeit und schleppte sich von der Straßenbahnhaltestelle nach Hause. Der Job als Krankenschwester forderte alles von ihr. Nicht nur, dass er körperlich anstrengend war, er belastete sie auch seelisch. Seit sieben Jahren arbeitete sie jetzt im Mannheimer Theresienkrankenhaus, mal in Nachtschicht, mal in Tagschicht. Das zehrte an den Kräften. Und was hatte sie nicht alles mitansehen und miterleben müssen. All das Leid und Elend, Tag für Tag. Nicht selten starben die Patienten. Einfach so. Und sie konnte es nicht verhindern. Wochenlang trug sie schlimme Erlebnisse mit sich herum und versuchte über sie hinwegzukommen. Bisweilen sagte sie sich, dass es auch nur ein Job sei wie jeder andere auch, häufig dachte sie darüber nach, ob sie das abstumpfen ließ, ob sie im Laufe der Zeit weniger für die Patienten empfand, weil sie sich einen Schutzschirm zugelegt hatte. Aber irgendwie konnte sie diese Frage nicht beantworten. Sie sehnte sich nach Ruhe und Erholung, träumte von einem besseren Leben.

»Einmal so ein richtig toller Wellnessurlaub zur Entspannung, am besten am Meer, ja, das wäre es. Aber woher das Geld nehmen?«

Viel verdiente sie als Krankenschwester nicht, aber immerhin kam sie mit ihrem Einkommen zurecht. Außerdem ging es ihr trotz all der Anspannung, die der Krankenhausalltag in ihr hinterließ, durch den Beruf besser als früher. Sie hatte keine gute Schulbildung genossen und jahrelang von der Hand in den Mund gelebt. Lange Zeit hatte sie als Kellnerin gejobbt, als dann ihre Kneipe irgendwann dicht gemacht hatte, war sie einige Jahre arbeitslos gewesen. Schließlich hatte sie sich aufgerafft und eine Ausbildung zur Krankenschwester gemacht. Und auch wenn sie nicht viel verdiente, gab es immerhin genug Arbeit.

Nun war sie Ende Dreißig und hatte zumindest die schlechten Kreise, in denen sie noch vor zehn Jahren

verkehrt war, endgültig verlassen. Viele Leute hatten sie damals als asozial abgestempelt, jetzt, wo sie als Krankenschwester arbeitete, war das selten geworden. Einige Patienten und deren Angehörige schauten sogar zu ihr auf, was ihr das Gefühl gab, dass sie in ihrem Leben endlich etwas richtig gemacht hatte. Sie musste nur noch mit der Vergangenheit aufräumen.
Steffi zog sich die Treppen in den vierten Stock hinauf und schloss die Tür zu dem kleinen Zweizimmerapartment auf, das sie in einem Käfertaler Wohnblock angemietet hatte. Dafür reichte ihr Gehalt, zu mehr aber nicht.
»Andreas?«, rief sie in die Wohnung. »Andreas, bist du zu Hause?« Keine Antwort.
»Wo der sich bloß wieder rumtreibt.« Insgeheim hoffte sie, dass er sich nicht gerade betrank. Sie wollte einen ruhigen Abend verbringen und nicht mit ihm streiten oder ihn gar irgendwo aus der Gosse auflesen müssen.
Sie legte ihre Jacke ab und ließ sich auf die Couch fallen. Füße hoch und Fernseher an. Davon hatte sie den ganzen Tag geträumt. Sie zappte durchs Programm und blieb wie immer bei einer Quizshow hängen.
Plötzlich glaubte sie, etwas gehört zu haben, und schaltete den Ton aus.
»Andreas, bist du das? Andreas?«
Keine Antwort.
Sie schaltete den Ton wieder an und konzentrierte sich auf das Programm, um mitzuraten. Ein weiteres Geräusch aus dem Flur nahm sie nicht wahr.

* * *

Olivia hatte Moritz nach Hause gebracht, den Dienstwagen am Präsidium abgestellt und war mit dem Fahrrad nach Hause gefahren. Nach einer erfrischenden Dusche saß sie nun vor ihren Umzugskisten und wusste nicht, wo sie anfangen sollte. Sie öffnete eine Box mit Klamotten und sortierte diese in den Schrank ihres neuen Apartments ein. Dann hatte sie keine Lust mehr weiterzumachen.

Ich pack am Wochenende aus. Warum soll ich mir den Stress geben? Für heute habe ich meine Pflicht erfüllt.

Olivia lehnte sich zurück, ließ den Tag Revue passieren und überlegte sich, was davon wert sei, getwittert zu werden. Über den Fall durfte sie natürlich nichts berichten. Und über Mannheim? Strandbad, Rangierbahnhof, SV Waldhof? Von alldem wusste sie entschieden zu wenig. Sollte sie etwas über die Erfindung des Spaghetti-Eises schreiben?

Ihr Blick wanderte vom Monitor über ihre Umzugskartons zum Fenster. Dort sah sie das Abendrot am Himmel und war beeindruckt. Sie hatte in einem Reisemagazin gelesen, dass die Stadt total schöne Sonnenuntergänge haben sollte. Und es stimmte!

Draußen ist es viel zu schön, um hier am Rechner sitzen zu bleiben!

Da sie sich in ihrer neuen Wohnung etwas einsam fühlte und das Bedürfnis hatte, noch einmal unter Menschen zu kommen, verließ Olivia kurz entschlossen ihre Wohnung, setzte sich aufs Fahrrad und fuhr einfach drauf los. Sie radelte durch die Mollstraße, überquerte die Augusta-Anlage, fuhr an der Werderstraße entlang, vorbei an der Christuskirche, bis sie den Ausläufer des Luisenparks erreichte. Dann bog sie links ab in Richtung National-

theater. Nach dem Collini-Center stand sie plötzlich vor dem OEG City Beach. Beim Anblick des Biergartens mit seiner Strandatmosphäre überkamen Olivia starke Urlaubsgefühle und leichtes Fernweh.
Ein Platz im Liegestuhl und ein kaltes Bier wären jetzt nicht schlecht!
Sie stellte ihr Fahrrad ab, trat an die Theke und bestellte sich ein Hefeweizen. Dann zog sie ihre Schuhe aus und lief durch den Sand, der für einen Hauch von Karibik sorgen sollte, zu einem freien Holzliegestuhl. Sie nahm einen Schluck Bier und blickte auf den Neckar. Ihr Fernweh und ihre Urlaubsgefühle waren fürs Erste gestillt, denn das hier war auch nicht schlecht.
Das ist also mein neues Leben in Mannheim. Und was für ein merkwürdiger Tag.
Sie hatte einen Mord gesehen, den ihr keiner glaubte. An anderer Stelle war ein Ermordeter gefunden worden, von dem sie hoffte, dass er nicht irgendwo am Rhein, sondern in einer S-Bahn am Mannheimer Rangierbahnhof seinem gewaltsamen Ende entgegen gesehen hatte. Und was, wenn es tatsächlich so war? Dann würde sie ihrem Chef am liebsten die Kündigung auf den Tisch legen und woanders hingehen. Wenn man sie hier nicht wollte, und wenn man sie hier nicht ernst nahm, dann wollte sie auch nicht.
Olivia nahm einen weiteren Schluck und wischte sich den Schaum von der Oberlippe. Zwar hoffte sie, dass sie nie auch nur ein einziges Härchen an ihrer Oberlippe entdecken würde, aber die Frage, wie Männer sich wohl fühlten, wenn sie Schaum im Bart hatten, fand sie trotzdem interessant. Dann blickte sie wieder auf den Neckar und dachte weiter über den Tag nach. Immer-

hin war ihr Kollege Moritz recht interessant und kein Schreibtischtäter. Er hielt sich für einen Draufgänger, doch hinter seinen Sprüchen verbarg sich wahrscheinlich jemand ganz anderes. Sie wollte ihn in dem Glauben lassen, dass sie ihn nicht durchschaute. Irgendwie gefiel ihr seine Art, aber das sollte er auf keinen Fall merken.

»Ist neben Ihnen noch Platz?« Olivia wurde aus ihren Gedanken gerissen. Sie blickte an der Person, die sie angesprochen hatte, nach oben und erkannte Vanessa Dotter, die Zeugin, die mit ihren Neffen und Nichten die Leiche gefunden hatte.

»Äh, ich weiß nicht.«

Vanessa setzte sich einfach. »Hallo. Ich will Sie nicht stören, aber das war ein verdammt merkwürdiger Tag.«

»Sie sagen es.«

Vanessa war erstaunt. »Für Sie auch? Ich dachte, die von der Polizei sind an Leichen gewöhnt?«

»Na ja, das sind wir im Grunde auch. Trotzdem ist jede neue Leiche eigenartig. Außerdem war mein Tag auch ganz ohne Leiche merkwürdig.«

»Was ist passiert?«, fragte Vanessa.

Olivia seufzte. »Seit ich hier angekommen bin, ist so einiges schiefgelaufen.«

»Dürfen Sie überhaupt mit mir sprechen? Immerhin bin ich ja Zeugin«, hakte Vanessa nach, »es täte mir leid, wenn ich Sie belästigen würde.«

»Nein, nein, das ist schon in Ordnung so. Wenn Sie eine Kronzeugin wären, wäre es etwas anderes. Aber so hab ich kein Problem damit.«

»Warum war Ihr Tag merkwürdig?«, wollte Vanessa wissen.

Olivia seufzte und blickte ihr Gegenüber an.
»Ich hatte heute meinen ersten Tag in Mannheim. Gestern Nacht hab ich unmittelbar vor meiner Ankunft einen Mord ohne Leiche beobachtet, andererseits haben wir heute Morgen eine Leiche ohne Namen und Täter aus dem Wasser gezogen. Und nun hoffe ich, dass beides zusammengehört, damit mich die neuen Kollegen nicht für bescheuert halten.«
Vanessa schwieg. Sie wusste nicht so recht, was sie sagen sollte. Dann zündete sie sich eine Zigarette an.
»Also, ich kann zu den Leichen nicht viel sagen. Ich les' zwar gerne Krimis, aber in der Wirklichkeit ... Doch wenn Sie neu in Mannheim sind, kann ich Ihnen gerne die Stadt zeigen.«
»Echt? Das wäre supernett!«, freute sich Olivia.
»Gefällt Ihnen Mannheim?«
»Um ehrlich zu sein, nicht so recht.«
Vanessa lachte.
»Das geht vielen so, trotzdem wohnen die meisten noch immer hier. Kennen Sie den Song ›In Mannheim –«
»– weint man zweimal?‹ Klar, den hat mir vorhin schon ein Kollege vorgespielt. Schönes Lied.«
»Ja, schönes Lied. Ich heiße übrigens Vanessa.«
»Livi.«
»Willkommen in Mannheim, Livi.«

* * *

Steffi schaute in aller Ruhe Fernsehen. Schläfrig kuschelte sie sich in ihr Sofa und ahnte dabei nicht, dass

nur wenige Meter von ihr entfernt, in ihrem Flur, Igor Ravov stand und auf seine Chance wartete.
Am frühen Abend hatte er an der Straßenbahnhaltestelle auf Steffis Rückkehr gewartet und ihr aufgelauert, da er nicht genau wusste, wo sie wohnte. Als sie endlich aus der Bahn gestiegen war, hatte er sich hinter ihr hergeschlichen. Damit sie nichts merkte, hatte er sie ins Haus gehen lassen und dann bei den Nachbarn geklingelt, um ins Gebäude zu kommen. Ihre Wohnungstür hatte er mit dem alten Scheckkartentrick zu öffnen versucht, schon hundert Mal hatte er Eingangstüren damit aufbekommen. Auch dieses Mal hatte es reibungslos geklappt.
Vorsichtig hatte er die Tür hinter sich zugezogen, allerdings verursachte das Schloss ein kleines, dumpfes Geräusch. Gleich danach hörte er aus dem Wohnzimmer einen Ruf. Er hielt inne. Hatte Steffi ihn gehört? Vorsichtshalber griff er nach dem Messer in seiner Jacke und umklammerte es mit den Fingern. Erst als Steffi den Fernseher wieder lauter machte, wagte er sich weiter vor. Schritt für Schritt schlich er durch die Diele.
Aus dem Wohnzimmer hörte er die Stimme des Moderators, der einem Kandidaten nahelegte, den Telefonjoker zu nutzen. Immerhin ginge es um 125 000 Euro.
»Kandidat im Fernsehen müsste man sein. Das wäre was«, dachte sich Igor. Er würde schon abräumen, da war er ganz selbstbewusst. Aber hier und jetzt ging es ihm um genau 50 000 Euro. Das war auch nicht wenig, und er wollte sich das Geld wiederholen.
Wenige Meter von ihm entfernt hatte sich Steffi gemütlich in eine Decke gewickelt und die Füße auf den Wohnzimmertisch gelegt. So fühlte sie sich wohl. Mit Span-

nung verfolgte sie, wie der Moderator den Kandidaten verwirrte.
Igor war nur noch einen Schritt von der offenen Tür entfernt. Wenn er schnell war, würde er Steffi mit zwei langen Schritten erreichen, bevor sie sich wehren oder fliehen konnte. Igor holte tief Luft, wischte sich den Schweiß von den Händen und umklammerte das Messer noch fester. Vorsichtig warf er einen Blick durch den Türbogen. Steffi saß mit dem Rücken zu ihm. Vielleicht döste sie schon oder schlief sogar.
Dann stürzte er los. Igor war unglaublich schnell. Mit zwei Schritten war er hinter der ahnungslosen Steffi. Mit dem linken Arm umklammerte er sie, in der rechten Hand hielt er das Messer, das er ihr an die Kehle setzte.
Sie schrie markerschütternd auf.
»Kein Wort. Ruhe. Sofort!«
Augenblicklich schwieg Steffi vor Angst, auch wenn es ihr schwerfiel, Ruhe zu bewahren.
»Wo ist Andreas?«, wollte Igor wissen.
Sein Opfer zitterte am ganzen Körper.
»Bitte tun Sie mir nichts!«, bettelte sie.
»Wo ist Andreas?«, wiederholte Igor.
»Ich weiß es nicht.«
»Du weißt, warum ich ihn suche?«
Steffi nickte so gut es ihr das Messer an der Kehle erlaubte. Vorsichtig begann sie zu sprechen.
»Willst du Geld von ihm?«
»Ganz richtig. Mein Geld.«
»Er wird dir das Geld bringen. Ganz bestimmt. du kannst dich auf ihn verlassen.«
»Das will ich hoffen, wäre schade, wenn ich dir ein Haar krümmen müsste. Sehr schade, sogar.«

Steffi wusste nicht, was sie mit dieser Aussage anfangen sollte, und hoffte, dass er von ihr ablassen würde.
Wie um alles in der Welt war er in ihre Wohnung gekommen. Konnte sie sich hier nicht mehr sicher fühlen? Als würde Igor ihre Gedanken lesen, hauchte er ihr kalt ins Ohr: »Ich komme wieder, wenn ich mein Geld nicht bekomme. Sag ihm das! Und dann werde ich nicht mehr so freundlich sein wie gerade eben.«
Steffi nickte. Eine Träne kullerte ihr über die Wange. Igor zog das Messer weg, steckte es ein und verschwand hastig aus dem Wohnzimmer. In Sekundenschnelle war alles vorbei.
Steffi blieb eine Weile regungslos sitzen. Dann drehte sie sich vorsichtig um und schaute, ob Igor noch im Wohnzimmer war. Sie stand auf und spähte in den Flur. Der Mann war weg.
Aufgewühlt ging sie zurück zum Sofa und setzte sich. Sie wollte den Fernseher ausschalten, doch war sie so zittrig, dass ihr die Fernbedienung aus den Händen fiel. Sie ließ sie liegen und starrte auf den Bildschirm. Noch immer lief die Quizsendung. Ob der Kandidat die Show gewann oder verlor, konnte sie nicht sagen. Ihre Augen waren zwar die ganze Zeit auf den Fernseher gerichtet, doch was sich dort abspielte, nahm sie nicht wahr.
Sie schluckte, kramte auf dem Tisch nach ihren Zigaretten und wählte Andreas' Handynummer. Bitte geh dran! Bitte! Komm schon, Schatz.
Andreas meldete sich nicht. Steffi ließ das Telefon lange klingeln, bevor sie frustriert aufgab.
Verdammt, wenn sich Andreas nicht meldete, musste sie noch einmal los. *Er* musste ja schließlich auch versorgt werden, und sie hatte Andreas versprochen, dass sie ein-

springen würde, wenn er verhindert war. Was würde er benötigen? Wasser, Brot und ein paar Süßigkeiten?

* * *

Zwei Stunden später war Olivia auf dem Weg nach Hause. Sie hatte sich angeregt mit Vanessa unterhalten und gleich wieder für den nächsten Tag mit ihr verabredet. Auf dem Nachhauseweg nahm sie die gleiche Strecke, die sie auf dem Hinweg genommen hatte, und durchquerte abermals eines der besten Wohnviertel in der Innenstadt.

Mittlerweile war es dunkel, und nur der Schein der Laternen erhellte die Straßen. Nach dem langen, merkwürdigen Tag war sie müde. Doch es war gut gewesen, noch einmal die Wohnung zu verlassen, anstatt sich hinzulegen und gleich zu schlafen. Olivia wollte die Stadt und die Mentalität der Bewohner besser verstehen, und das würde ihr nur gelingen, wenn sie sich mit beidem auseinandersetzte. Ein weiteres Treffen mit Vanessa kam dem nur entgegen.

Als sie auf die Christuskirche zusteuerte, erkannte sie von Weitem zwei Menschen. Einer lag vor der Kirche am Boden, der andere war gerade dabei, sich danebenzusetzen. Sie stockte. War der andere nicht Moritz, ihr Kollege? Lautlos bremste sie ab, blieb aber im Sattel und suchte im Schatten eines Hauses Schutz. Tatsächlich, es war Moritz!

Er hatte ein Sixpack Bier unter den Arm geklemmt und saß jetzt neben dem anderen, der offensichtlich ein Pen-

ner war. Was er da wohl machte? War das ein Bekannter von ihm? Oder spielte er den einsamen Samariter, der abends in Mannheim Bier an die Bedürftigen verteilte? Doch Moritz verteilte die Flaschen nicht nur. Olivia konnte beobachten, wie ihr Kollege die Verpackung aufriss, zwei Bier entnahm und den Rest zur Seite stellte. Dann nahm er die Flaschen und öffnete sie, indem er den einen Flaschenhals am anderen ansetzte und mittels Hebelwirkung den Kronkorken entfernte.
Das macht er nicht zum ersten Mal!
Olivias Neugierde war geweckt, doch näher konnte sie nicht an ihn herankommen, sonst hätte er sie bemerkt. Sie musste, ob sie wollte oder nicht, unverrichteter Dinge weiterziehen. Um nicht zu verraten, dass sie Zeugin dieser Szene geworden war, kletterte sie vollends vom Rad und schob es vorsichtig um die nächste Häuserecke. Sobald sie außer Sichtweite war, stieg sie auf und fuhr nach Hause in die neue Wohnung voller Umzugskartons.

zweiter tag

Wie so oft in den letzten Monaten war es in Mannheim bewölkt. Der Sommer wollte dieses Jahr einfach nicht so richtig kommen. Zwar hatte es zwischendurch schöne Tage gegeben, aber gerade wenn man das Gefühl hatte, jetzt würde es endlich Sommer werden, blies das gute Wetter erneut zum Rückzug. Die Sonne ließ sich selten blicken und betrieb dieses Spielchen bereits seit letztem Oktober.

Moritz und Olivia hatten sich an diesem Tag schon für 8 Uhr im Präsidium verabredet. Bei Feierabend war ihnen gestern klar gewesen, dass sie keine Zeit mit der Durchsicht der Tätowiermagazine, Werbematerialien und Fotos des Tätowierers verlieren wollten. Im Moment war dies ihr einziger Hinweis, und bevor der Fall in Mannheim Wellen schlug und gar die Presse eingebunden wurde, wollten sie zumindest eine richtig heiße Spur haben, um nicht vollkommen ahnungslos dazustehen.

Olivia nahm ihre Aufgaben immer sehr ernst. Doch jetzt, wo sich die Kollegen über ihren vermeintlichen Fehlalarm lustig machten, wollte sie sich erst recht beweisen. Sie hatte ihrer Meinung nach als Kommissarin immer gute Arbeit geleistet und sah keinen Grund, dies nicht auch in Mannheim zu tun. Mit dem Gedanken an die Leiche am Rhein war sie am Vorabend ins Bett gegangen, und sie war wieder damit aufgestanden. Immer

wenn sie kurz aufgewacht war, hatten sich ihre Gedanken um den Toten gedreht. Wenigstens hatte sie keine weiteren Albträume gehabt, auch waren ihr keine Bilder des Mordes in der S-Bahn mehr durch den Kopf geschossen, aber eine ruhige, entspannte und erholsame Nacht war es wahrlich nicht gewesen.
Im Halbschlaf bemerkte sie das trübe Licht des Morgens und benötigte daher auch heute keinen Wecker. Ihr Tatendrang ließ sie schnell wach werden. Sie schwang sich aus dem Bett und schaute auf ihr Smartphone. Das Display zeigte 6:10 Uhr an. Den Wecker hatte sie eigentlich erst auf halb sieben gestellt. Umso besser! Obwohl sie genügend Zeit für ein ausgiebiges Frühstück gehabt hätte, begnügte sie sich mit einem Kaffee im Stehen und einer trockenen Scheibe Brot, so eilig hatte sie es, endlich loszulegen.
Besorgt blickte sie aus dem Fenster. Konnte sie es riskieren, mit dem Fahrrad zu fahren, oder erwartete sie heute Regen?
Und schon wieder versteckte sich die Sonne hinter einem dichten Wolkenband. Immer, wenn man gerade auf Sommer hoffte, verzog er sich wieder.
Olivia überlegte kurz, ob sie das twittern sollte, ließ es aber bleiben.
Wenn ich anfange, über das Wetter zu twittern, kann ich eigentlich gleich aufhören. Das ist ja schlimmer als Smalltalk.
Sie entschied, dass ihr Twitterkanal bis zum Abend warten musste. Jetzt hatte sie leider keine Zeit für die digitale Welt, die Realität brauchte sie dringender. Statt wie gewohnt noch ihren Rechner hochzufahren, eilte sie aus dem Haus und manövrierte sich samt Fahrrad heil

und gesund durch den morgendlichen Berufsverkehr der Mannheimer Innenstadt.
Als sie vor dem Polizeipräsidium stand, war es lange vor der verabredeten Zeit. Bereits kurz nach sieben saß sie an ihrem Schreibtisch und ging die Unterlagen des Tätowierstudios durch. Insgeheim hatte sie gehofft, dass Moritz ebenfalls viel früher eintreffen würde. Es wäre sicher von Vorteil für ihre künftige Zusammenarbeit, wenn er und sie in solchen Punkten gleich tickten. Leider wurde sie an diesem Morgen diesbezüglich eines Besseren belehrt.
Olivia hatte es besonders auf die beiden Ordner abgesehen, die die eigenen Werke des Studios beinhalteten. Die meisten Bilder waren direkt im Studio fotografiert, auf DIN-A4-Seiten geklebt und schließlich in eine Klarsichtfolie gesteckt worden. So sollten die Bilder halbwegs geschützt sein und die Zeit überdauern können.
Sie schaute sich Bild für Bild an. Gegen halb acht wurde ihr Blick immer verschwommener, die Müdigkeit holte sie ein. Kein Wunder bei so wenig Schlaf. Es war Zeit für einen zweiten Kaffee. Sie eilte ins Casino hinunter und holte sich einen extra starken schwarzen Kaffee. Vorsichtig nippte sie an dem heißen Getränk und merkte schnell, wie ihre Energie zurückkam.
Wieder zurück im Büro stellte sie den Ordner mit Bildmaterial zur Seite, den sie durchgesehen hatte – leider ohne Erfolg. Vielleicht würden die Bilder des zweiten Ordners einen Hinweis liefern.
Olivia hatte selbst ein kleines Tattoo, dennoch war sie erstaunt darüber, was sich manche Leute auf ihren Körper bannen ließen – und vor allem an welche Stellen. Sie dachte ein paar Sekunden über die Tätowierungen

nach, doch plötzlich wurde ihr bewusst, wie merkwürdig sie sich gerade verhielt. Immerhin hatte sie in den fünf Jahren bei der Berliner Kriminalpolizei allerlei eigenartige Menschen erlebt. Wenn sie sich einige von denen ins Gedächtnis zurückrief, brauchte sie sich doch nicht mehr über die schrägen Tätowierungen wundern, die sie gerade vor sich sah.

Olivia hoffte so sehr, dass sie im zweiten Ordner die Tätowierung des Toten entdecken würde. Vielleicht würde der Name des Trägers, ein Datum oder irgendetwas anderes dabei stehen, das sie weiterbringen konnte. Sie waren seit dem Leichenfund keinen Schritt vorangekommen und tappten völlig im Dunkeln. Wie sollten sie den Fall aufklären, wenn sie die Identität des Toten nicht kannten?

Während sie den zweiten Ordner durchging, spähte sie auf die Uhr, 8:15 Uhr. War sie nicht um punkt 8 Uhr hier mit Moritz verabredet gewesen? Offenbar war er ein Langschläfer, das musste sie in Zukunft einkalkulieren, wenn sie mit ihm plante.

Unpünktlich ist er also auch noch, der neue Kollege. Wahrscheinlich ist er sogar noch ein Morgenmuffel! Wenn er kommt und meint, dass er seine schlechte Laune an mir auslassen kann, dann wird er etwas erleben!

Im Grunde konnte sie so etwas nicht verstehen, Unpünktlichkeit trieb sie in den Wahnsinn. Zudem waren die frühen Morgenstunden der beste Augenblick, um in den Tag zu starten. Wer früh anfing, konnte sich in der Arbeitswelt schnell einen Vorsprung erarbeiten, den Kollegen, die später eintrafen, den ganzen Tag nicht mehr aufholten. Davon war sie überzeugt, und nach diesem Vorsatz handelte sie.

Mittlerweile war es 8:20 Uhr. Unmittelbar darauf hörte sie endlich Schritte auf dem Gang. Wenige Sekunden später flog die Tür auf und knallte gegen die Wand. Schlecht gelaunt betrat Moritz das gemeinsame Büro. Er hatte sich nicht rasiert und viel zu wenig geschlafen. Das war offensichtlich.

»Morgen«, gähnte er.

»Aspirin?«

»Geht schon.«

»Was ist?«, entgegnete Olivia, »wir waren um 8 Uhr verabredet!«

»Kein Stress. Ist nicht meine Uhrzeit. Hab' gebraucht, um aus dem Bett zu kommen. Und dann noch der Stadtverkehr –«

»Ich bin bereits seit 7 Uhr hier«, wandte Olivia ein.

»9 Uhr ist schon hart. Aber 8 –«

Moritz beachtete Olivia kaum. Dass sie bereits seit 7 Uhr im Polizeipräsidium saß, war aus Moritz' Perspektive allein ihr Problem. Dazu hatte er sie nicht gezwungen, sie konnte ihm das nicht vorwerfen.

Nachdem er die Tür hinter sich geschlossen hatte, ließ er sich auf seinen Stuhl fallen und warf achtlos einen Stapel Papiere auf das bestehende Chaos. Dann lehnte er sich schläfrig zurück und überließ Olivia die weitere Arbeit.

Mein Gott, penn' halt ne Stunde länger, wenn du dadurch wenigstens zu irgendetwas zu gebrauchen bist, lieber Herr Kollege!

Olivia fluchte leise in sich hinein. Sie ignorierte sein Verhalten und studierte die Unterlagen des Tätowierers weiter. Irgendjemand musste die Arbeit ja schließlich tun.

Moritz hatte die Augen geschlossen. Während er vor sich hin döste und Olivia wie gebannt auf die Tätowierungen schaute, trat für einige Minuten Ruhe ein. Nur das Rascheln, das Olivia beim Umblättern verursachte, war in die Stille hinein zu hören.

Es dauerte gut fünf Minuten, bis Moritz das Schweigen beendete.

»Ich habe mich bei der Wasserschutzpolizei und sämtlichen Revieren von Basel bis hierher nach verschwundenen Leuten erkundigt. Keine der Stellen hat etwas vorliegen, was für unseren Fall in Frage käme. Auch hier in Mannheim ist niemand als vermisst gemeldet.«

Dabei deutete er mit einem Finger auf den Stapel Papiere, den er kurz zuvor auf sein Chaos gelegt hatte.

Olivia überlegte einen Moment, ob sie ihm antworten sollte. Da sie keine Lust hatte, zickig zu sein, tat sie es schließlich.

»Tja, unser Toter scheint nicht besonders viele Freunde gehabt zu haben.« Sie blätterte weiter.

»Aber was bedeutet das?«, wollte Moritz wissen.

Olivia sah kurz von ihren Unterlagen auf und schaute ihren neuen Partner belehrend an.

»Das bedeutet«, erklärte sie, »dass den Toten entweder niemand vermisst oder –« Sie machte eine Pause »oder dass niemand den Toten als vermisst melden kann, weil er in einen kriminellen Vorgang verwickelt ist.«

Sie schaute ihn an und fügte hinzu: »Mord ist ein krimineller Vorgang!«

»Bingo, Prinzessin!«

»Okay, wenn ich damit *dein* Problem gelöst habe, hilf mir hier bitte mal, die Unterlagen zu durchsuchen, das ist nämlich *unser* Problem. Und da kann ich jede Hilfe gebrauchen, Moritz.«

Moritz seufzte, ging schleppend um den Schreibtisch herum und blickte Olivia über die Schulter. Sie schaute gerade Bilder an, auf denen sich tätowierte Männer auf die Motorhaube ihrer Autos gelegt hatten. Er musste schmunzeln, manche Typen waren doch so was von selbstverliebt. Gerade wollte er sich wieder abwenden, als sein Blick auf einem der Fotos hängenblieb. Er schaute genauer hin und deutete keine fünf Sekunden später mit dem Finger darauf.

»Hier, da ist doch was.«

Olivia schaute sich das Foto genauer an, um zu verstehen, was Moritz gemeint hatte, fand aber nichts.

»Was und wo?«

»Schau dir mal die Waden von dem Typ auf dem Opel Manta an. Da haben wir sie – das sind eindeutig die Outsiders«, erklärte Moritz.

Olivia betrachtete eingehend das Bild. Tatsächlich, der abgebildete Typ hatte zwar eine vollkommen andere Tätowierung als der Tote, dennoch lautete der Schriftzug auf seiner Wade »Outsiders«.

Verdammt!

»Ich geb mir hier seit Stunden Mühe, und du stolperst verkatert direkt über den Hinweis!«

»Jeder hat seine eigenen Methoden.«

Sie ärgerte sich zwar über Moritz, zugleich war sie aber froh, endlich eine Spur zu haben, der sie folgen konnte. Sie betrachtete das Bild noch einmal.

Moment –

Jetzt hatte auch sie eine Idee. In Windeseile blätterte sie alle Unterlagen in diesem Ordner durch, und als sie nicht fündig wurde, nahm sie den Ordner, den sie bereits zur Seite gestellt hatte, und blätterte diesen durch.

»Was tust du?«, fragte Moritz, »wir hatten doch gerade –«
»Ich *tue* ermitteln«, antwortete Olivia spitz.
Olivia fand, was sie suchte, hielt die betreffende Seite aber vor Moritz verborgen. Er griff danach, doch sie drückte den Ordner an sich und sprang auf.
»Was soll das?«, fragte Moritz. »Zeig das Bild her!«
»Ich hab ne ziemlich heiße Spur!«, jubelte Olivia.
Moritz war noch neugieriger geworden und griff erneut nach dem Ordner, um ihn seiner Kollegin wegzunehmen. Doch die war schnell, drehte sich geschickt von ihm weg und sprang weg vom Schreibtisch.
»Zeig schon her!«
»Was gibst du mir dafür?«
Während Olivia versuchte, ihre innere Stimme unter Kontrolle zu halten, überlegte Moritz.
»Ein Spaghetti-Eis, wenn der Fall gelöst ist?«
»Okay, angenommen.«
Olivia ging um den Schreibtisch herum zu Moritz, der vor Neugierde fast platzte. Sie zeigte noch einmal auf das erste Bild.
»Was siehst du hier?«
»Was soll ich hier sehen? Das hab ich dir doch schon gesagt! Der Typ hat sich ›Outsiders‹ auf die Waden tätowiert. Wenn wir wüssten, wer er ist, dann wären wir einen Schritt weiter.«
»Bingo, Herr ehemals jüngster Kriminalhauptkommissar Mannheims! Und wie finden wir das nun heraus?«
Moritz schaute sich das Bild genauer an. Leider verdeckte der Mann die Autonummer des Opels, zudem gab es keine weitere Beschreibung. Er überlegte.
»Wenn wir die Autonummer hätten –«

»Genau! Wenn wir die Autonummer hätten, könnten wir den Namen des Mannes herausfinden.« Olivia klang etwas oberlehrerhaft.
»Nur leider verdeckt er die Autonummer.«
»Genau! Aber hier auf diesem Bild«, Olivia präsentierte das Foto aus dem ersten Ordner, das sie eben verborgen gehalten hatte, »hier sieht man zwar das Tattoo nicht, dafür aber die Autonummer! Und keine Sorge, der Typ ist noch immer derselbe.«
»Wahnsinn! Du hast Recht!«, Moritz kam auf Touren, seine Müdigkeit schien zu weichen.
»Nicht schlecht, nicht schlecht, Prinzessin.«
Er eilte zu seinem Schreibtisch, schob einige Akten zur Seite und griff zum Telefonhörer, der unter einem Stapel Kopien verborgen war.
»Moritz Martin hier, Mordkommission. Wir brauchen einen Autonummernabgleich. Wahrscheinlich ist das Nummernschild bereits seit Jahren abgelaufen. Ja, genau. Wir brauchen den Namen der ehemaligen Halter«, ordnete Moritz an und gab das Kennzeichen durch.
Wenige Minuten später hatten sie eine Adresse und einen Namen. Moritz grinste selbstsicher.
»Du hast mehr Glück als Verstand, Moritz«, kommentierte Olivia.
»Wenn's hilft!«
Die beiden hatten wirklich Glück, denn für den in Frage kommenden Zeitraum hatte der Opel Manta nur einen Halter: Igor Ravov. Und der wohnte noch immer in Mannheim. Olivia war froh, endlich den Hauch einer Spur zu haben.
»Den knöpfen wir uns jetzt vor«, rief Olivia Moritz zu, während sie ihre Jacke schnappte.

»Du fährst. Ich sag dir, wo es langgeht«, zwinkerte er ihr zu und reichte ihr den Schlüssel des Dienstwagens. Schnell schwangen sie sich ins Auto, Olivia hinter das Steuer und Moritz auf den Beifahrersitz, und starteten zur angegebenen Adresse.
»Ich mach mal kurz die Augen zu«, gab Moritz bekannt, sobald Olivia den Zündschlüssel herumgedreht hatte.
Na, toll, das nennst du also ›durch die Stadt leiten‹.
Olivia schaltete das Navi ein.

* * *

»Der ist nicht da. Da können Sie lange klingeln«, bemerkte eine Frau, die sich aus dem Fenster der Wohnung lehnte, die neben Igor Ravovs Wohnung lag. Sie musterte neugierig den Mann und die Frau, die auf der Außentreppe des Gebäudes nach oben ins fünfte Stockwerk gelaufen waren und nun den vorgebauten, nicht weiter überdachten Gang entlanggingen. Sie war vermutlich jenseits der siebzig und sah die beiden feindselig an.
»Der hätt' längscht uffgemacht!«, brüllte eine männliche Stimme hinter ihr aus der Wohnung heraus.
Moritz und Olivia ließen von Igors Wohnung ab und widmeten sich stattdessen der Nachbarin.
»Kriminalpolizei Mannheim. Olivia von Sassen und mein Kollege Moritz Martin.«
Die Frau zuckte kurz zusammen. Jetzt wirkte sie eingeschüchtert, was aber an ihrer grundlegend feindseligen Haltung nichts änderte.

»Wir hätten da ein paar Fragen«, hängte Moritz an Olivias Vorstellung dran, »dürfen wir reinkommen?«
»Nee, des dürfe sie net«, brüllte es aus dem Hintergrund der Wohnung.
Olivia wollte dem Ganzen Nachdruck verleihen: »Glauben Sie mir, es ist besser, wenn wir in Ihrer Wohnung sprechen.«
»Alla gut«, antwortete die Frau.
Alla? Soll das ›also‹ heißen? Komischer Dialekt. Na, immerhin klingt der Satz nach Zustimmung.
Moritz konnte Olivias Verwunderung spüren und sprang erklärend ein.
»Du kapierst ›alla‹ nicht, oder? Soll heißen ›Allons‹«, erklärte Moritz zwischen Tür und Angel.
Olivia nickte, auch wenn sie nur Bahnhof verstand.
»Das ist der französische Einfluss im hiesigen Dialekt.«
Na, wenn er meinte.
Die Wohnung, die sie nun betraten, schien ärmlich und spartanisch eingerichtet. Die Frau war vom Fenster weg in den Gang geeilt und versperrte den beiden Kommissaren den Weg. Sie war klein und stämmig, besaß aber eine gewisse Grundaggressivität. Der kleine, enge Flur war nur spärlich beleuchtet. Die Decke hatte jemand mit quadratischen Panelen in Holzoptik beklebt, die den Raum, ebenso wie der fleckige braun-beige Teppichboden, noch dunkler erscheinen ließen. An einer Garderobe aus vier Haken hingen eine braune Jacke, eine graue Strickjacke, ein dunkelblauer Regenmantel und eine ebenfalls braune Umhängetasche. Ein paar ausgetretene Schuhe standen herum, dazu noch ein schmiedeeiserner Schirmständer und eine kleine Kommode mit vier dünnen Beinen, auf der ein altes moosgrünes Tele-

fon mit Wählscheibe stand. Ob es das überhaupt noch tat? Obwohl das Fenster, an dem die Frau vermutlich den halben Tag lang lehnte und auf die Straße schaute, weit offen stand, roch es, als könnte die Wohnung ein wenig mehr frische Luft vertragen.

Im Wohnzimmer lief der Fernseher. Der Mann blieb davor sitzen und zeigte keinerlei Interesse an der Kripo Mannheim.

»Ursel, kümmer du dich um die!«, rief er und bestätigte Olivias Verdacht.

Ursel tat wie ihr befohlen.

»Wir haben nichts gemacht und haben auch nichts zu verbergen.« Sie stemmte ihre Arme in die Hüfte.

»Keine Sorge, wir sind nicht wegen Ihnen hier«, versuchte Moritz ein wenig Vertrauen herzustellen.

»Wir suchen Ihren Nachbarn, den Herrn Ravov.«

Die Frau nickte.

»Hatte nichts anderes erwartet.«

»Die Kriminalpolizei sucht den Ravov? Des basst!«, kommentierte der Mann aus dem Wohnzimmer, der das Fernsehgerät kurz leiser und danach wieder lauter gestellt hatte.

»Nemme Sie ihn mit und behalte Sie ihn!«, legte er nach.

Mann, wenn du schon alles kommentieren musst, dann schwing deinen Hintern von der Couch hierher. Oder hat man dir keinen Anstand beigebracht?

Noch während sie insgeheim über den Alten fluchte, wechselte sie der Frau gegenüber in ihren zuckersüßen Modus: »Wann haben Sie Ihren Nachbarn denn zum letzten Mal gesehen, Frau, äh?«

»Unser Name tut nichts zur Sache!«, brüllte der Alte, nachdem er den Fernseher wieder für kurze Zeit leise

und nach seinem Kommentar erneut auf laut gestellt hatte.
»Ihr Name steht am Klingelschild, Herr Kröschel«, warf Moritz ein. Olivia glaubte, den Alten knurren zu hören, doch dieses Mal stellte er den Ton nicht leiser.
Die Frau war etwas kooperativer. »Heute, ganz in der Frühe, als er zur Arbeit ist.«
»Wann war das ungefähr?«, hakte Olivia nach.
»Gegen 7:30 Uhr.«
»Wissen Sie, was er für einen Beruf hat?«, fragte Moritz.
»Er ist bei einer Sicherheitsfirma in der Neckarstadt-West. Gebäude- und Personenschutz. Aber nur auf 450-Euro-Basis.«
»Haben Sie ihn Sonntag auf Montag gegen Mitternacht gesehen?«
»Do schlofe mir normalerweis'!«, brüllte der Mann. TV leiser, TV lauter.
»*Mein Mann* schläft da normalerweise, ich bin meistens noch wach. Also, gegen Mitternacht war der mit Sicherheit noch nicht zu Hause. Gehört hab ich ihn gegen 2 Uhr. Aber wann er nach Hause gekommen ist, kann ich nicht sagen.«
»Danke, das hilft uns sehr weiter«, versuchte Moritz die Frau zu loben und weiter herauszulocken.
Olivia holte indes das Foto aus dem Tätowierstudio hervor.
»Ist er das? Also war er das früher?«, fragte sie die Frau. Diese setzte ihre Lesebrille auf und nahm das Bild. Sie hielt es trotz Brille noch ein Stück von sich ab und betrachtete es kurz.
»Nee, das is' der nicht.« Sie schüttelte den Kopf.
»Sind Sie sich ganz sicher?«

»Ja, ganz sicher. Der hier ist blond, und Herr Ravov sieht mehr aus wie ein Jugo. Verstehen Sie?«
Moritz nickte.
»Dann haben wir noch eine letzte Frage: Haben Sie schon einmal von den Outsiders gehört? Wissen Sie wer die sind?«
Die Frau schüttelte den Kopf.
»Noch nie gehört. Ist des Englisch?«
Moritz nickte abermals.
Aus dem Wohnzimmer kam ausnahmsweise kein weiterer Kommentar. Olivia wollte aber, dass auch der Mann etwas dazu sagte.
»Und Sie, haben Sie schon einmal etwas von den Outsiders gehört«, rief sie ihm zu.
Der Mann schaltete den Ton leiser. Dann überlegte er.
»In Monnem? Nee. Kenn isch net.«
Doch noch bevor er den Fernseher wieder lauter stellte, fiel ihm etwas ein.
»Die Outsider? Des is doch en Film mit dem Patrick Swayze!«

* * *

»Die Outsiders«, überlegte Moritz laut, während Olivia am Steuer saß und in die Neckarstadt-West fuhr, »ich glaub, ich hab den Film damals gesehen. Aber ich weiß nicht mehr, um was es ging.«
Er dachte noch eine Weile schweigend nach, dann schien er eine Lösung gefunden zu haben.
»Ich hab's«, triumphierte er. »Ich ruf jemanden an, der sich mit Filmen auskennt.«

»Oh, Mann, Moritz. Das hat man vor Ewigkeiten gemacht, als es noch kein Internet gab. Damals gab es in jedem Freundeskreis einen Spezialisten, der sich mit allem auskannte, und den hat man dann angerufen«, reagierte Olivia leicht genervt.

»Ja, genau das hatte ich vor. Ich wollte Hagen anrufen.« Sie zog ihr Smartphone aus der Jackentasche und warf es ihm zu.

»Google mal schnell. Du weißt doch, wie das geht, oder?«

Moritz fing das Handy auf und begann nach den Outsidern zu suchen.

»Früher war Polizeiarbeit noch Handarbeit«, kommentierte er, »und schlecht war das nicht!«

»Ja, ganz früher.«

Komisch, sonst ist er immer vorlaut. Aber von Technik versteht er offensichtlich nichts.

Moritz googelte nach dem Film und wurde schnell fündig. Er las vor: »Der Film handelt von zwei rivalisierenden Gangs in einer US-Kleinstadt Mitte der Sechzigerjahre. Durch die sozialen Unterschiede und persönlichen Feindschaften beider Gangs kommt es zu Auseinandersetzungen zwischen den Greasern und den Socs, blabla. Eines Tages kommt es sogar zu einem Toten. Das Buch wurde 1983 von Francis Ford Coppola verfilmt.«

»Es liegt auf der Hand, dass die Outsiders eine Jugendgang waren«, warf Olivia seufzend ein.

»Klar, liegt das auf der Hand. Aber wann waren sie aktiv? Wer waren die Mitglieder?«, wandte Moritz ein, »und –«

»Und welche Verbrechen haben sie begangen?«

»Langsam, Prinzessin. Ich würde mich eher fragen, ob sie überhaupt Verbrechen begangen haben. Denn ich habe keinen Eintrag in der Datenbank gefunden, und auch meine Informanten kennen die Outsiders nicht.«

»Hey, hey, hey! Langsam Herr Kriminalhauptkommissar. Du hast Informanten?«

»Jep.«

»Und du hörst dich bei deinen Informanten um, ohne es mir mitzuteilen?«, fragte Olivia halb forsch und halb beleidigt.

»Ich teile es dir doch gerade mit!«

»Du teilst es mir gerade mit, weil wir zufällig gerade drauf zu sprechen kommen!«

»Nein, es hat vorher einfach nicht gepasst«, rechtfertigte sich Moritz.

»Ist der Penner, mit dem du gestern Abend Bier getrunken hast, einer deiner Informanten?«, fragte Olivia.

»Woher weißt du das? Hast du mich gesehen?«

»Ich hab dich gesehen, auf dem Nachhauseweg.«

»Warum hast du denn nichts gesagt? Ein kleines Hallo oder so?«

»Ich wollte eure Zweisamkeit nicht stören. Außerdem wusste ich nicht, dass das ein Informant war. Ich hab mich schon ziemlich darüber gewundert, mit wem du deine Abende verbringst.«

»Es geht dich gar nichts an, mit wem ich meine Abende verbringe. Das ist meine Sache.« Moritz wurde ernst.

»Okay, langsam. Ich will nur, dass wir uns über alles, was den Fall betrifft, austauschen«, versuchte Olivia die Stimmung wieder zu beruhigen.

»Gut.«

Olivia wartete eine Weile, ob Moritz seinem Kommentar noch etwas hinzufügen würde, und ärgerte sich, als er beharrlich schwieg.

»Gut? Nur Gut? Hat dein Informant denn nichts weiter gesagt?«
»Nein, hat er nicht. Er kennt die Outsiders nicht.«
Jetzt schwiegen beide eine Weile.
Olivia folgte dem Navigationssystem durch die Straßen nach Neckarstadt-West. Moritz hatte ihr vorhin erklärt, dass die Mieten hier im Vergleich zum übrigen Mannheim relativ niedrig abschnitten und noch viele alte Häuser erhalten waren, weil das Viertel von den Kriegszerstörungen wenig betroffen war. Der dicht besiedelte Stadtbezirk nördlich des Neckars war deshalb wohl vor allem bei Studenten und Künstlern beliebt.
Sie hätte ihren Kollegen gern noch mehr über die Gegend ausgefragt, aber der saß da und schmollte. Eigentlich hatte sie keine Lust, mit Moritz zu streiten. Sie wünschte sich, dass sie in ihm einen Partner hatte, dem sie blind vertrauen konnte, doch offensichtlich behielt er einige Dinge für sich. Wie konnte sie immer auf dem neuesten Stand der Ermittlung sein, wenn er Informationen für sich behielt? Außerdem bemerkte sie gerade, dass er in keiner Weise über sein Privatleben sprechen wollte, da hatte sie wohl einen richtig wunden Punkt erwischt. Sie nahm sich vor, dieses Thema nie wieder anzuschneiden, aber im Gegenzug erwartete sie von ihm, dass er sie – was ihre Zusammenarbeit betraf – in seine Gedanken einweihte. Hoffentlich war es nur eine Frage der Zeit, bis er Vertrauen zu Olivia aufbaute und seine Gedanken mit ihr teilte.
»Sie haben ihr Ziel erreicht«, unterbrach das Navi die unangenehme Stille. Olivia parkte den Wagen vor der Einfahrt einer Sicherheitsfirma.

»Tja. Dann kann er wenigstens nicht abhauen.« Sie zuckte mit den Schultern. Ein Blick in Moritz' Augen verriet ihr, dass der kleine Ärger vergessen war.
»Dann mal los«, forderte er seine Kollegin auf.
Sie klingelten. Der Türöffner summte, und sie betraten das Gebäude.
»Hallo? Hier drüben, bin grad am Rechner«, rief eine Stimme aus dem Nebenzimmer.
Olivia und Moritz folgten der Stimme und liefen durch einen kurzen Flur zu einem großen Büroraum.
Dort saß ein Mann, Mitte 40, braun gebrannt und mit langen schwarzen Haaren, der aufgrund seiner Gesichtszüge und seiner äußeren Erscheinung gut und gerne aus Osteuropa stammen konnte. Unter seinem T-Shirt ragten ein paar Tätowierungen hervor. Als er aufstand, sah man, dass er sportlich gebaut war.
»Sind Sie Igor Ravov?«, fragte Moritz.
Der Mann trat hinter dem Schreibtisch hervor und baute sich vor ihm auf.
»Wer will das wissen?«
Olivia sprang ein. »Olivia von Sassen, Moritz Martin, Kripo Mannheim.«
»Bullen also? Ja, ich bin's. Na dann schießt mal los. Was wollt ihr diesmal von mir?« Igor wirkte kühl und gelassen.
Olivia kramte das Foto mit dem alten Auto hervor.
»Erkennen Sie den Wagen?«
»Ja, kenn ich.«
Igor blieb weiterhin wortkarg.
»Gehört er Ihnen?«
»Nein. Der *hat* mir *gehört*. Jetzt gehört er mir nicht mehr«, belehrte er die Kommissarin.

»Oh, sind wir an einen Scherzbold geraten! Haben wir heute Morgen einen Clown gefrühstückt?«, schaltete sich Moritz ein und erntete sofort einen ernsten Blick von Olivia.

Sie rollte zwar nicht mit den Augen, dennoch verstand Moritz. Er musste sich zusammenreißen, Igor nicht weiter zu provozieren, sondern versuchen, Vertrauen aufzubauen. »Jaja, das kleine Einmaleins der Kripo ...«, seufzte er in sich hinein.

»Mein Kollege hat eine lange Nacht hinter sich«, entschuldigte sich Olivia für Moritz, »Sie dürfen das nicht so ernst nehmen.«

»Aha«, war alles, was Igor entgegnete.

»Sie sind aber nicht die Person, die auf der Motorhaube posiert«, stellte Olivia fest.

»Nein, bin ich nicht. Ich war noch nie blond.«

»Und wer ist diese Person«, fragte Moritz aufgesetzt freundlich.

»Ein früherer Bekannter von mir.«

»Name?«

»Florian Römer.« Igor machte eine kurze Pause. Und plötzlich wurde er wütend.

»Mensch, was wollt ihr von mir? Ich bin doch nicht euer Orakel!«

Moritz schoss Testosteron ins Blut, er baute sich nun seinerseits vor Igor auf, während Olivia beschwichtigen wollte.

»Wir ermitteln in einem Mordfall. Und es geht um ein Tattoo, das diese Person an der Wade trägt.«

»Aha.«

»Die Outsiders. Sagt Ihnen der Name etwas?«

»Nie gehört«, gab Igor hastig von sich.

»Wir haben schon bessere Lügen gehört, Herr Ravov«, antwortete Olivia spitz.
»Ganz ehrlich. Die Outsiders? Hab' ich noch nie gehört!«, bekräftigte Igor und hielt dabei seine Arme unschuldig von sich weg.
Olivia ging im Büro herum und ließ ihre Blicke über alles gleiten. Sie sah sich nach einem Anhaltspunkt um, der ihr helfen würde, Igors Aussage als Lüge zu entlarven. Was sie konkret suchte, wusste sie allerdings nicht so genau.
Als sie sich wieder Igor zuwandte, fiel ihr Blick auf seine tätowierten Arme. Sie ging zielstrebig auf ihn zu und schob entschlossen, den Ärmel seines kurzarmigen T-Shirts hoch, sodass sie und Moritz die Tätowierungen am Oberarm erkennen konnten. Igor war zu langsam, um es zu verhindern.
Olivias Hoffnung bestätigte sich, dort prangte ein ähnliches Abbild wie bei dem Toten und auf dem Foto von Jack. In schwarzen Buchstaben stand dort: »Die Outsiders!«
So ein Pech, dass Jugendsünden nicht vergehen!
»Gehört haben Sie von den Outsiders wohl noch nicht, aber jedes Mal wenn Sie in den Spiegel schauen, lesen Sie den Namen auf Ihrem Oberarm. Raus mit der Sprache. Wer sind die Outsiders?« Olivias Stimme klang jetzt hart und fordernd.
»Herr Ravov, wir ermitteln in einem Mordfall. Wenn Sie uns die Frage nicht beantworten, müssen wir Sie mit auf die Wache nehmen«, drohte Moritz.
»Is ja gut, is ja gut. Das ist 'ne Weile her. Mitte der 1980er. Wir waren so 'ne Jugendgang in Käfertal. Mopeds, Heavy Metal, Fußball.«

»Sicher gehörten auch Diebstähle und Schlägereien dazu«, mutmaßte Olivia.
»Auf gar keinen Fall. Nix Kriminelles. Wir waren noch Kinder. Damals nannte man uns ›Halbstarke‹. Also die Älteren nannten uns so. Das ist lange vorbei.«
Er schüttelte den Kopf und wies mit seinen Händen symbolisch den Vorwurf von sich.
»Warum wollen Sie das wissen? Was hat das mit einem Mord zu tun?«
»Wir wissen nicht, was das mit dem Mord zu tun hat. Das würde wir ja gerne von Ihnen wissen«, erklärte Olivia.
»Tut mir leid, Frau Polizistin, ich hab keine Ahnung.«
»Wie viele Outsiders hat es gegeben. 10? 15? 20?«, fragte Moritz.
»10 oder 12«, lautete Igors Antwort.
»Und Sie kennen jeden Einzelnen davon?«
Igor nickte.
Olivia zog das bearbeitete Bild des Toten aus der Tasche, das ihn mit offenen Augen zeigte.
»Gestern Vormittag haben wir die Leiche eines Mannes Mitte vierzig aus dem Rhein gezogen, der den Schriftzug ›Die Outsiders‹ auf seiner Haut trägt.«
Igor erschrak.
Olivia hielt ihm das Foto vor die Nase.
»Kennen Sie diesen Mann?«
Igor starrte lange auf das Bild. Aus seinem Schrecken wurde Wut.
»Scheiße, Mann! Ja!«, brüllte er, »ja, ich kenn ihn.«
»Sie kennen ihn also«, merkte Moritz eiskalt an.
»Und wie heißt er?«, wollte Olivia wissen.
Igor musste sich setzen. Kaum saß er auf dem Schreibtischstuhl, kickte er einen Mülleimer weg. Der gesamte

Inhalt an Büroabfall verteilte sich über den Fußboden.
»Ja, ich kenne ihn«, sagte er zittrig, »er heißt Andreas Steiner.«

* * *

Steffi Groß war um den freien Tag sehr froh gewesen. Sie hatte ausschlafen und sich ein bisschen erholen wollen. Am Ende der Woche war sie zur Nachtschicht eingeteilt, was immer viel Kraft kostete. Nach dem Vorfall am vergangenen Abend war es allerdings nicht weit hergewesen mit dem Schlafen und der Erholung. Sie hatte erst nach langem Wachliegen in einen unruhigen Schlaf gefunden, und mit dem Ausschlafen klappte es auch nicht. Als sie zu Bett gegangen war, hatte sie vergessen, die Rollos zu schließen, jetzt schien die rot aufgehende Sonne durch die Wolken hindurch in ihr Schlafzimmer und weckte sie. Sie tastete mit ihrer Hand über die rechte Bettseite, griff jedoch ins Leere. Von Andreas keine Spur. Sie hatte gehofft, dass er irgendwann in der Nacht noch auftauchen würde, aber das war offensichtlich nicht geschehen. Am Abend zuvor hatte sie seine Anweisungen befolgt und war, obwohl sie müde und ausgelaugt war, noch einmal zu *ihm* gegangen. Ihr war es sehr unangenehm gewesen, doch sie hatte es Andreas fest versprochen. Zurück in ihrer Wohnung, war sie sofort ins Bett gegangen und hatte sich unter die Decke gekuschelt. Am Morgen, so sagte sie sich, würde Andreas sicher da sein.

Nun war es Morgen, und Andreas war immer noch nicht da. Der Idiot! Er würde sie doch wohl nicht im Stich lassen? Bei dem Gedanken, dass er sie hängenlassen könnte, war sie endgültig hellwach. Es war nicht ungewöhnlich, dass er für einige Zeit verschwand oder sich irgendwo die ganze Nacht lang durchsoff. Häufig versackte er in irgendwelchen Eckkneipen oder saß trinkend bei seinen Kumpeln. So war er nun mal. Sie hatte ihm das nie übel genommen, immerhin hatte das Leben ihm bislang nicht gerade die schönsten Seiten der Welt gezeigt. Im Gegenteil, Andreas geriet von einem Schlamassel ins nächste.
Aber wo war er? Allmählich könnte er sich bei ihr melden! Nach dem Vorfall gestern Abend war sie heute besonders unruhig. Hoffentlich war ihm nichts passiert.
Ihr Blick fiel auf den alten Radiowecker am Bett, und sie erinnerte sich daran, dass sie hatte ausschlafen wollen. Es war viel zu früh, um mit dem Tag zu beginnen, und statt erholt zu sein, fühlte sie sich völlig zerschlagen. Wo sollte sie am Ende der Woche bloß die Kraft für die Nachtschicht hernehmen, wenn sie selbst an ihrem freien Tag nicht genug Schlaf bekam? In eine Quizsendung müsste man gehen. Eine Million müsste man gewinnen.
»Quatsch, mir würde schon wesentlich weniger reichen«, dachte Steffi.
Nur ein wenig mehr Geld, damit sie sich neue Kleidung kaufen konnte. Und einmal, wenigstens einmal wollte sie zu IKEA im Mannheimer Norden und einfach kaufen, was ihr gefiel. Schränke, Bettwäsche, einen neuen Teppich. Einmal so schön wohnen, wie im IKEA-Katalog. Das wäre es!

Steffi stand auf, schlüpfte in ihre Flipflops und schlurfte in die fünf Quadratmeter große Küche. IKEA-Möbel gab es hier nicht, ein Herd und ein Kühlschrank, die bei ihrem Einzug bereits in der Wohnung waren, sowie ein altes Regal von ihr mussten es tun. Sie füllte den Wasserkocher, schaltete ihn ein und kramte aus dem Regal einen Beutel Pfefferminztee heraus. Während sie darauf wartete, dass das Wasser heiß wurde, schnitt sie sich zwei Scheiben Brot ab und beschmierte sie mit Nutella. Als der Pfefferminztee gezogen hatte, nahm sie ihr Frühstück und machte es sich vor den Fernseher gemütlich.

Wie immer, wenn sie nichts zu tun hatte, griffen ihre Finger zur Fernbedienung, das ging ganz automatisch. Doch heute hielt sie unvermittelt inne. Ihr Blick fiel auf ein Foto, das Andreas und sie in Altrip an der Blauen Adria zeigte. Das war letzten Sommer gewesen, da hatten sie sich gemeinsam ein paar Tage Zelturlaub gegönnt. Andreas sah auf diesem Bild richtig glücklich aus. Sie schaute sich das Bild genauer an. Letzten Sommer waren sie unglaublich braun gewesen, so als ob sie in der Karibik oder auf den Malediven gewesen wären. Von einem solchen Urlaub träumte Steffi seit langem.

Angeregt durch das Bild ging Steffi zum Wohnzimmerschrank und durchstöberte die Schublade, in der sie ihre Bilder aufbewahrte. Sie fand noch mehr von denen, die sie an der Blauen Adria fotografiert hatten. Damals hatten sie sich ein Igluzelt gekauft und waren mit Andreas' alter Vespa über den Rhein nach Altrip gefahren. Der Baggersee war ja nicht weit weg, aber so ein bisschen Italien- oder Kroatien-Feeling konnte man dort trotzdem haben. Zumindest stellte sie sich vor, dass man sich in

Kroatien und Italien so fühlte, sie war ja nie dagewesen. Wasser, Sandstrand, und den ganzen Tag Sonne auf der Haut, sie hatte sich unglaublich wohlgefühlt. Abends hatte sie mit Andreas in die Sterne geschaut und ein kleines Lagerfeuer abbrennen lassen, auf dem sie zuvor Würstchen und Maiskolben gegrillt hatten. Sie erinnerte sich noch ganz genau, wie sich Andreas warmer Arm angefühlt hatte, als er sie umarmt hatte.
»Ach, Andreas, ich will mit dir ein besseres Leben haben, raus hier aus Mannheim. So wir es immer geplant haben«, seufzte sie, während sie noch ein wenig die Fotos sortierte, bevor sie sie zurück in die Schublade legte. Als sie sich gerade wieder auf das Sofa hatte fallen lassen, klingelte es.
Das wird endlich Andreas sein, dachte sie erleichtert, zögerte aber sofort, denn Andreas klingelte immer dreimal kurz hintereinander. Dieses Klingeln aber bestand aus einem langen und kräftigen Ton, so lang und so kräftig, dass es Steffi nicht behagte.
Es klingelte erneut.
»Wer um alles in der Welt klingelt um diese Zeit bei mir?« Steffi brach in Hektik aus. »War es Ravov? Nein, dieser Typ würde nicht klingeln. Das hatte er gestern schließlich auch nicht getan.«
Es klingelte zum dritten Mal. Steffis flaues Gefühl verwandelte sich allmählich zu Panik. Wer war das? War man ihr auf die Spur gekommen? Das konnte nicht sein. Sie hatte mit alldem doch nichts zu tun. Sie begann zu zittern und stelle die Tasse Tee auf den Wohnzimmertisch, weil sie die Tasse nicht mehr halten konnte. Ihr Herz pochte so laut, dass sie glaubte, allein schon ihr Herzschlag würde sie verraten.

Dann nahm sie all ihren Mut zusammen. Niemand hatte sie gestern Abend im Jungbusch bei *ihm* beobachtet. Niemand konnte wissen, wo sie gewesen war und was sie dort getan hatte. Sie beruhigte sich wieder. Vielleicht war es nur ein Nachbar oder der Briefträger. Das war bestimmt irgendetwas ganz Normales. Nur keine Panik! Schnell huschte sie ins Bad und warf sich ihren Bademantel über. Sie blickte noch einmal in den Spiegel. Ohne Make-up zeigte sie sich Fremden nur ungern, fand jedoch, dass sie ganz okay aussah. Dann hörte sie ein Klopfen an der Tür. Jemand rief ihren Namen.
Steffi holte tief Luft und lief zur Wohnungstür. Vorsichtig spähte sie durch den Türspion. Sie konnte jedoch nur das Kinn eines Mannes erkennen.
»Machen Sie auf!«, der Mann klopfte mit der Faust an die Tür.
»Machen Sie sofort auf! Ich weiß, dass Sie da drin sind.«
»Was mache ich jetzt bloß?«, dachte Steffi.
Steffi spähte noch einmal durch den Türspion. Der fremde Mann war ein Stück zurückgetreten, sie konnte sehen, dass er eine Waffe zückte.

* * *

Fatih stand in der Gerichtsmedizin und war gerade mit der Obduktion der Leiche vom Rhein fertig. Er bedeckte den Toten mit einem Leichentuch und schob ihn zurück ins Kühlfach.
Dann verließ er den Obduktionsraum und lief in sein Büro, das sich nebenan befand. Seinen weißen Ärzte-

kittel legte er feinsäuberlich über den Sessel, bevor er sich in eben diesen fallen ließ. Mit der rechten Hand kramte er nach seinem Diktiergerät, schaltete es ein und legte los.

»Der Tote wurde definitiv nach einem Kampf erwürgt. Er ist klein und eher schmächtig gebaut, demnach muss der Mörder oder die Mörderin größer und stärker als er gewesen sein. Er oder sie hat keine Waffe verwendet, woraus geschlossen werden kann, dass er oder sie zum Zeitpunkt des Zusammentreffens nicht beabsichtigt hatte, einen Mord zu begehen. Es kann somit davon ausgegangen werden, dass es zuvor zu einem heftigen Streit gekommen war.«

Er hielt kurz inne, legte sich die nächsten Worte zurecht und fuhr fort.

»Der Mörder muss dem Toten für längere Zeit den Hals zugedrückt haben. Um auf diese Weise jemanden zu töten, braucht man Kraft und vor allem Kraftausdauer, denn die Stimmritze am Kehlkopf muss für mehrere Minuten zugedrückt werden.«

Wieder machte er eine kurze Pause.

»Überall in seinem Gesicht finden sich kleinere Blutungen, die etwa stecknadelkopfgroß sind: an den Wangen, auf der Stirn, in den Augen. Zudem finden sich solche Tardieu'sche Flecken am Herzen wie auch im Brustinnenbereich. Der Tote wurde also mit hundertprozentiger Sicherheit erwürgt, bevor er in den Rhein geworfen wurde.«

Fatih lehnte sich zurück und nahm genüsslich einen großen Schluck seines schwarzen Kaffees.

»Könnte etwas heißer sein«, bemerkte Fatih und stellte die Tasse wieder auf den Tisch.

Dann nahm er wieder sein Diktiergerät in die Hand und fuhr mit seiner Analyse fort.
»Die Leiche wurde im Rhein treibend gefunden. Typische Haltung dafür: Bauchlage; Arme und Beine hingen nach unten, ebenso der Kopf. Daher können einige der Kopfverletzungen auch von Steinen und Gegenständen unter Wasser stammen. Gerade bei dem Hochwasser der letzten Tage ist dies sogar wahrscheinlich. In den Atemwegen der Leiche vermischten sich Wasser und verschiedene Sekrete. In der Lunge hatte sich Schaum gebildet. Der Organismus ist leicht übersäuert.«
Wieder nahm er einen großen Schluck seines Kaffees.
»Auch Hände und Füße zeigen Abschürfungen und Wunden. Sie stammen wahrscheinlich nicht vom Kampf und haben nicht geblutet. Die Haut ist schrumpelig. Wahrscheinlich trieb der Tote etwa acht Stunden im Rhein. Wenn er sich nicht in Höhe des Strandbades verfangen hätte, wäre er bei der aktuellen Strömung gut und gerne hundert Kilometer weiter flussabwärts getrieben worden.«
Fatih überlegte kurz, ob er den letzten Satz so stehen lassen konnte. Er kalkulierte hundert Kilometer bei der aktuellen Strömung, war dann aber zu bequem, um eingehender nachzurechnen, und beließ es bei dem Satz. Für die weitere Vorgehensweise war dies ohnehin irrelevant. Schließlich hörte er sich seinen Bericht noch einmal an und war zufrieden. Dass die Leiche bereits so früh gefunden worden war, hielt er für ein großes Glück.
Er legte das Diktiergerät weg, trank einen weiteren Schluck von seinem Kaffee und nahm sich der letzten

Untersuchung an, die er sich für heute vorgenommen hatte. Dabei hatte er die Fingernägel des Toten im Auge. Fingernägel waren seine Spezialität!
Nach einem allerletzten Schluck stand Fatih auf und schlüpfte in sein weißes Halbgottgewand, wie er seinen Ärztekittel immer bezeichnete.
Zurück im Obduktionssaal ließ er die Leiche wieder aus ihrem Fach holen und zum OP-Tisch bringen. Gerade als er anfangen wollte, klingelte sein Handy. Eines seiner Kinder war dran. Ohne Begrüßung nahm Fatih ab.
»Ich stehe gerade am Tisch.«
Schon legte er wieder auf. Dieser Satz war das deutliche Signal, dass er nicht gestört werden wollte, seinen Kindern und seiner Frau hatte er das oft genug eingeschärft.
Wenn Olivias Geschichte stimmte, waren aus seiner Sicht die Fingernägel interessanter als die Fußnägel. Sollte er Glück haben, gab es dort noch Reste einiger Haut- oder Blutspuren vom Kampf mit dem Täter. Oder das Opfer hatte sich im Ringen mit dem eigenen Tod in einen der S-Bahn-Sitze gekrallt. In diesem Fall würde man Spuren vom Bezug finden können und sie wüssten zumindest, dass die Leiche, wie Olivia vermutet hatte, der Tote aus der S-Bahn war.
Fatih nahm sich die rechte Hand vor. Sie war leicht angeknabbert. Das konnte bei acht Stunden im Rhein schon einmal passieren. Zu seiner großen Enttäuschung hatten die acht Stunden im Rhein aber auch noch das bewerkstelligt, was er befürchtet hatte: Es ließen sicht unter den Fingernägel nämlich überhaupt keine aussagekräftigen Reste mehr finden, nicht einmal mikroskopisch winzige.

Er griff zur linken Hand des Toten und untersuchte diese. Auch hier nicht. »Verdammt, aber das wäre auch zu einfach gewesen«, fluchte er.
Nun gab es nur noch eine weitere Möglichkeit, wenn er beweisen wollte, dass die Leiche wirklich der Tote aus der S-Bahn war. Die Hautschuppen und Haarreste, die er in der Bahn auf dem Boden gefunden hatte, mussten von der Leiche stammen. Zwar hatte er mit Sicherheit auch Reste eingesammelt, die zum Zugpersonal oder zu Fahrgästen gehörten, aber wenn sich durch einen DNA-Test ergeben würde, dass der genetische Fingerabdruck des Toten mit den eingesammelten Resten identisch war, dann hätte Olivia Recht mit ihrer Schilderung.
»Geliebter genetischer Fingerabdruck«, seufzte er.
Fatih konnte bei diesem Thema regelrecht ins Schwärmen geraten. So wie der Fingerabdruck, der mit Lackfilm angefertigt wurde, die Kriminaltechnik in den Dreißigerjahren grundlegend verändert hatte, so revolutionär war für die Polizeiarbeit die Möglichkeit des Gentests, den es seit den Neunzigern gab. Aus einer einzigen menschlichen Zelle, die man am Tatort oder an der Leiche fand, ließ sich inzwischen ein komplettes Gen-Profil erstellen.
Fatih hatte in diesem Fall eine Untersuchung aller von ihm sichergestellten Rückstände angeordnet, sowie einen Vergleich dieser Rückstände mit dem genetischen Fingerabdruck des Toten. Er schaute auf die Uhr. In vier Stunden würde er das Ergebnis endlich erhalten. Solange musste er sich noch gedulden.
Wenn der genetische Fingerabdruck aus den Rückständen mit dem der Leiche identisch war, stammten Teile der anderen Rückstände mit hoher Wahrscheinlichkeit

vom Mörder. Diese konnte er dann mit der Datenbank abgleichen, in der immerhin 700 000 Personen verzeichnet waren. Vielleicht würden sie so näher an den Täter herankommen können. Wenn dies nicht der Fall war, konnten die Ermittler zumindest ihre Verdächtigen mit den DNA-Tests vergleichen.

»Ein Alibi braucht heute keiner mehr«, schmunzelte Fatih, »nur noch einen TV-Kommissar, um die Spannung aufrechtzuerhalten.«

Er ließ die Leiche wieder in den Kühlraum bringen.

»Wozu gibt es überhaupt noch Ermittler? Ist doch eh alles mein Job. Während die durch die Gegend fahren, liefern wir handfeste, unwiderrufliche Beweise«, grinste er selbstsicher.

In diesem Moment klingelte sein Handy.

»Nicht schon wieder die Kinder!«, fluchte er.

Fatih zog seine Handschuhe aus und holte das Handy hervor. Diesmal war es seine Frau. Er musste sofort los, das hatte er ihr versprochen.

* * *

Steffis Herz pochte. Sie hatte kein gutes Gefühl. Dennoch entschied sie sich, die Eingangstür zu öffnen. Vorsichtig zog sie einen Spalt auf und spähte hinaus. Sie hatte Angst davor gehabt, dass der Fremde die Tür sofort aufreißen und in die Wohnung stürmen würde, doch nichts davon geschah.

»Ja, bitte?«, sagte sie mit der Stimme eines kleinen Mädchens.

»Kripo Mannheim. Dürfen wir hereinkommen?«, fragte der Mann, hinter dem sie nun auch eine Frau erkennen konnte.
»Verdammt! Die Kripo!«, fluchte Steffi innerlich. Aber das durfte sie sich nicht anmerken lassen.
Tausend Gedanken schossen ihr durch den Kopf, die sie alle nicht zu ordnen wusste. Was sollte sie tun? Was sollte sie sagen? War die Kripo Andreas auf die Schliche gekommen? Galt sie nun als mitschuldig? Am besten, sie sagte gar nichts, entschloss sie sich und schaute dem Kripobeamten ins Gesicht.
»Gerne, kommen Sie herein!«
Olivia ging den Beamten voraus ins Wohnzimmer.
»Setzen Sie sich.«

* * *

Für Olivia waren solche Gänge das Schlimmste an ihrem Beruf. Mehrfach musste sie den Hinterbliebenen die traurige Nachricht vom Tod eines geliebten Menschen oder nahen Verwandten überbringen. Das war ihr nie leicht gefallen. Die Emotionen, die der Verlust weckte, brannten den Moment tief in die Seele ein, sobald man begriff, was geschehen war. Für immer würde derjenige, der die Todesnachricht überbracht hatte, bei den Hinterbliebenen mit der Trauer und dem Schmerz verbunden sein, den der Verlust mit sich brachte. Olivia hasste es, sich als Überbringerin einer solchen Nachricht zu erleben, viel lieber sah sie sich als diejenige, die den Mörder jagte und auch fing. Da dies erst ihr zweiter Tag in

Mannheim war, hatte sie Moritz gebeten, der Überbringer der Nachricht zu sein, und er hatte sich damit einverstanden erklärt.
»Okay, Prinzessin, du stehst noch unter Welpenschutz hier in Mannheim«, kommentierte er ihre Bitte.
Die nächste Leiche, das war seine Bedingung, würde Olivia dann aber übernehmen, auch wenn es ihm weit weniger ausmachte, der Todesbotschafter zu sein, als ihr.
Im Wohnzimmer angekommen, blieben Moritz und Olivia stehen.
»Sie sind Steffi Groß und leben hier mit Andreas Steiner zusammen?«, versicherte sich Moritz zunächst.
Steffi nickte.
»Ist etwas mit ihm?«
Olivia nickte und sah Steffi traurig an.
»Ja«, bestätigte Olivia und versuchte Steffi ihr ganzes Mitgefühl zu zeigen, obwohl sie Moritz gebeten hatte, die Überbringung der Nachricht ganz alleine zu übernehmen.
»Frau Groß«, begann Moritz, »wir haben gestern eine Leiche aus dem Rhein gezogen und vermuten, dass es sich dabei um Ihren Lebensgefährten Andreas Steiner handelt.«
Steffi setzte sich.
»Was?« Sie sah mit großen Augen Olivia an, die bestätigend nickte.
»Wir würden Sie gerne mit aufs Revier nehmen, damit Sie die Leiche identifizieren können. Außerdem können Sie dort unsere psychologische Betreuung in Anspruch nehmen, wenn Sie möchten«, erklärte Moritz, dem es sichtlich schwer fiel, die traurige Nachricht zu überbringen.

»Ja, natürlich.« Steffi sprach stockend, »Ich muss nur noch –«. Sie ging aus dem Zimmer. »Ich brauch noch meine Jacke und Tasche. Wo sind die denn?«
Olivia sprang hinterher und half ihr bei der Suche.

* * *

Die Fahrt in die Gerichtsmedizin dauerte alle dreien viel zu lange. Olivia gab Gas, um die unangenehme Situation so schnell wie möglich hinter sich zu bringen, doch der Stadtverkehr erlaubte es nicht, schnell voranzukommen. Während der ganzen Fahrt herrschte ein bedrückendes, unbehagliches Schweigen. An der Ampel kurz vor dem Wasserturm mussten sie anhalten. Olivia fragte sich, wie es den Leuten wohl gerade ging, die an ihr vorbeiliefen. Gerne wäre sie jetzt einer dieser Passanten da draußen und nicht eine Kommissarin mit Trauermission hier im Auto gewesen. Sie hätte sich ins Gras vor den Wasserturm gelegt, der im Abendrot hellorange leuchtete, und sorglos gedöst. Die Ampel sprang auf grün. Olivia musste weiterfahren und ihre Gedanken hinter sich lassen. Es war nicht mehr weit nach L6 und ins Polizeipräsidium.
Während des Fahrens warf sie immer mal wieder aus den Augenwinkeln einen kurzen Blick auf ihren Partner. Moritz erging es offensichtlich nicht anders. Hin und wieder schaute er bekümmert zu Steffi nach hinten. Im Gegensatz zu ihr, versuchte er jetzt aber ein paar tröstende Worte zu finden.
Steffi nahm diese gar nicht wahr. Sie war total aufgelöst und in der Welt ihrer Gedanken gefangen. Immer wieder

kullerten ihr Tränen über die Wangen. Irgendwie hoffte sie, dass sich das alles noch als ein Irrtum herausstellen würde und die Leiche nicht Andreas sei. Doch je länger die Fahrt dauerte, desto sicherer wurde sie, dass ihr Freund tot war. Als sie schließlich die Gerichtsmedizin erreicht hatten, verspürte sie auf seltsame Weise eine innere Gewissheit.
Steffi malte sich aus, was geschehen sein könnte. Andreas war sich mit seinem Plan viel zu sicher gewesen, irgendetwas muss dazwischengekommen sein. Am Anfang war sie ja dagegen gewesen. Hätte sie sich nur durchgesetzt.
»Mein Gott, dieser Idiot«, fluchte Steffi. Voller Verzweiflung dachte sie, dass sie ihn davon hätte abhalten können, ja sogar abhalten müssen! Stattdessen hatte sie nach ersten Zweifeln seinen Plan unterstützt.
Als sie auf den Friedrichsring einbogen, ließ Steffi ihren Tränen freien Lauf. Moritz war das unangenehm, er drehte sich abermals zu ihr um und reichte ihr ein Taschentuch.
»Wir sind gleich da«, war alles, was ihm einfiel. Gleich nachdem er den Satz ausgesprochen hatte, wurde ihm klar, wie wenig tröstend er war. »Gleich sind sie da, dann kann Steffi ihren toten Lebensgefährten sehen. So ein Quatsch«, ärgerte sich Moritz über sich selbst.
Olivia parkte den Dienstwagen direkt vor der Gerichtsmedizin. Sie stiegen aus und ließen sich von einem Mitarbeiter in den Raum führen, in dem die Leiche aufgebahrt war.
Bereits als sie den Raum betraten, war Steffi offenbar klar, dass es sich bei dem Toten um Andreas Steiner handeln musste. Sie betrachtete ihn nicht lange, sondern

stürzte sofort los. An der Seite der Liege, auf der sein toter Körper lag, kniete sie nieder und weinte hemmungslos.
»Du Idiot! Wir wollten glücklich miteinander werden. Wir wollten gemeinsam die Welt erobern und uns ein besseres Leben schaffen. Und was ist jetzt? Was soll ich jetzt tun?«
Steffi zitterte. Dann streichelte sie mit ihrer rechten Hand ihrem toten Lebensgefährten vorsichtig über das Gesicht und legte ihren Kopf auf seine Brust. Schon hundert Mal waren sie so dagelegen. Jedes Mal, wenn Steffi traurig gewesen war, hatte sie ihren Kopf auf seine Brust gelegt, und er hatte sie getröstet, war mit seiner Hand durch ihr Haar gefahren. Doch jetzt?
»Jetzt liegst du tot vor mir. Du bist so blass und kalt. Beweg dich doch. Mann steh auf! Was soll ich denn machen ohne dich?«
Andreas bewegte sich nicht mehr. Er konnte sie nicht mehr trösten. Er konnte ihr nicht mehr helfen. Ihre gemeinsamen Träume würden Träume bleiben.
Moritz und Olivia hielten sich ein wenig im Hintergrund und wollten Steffi einen Moment der Trauer geben. Nach einiger Zeit trat Olivia zu Steffi. Mit ihren rot unterlaufenen, von Tränen glasig wirkenden Augen blickte Steffi zu Olivia hoch.
»Er hat immer gesagt, dass es der liebe Gott mit ihm und seinem Leben nicht gut gemeint hat. Hoffentlich ist er jetzt an einem besseren Ort.« Der Satz kam ihr nur langsam und zittrig über die Lippen.
Olivia legte sorgsam ihre Hand auf Steffis Schulter.
»Darf ich Sie für einen Augenblick mit ins Nebenzimmer bitten?«

Steffi nickte.
Gemeinsam gingen sie mit Moritz in Fatihs Büro, der von seinem Notfall noch immer nicht zurückgekehrt war.
»Setzen Sie sich.« Moritz bot Steffi einen Stuhl an. »Sie haben den Toten als Andreas Steiner, ihren Lebensgefährten, identifiziert?«
»Ja«, sagte Steffi kurz und knapp. »Das ist Andreas. Andreas Steiner.«
Olivia notierte das.
»Frau Groß, wir haben ein paar Routinefragen, die Sie uns beantworten müssen. Fühlen Sie sich in der Lage dazu, oder sollen wir später noch einmal deshalb bei Ihnen vorbeikommen?«
»Nein, ist schon okay. Fragen Sie!«
Steffi schniefte und schnäuzte in ein Taschentuch. Dann versuchte sie, Haltung zu bewahren.
»Sicher?«, fragte Olivia nach.
Sie nickte.
»Sicher.«
»Gut.« Olivia legte eine kleine Pause ein und fuhr dann fort: »Wo waren Sie letzte Sonntagnacht zwischen 23 Uhr und 1 Uhr nachts?«
»Ich hatte Nachtdienst und war im Theresienkrankenhaus. Ich bin Krankenschwester«
»Wann haben Sie Andreas Steiner das letzte Mal gesehen?«
»Am Sonntagnachmittag, bevor ich mich zum Mittagsschlaf hingelegt habe.«
»Sie schlafen immer vorher, wenn Sie Nachtdienst haben?«, wollte Moritz wissen.
Steffi nickte.

Olivia schaltete sich wieder ins Gespräch ein.
»Haben Sie eine Ahnung, wo sich Ihr Lebensgefährte in dieser Nacht aufgehalten hat?«
Steffi schüttelte den Kopf.
»Ich weiß nicht, wo er in der Nacht war und wo der Mord passiert sein könnte.«
»Hat er in den Tagen davor irgendetwas Auffälliges erzählt? Irgendwas, was ungewöhnlich war, was uns vielleicht weiterhelfen könnte?«
Steffi überlegte ein wenig, dann sagte sie: »Er hat viel über seine alte Jugendgang geredet. Mehr als sonst. Aber es ist mir nicht komisch vorgekommen.«
»Die Outsiders?«, fragte Moritz
Steffi nickte.
»Die Outsiders.«
»Was wissen Sie über die Outsiders, Frau Groß?«, wollte Olivia nun wissen.
»Nicht viel. Das war eine Jugendclique in den Achtzigern. Andreas hat dazugehört.«
»Gehörten Sie auch dazu?«
»Nein.« Steffi schüttelte den Kopf, »Ich gehörte nicht dazu. Ich hab Andreas erst später kennengelernt. Ich weiß auch nicht viel darüber. Außer, was Sie sich ohnehin schon denken können. Kleinkriminalität, Treue, Ehre, Respekt und so Zeug.«
»Sagt Ihnen der Name Igor Ravov etwas?«
Steffis Miene wurde nun noch ernster. In ihrem Kopf wimmelte es von tausenderlei Gedanken. Wut vermischte sich mit ihrer Trauer, Trauer vermischte sich mit Angst. Sie wollte nach Hause und sich in ihre Wohnung einschließen. Nur weg von hier. Sie wollte mit alldem nichts zu tun haben. Dann holte sie tief Luft.

»Ja, er hat Andreas mehrfach bedroht.«
»Um was ging es dabei?«
»Ich weiß es nicht genau. Andreas sprach nie über solche Dinge. Auf alle Fälle schuldet Andreas Igor Geld. Und er hat gedroht, ihm Gewalt anzutun, wenn Andreas nicht bald bezahlen würde.«
»Woher kamen die Schulden?«
»Das weiß ich nicht. Das ist wohl eine Sache von ganz früher.«
»Aus der Zeit der Outsiders?«, wollte Moritz wissen.
»Kann sein. Kann aber auch nicht sein.«
Steffi dachte wieder an ihren toten Freund. Aus der Wut wurde wieder Trauer, und einmal mehr flossen ihr Tränen über das Gesicht.
Olivia stellte sich besorgt vor sie.
»Möchten Sie mit unserer psychologischen Betreuung sprechen?«
Steffi schüttelte den Kopf.
»Ich will nach Hause.«
Olivia nickte verständnisvoll.
»Ich rufe einen Kollegen, der Sie nach Hause bringen wird. Kommen Sie.« Sie führte Steffi nach draußen.
Olivia waren solche Momente mehr als unangenehm. Steffi tat ihr sehr leid. Während sie über die junge Frau nachdachte, nickte sie Moritz zu.
Der verstand sofort. Gleich ging's los. Er nahm den Hörer ab und verständigte die Kollegen.
»Wir haben einen Tatverdächtigen.«

* * *

Moritz hatte eine Streife zur Sicherheitsfirma in der Neckarstadt-West geschickt. Sie sollten dort nach Igor Ravov schauen und, wenn er nicht da wäre, den Eingang observieren. Allerdings vermutete er, dass der Gesuchte dort nicht mehr zu finden war. Wenn sie Glück hatten, war er gerade zu Hause.

Zusammen mit Olivia und zwei Einsatzwagen düste er zu Igors Adresse. Die Kollegen in den beiden Einsatzwagen sollten vor allem darauf achten, dass er nicht flüchten würde. Er selbst würde zusammen mit Olivia zu ihm gehen und ihn zunächst befragen. Ravov war zwar verdächtig, dennoch stand nicht fest, ob er der Mörder von Andreas Steiner war.

Olivia fuhr. Sie hatte feuchte Hände. Auf dem Weg zu Verdächtigen oder Beschuldigten war sie immer nervös. Entweder sie konfrontierten einen Unschuldigen oder sie hatten es tatsächlich mit einem Menschen zu tun, der einen Mord begangen hat. Beide Situationen waren nicht sonderlich angenehm. In solchen Momenten hasste sie ihren Job.

Wie war es diesmal? War Ravov unschuldig oder haben wir in ihm den Täter?

Igor war Olivia unsympathisch, deswegen wäre sie nicht überrascht gewesen, in ihm den Mörder zu finden, doch sie wollte sich nicht von Gefühlen in ihrer Urteilskraft beeinflussen lassen. Sie gab Gas.

Kurz darauf parkte Olivia vor dem fünfstöckigen Wohnblock, in dem Igor lebte. Sie überprüfte ihre Dienstwaffe und nickte Moritz zu. Los ging's!

Die beiden Kommissare gingen die betonierte Außentreppe hoch. In den Siebzigerjahren war solche Architektur vielleicht schön gewesen, heute ertrug man sie Olivias Meinung nach nur, weil man nicht anders konnte. Im obersten Stock angekommen, gingen sie den Außengang an den Wohnungen vorbei bis zu Igors Eingangstür.

»Zum Glück ist die Alte grad nicht da«, flüsterte Moritz Olivia zu, die trotz ihrer Anspannung kurz lächelte.

»Zum Glück.«

Sie klingelten.

Nichts rührte sich.

»Das hab ich fast erwartet«, zischte Moritz.

Als sich auch nach dem dritten Mal nichts rührte, wich die Anspannung aus Olivias Körper.

»Okay. Er ist nicht da. Was nun?« Sie drehte sich zu Moritz um, doch ihr Kollege stand längst nicht mehr neben ihr, sondern machte sich an einem Fenster zu schaffen, das schräg stand.

»Moritz! Lass das, dafür brauchen wir einen Durchsuchungsbefehl!«

Er ignorierte sie.

»Moritz!!!«

»Moment noch.«

Er hatte seine Hand samt Dienstwaffe in den offenen Spalt gezwängt und versuchte, mit der Waffe den Griff nach unten zu drücken.

»Hab's gleich.«

Tatsächlich sprang das Fenster auf.

»Ein Fenster, an das man vom Gang aus so leicht rankommt. Diese Bauweise findet allmählich meine Sympathie.« Er grinste.

»Moritz, ich glaube, das ist keine gute Idee!«

Doch der Kriminalhauptkommissar ließ sich von seiner Kollegin nicht aufhalten.

»Ich mach doch nichts kaputt. Das merkt keiner. Und du wirst mich nicht verpfeifen, weil du mitkommst!«

Olivia seufzte. Moritz war noch nicht einmal in der Wohnung drin, da schepperte es schon, weil er etwas umgestoßen hatte.

»Oh Mann, mein Kollege ist tatsächlich ein Möchtegern-Schimanski.« Olivia rollte mit den Augen und stieg ihm hinterher.

Die beiden standen in einer kleinen Küche, die nicht danach aussah, als ob sie häufig in Betrieb war. Nichts stand herum, nicht einmal eine Tasse. Über dem Hahn hing ein offensichtlich staubtrockenes Spültuch. Der Brotkorb stand offen und war leer. Moritz, der seine Pistole ohnehin in den Händen hielt, entsicherte seine Waffe und hielt sie im Anschlag. Olivia tat das gleiche.

Vorsichtig schlichen sie aus der Küche in einen quadratischen Flur, von dem drei Türen abgingen. Beide nickten sich zu und deuteten somit an, wer sich welchen Raum vornehmen sollte. Olivias Herz pochte. Schon häufig hatte sie Gebäude und Wohnungen gesichert. Sie war dabei alleine, mit einem Kollegen wie jetzt oder gar mit einem Sondereinsatzkommando unterwegs gewesen. Ihre Anspannung in solchen Situationen hatte sich nie gelegt. Sie versuchte sich stets auf den wesentlichen Ablauf einer Durchsuchung zu konzentrieren und alle Gedanken an Gefahr und eine Falle auszublenden, doch gelang ihr das im Allgemeinen nur mäßig. Oft malte sie sich aus, was geschehen würde, wenn jemand hinter einer Tür auf sie lauerte.

Olivia hatte die Tür rechts im Visier. Sie stand einen Spalt offen, man konnte aber nicht erkennen, ob sich jemand im Zimmer befand, und falls ja, wo er sich gerade auf-

hielt. Während sie darauf zuging, sicherte Moritz den Flur.
Sie stieß die Tür vorsichtig mit ihrem rechten Fuß auf. Als sich im Zimmer vor ihr nichts rührte, spähte sie kurz und vorsichtig hinein. Es war das Wohnzimmer, ein Wohnzimmer wie jedes andere, ohne jegliche Besonderheiten. Schrankwand, Fernseher, Couch, Tisch, zwei Sessel, Teppichboden, offene Vorhänge an den Fenstern, keine Blumenstöcke. Und kein Igor. Um das Zimmer vollends zu sichern, sprang sie mit zwei schnellen Schritten hinein und zielte mit ihrer Dienstwaffe hinter die Tür. Doch auch da stand niemand. Sie untersuchte den Schrank und die Vorhänge. Der Raum war sauber.
Sobald sie zurück im Flur war, nahm sich Moritz eine Tür auf der linken Seite vor. Er stieß sie weitaus dramatischer auf als Olivia und verursachte wesentlich mehr Lärm. Die Tür führte ins Bad, es war klein und Moritz brauchte nicht lange, um es zu durchsuchen.
In der Zwischenzeit hatte Olivia die letzte Tür im Visier. Wenn man eins und eins zusammenzählte, war das das Schlafzimmer und Igor musste, wenn er sich in seiner Wohnung befand, hier zu finden sein.
Schlief er? Hat er uns bemerkt?
Sie ging auf die Tür zu und umklammerte ihre Pistole. Dann holte sie einmal tief Luft und stieß die Tür auf. Sie erschrak fürchterlich.
Igor lag in seinem eigenen Blut auf der weißen Bettwäsche. Seine Arme und Beine waren weit ausgestreckt. Das Gesicht war blutüberströmt.
Schnell sicherte sie den Raum, in dem sie hinter der Tür, hinter den Vorhängen und im Schrank nachsah, dann beugte sie sich über Igor.

»Schnell! Hier ist er.«
Moritz betrat das Zimmer.
»Mist.«

* * *

Endlich war Fatih zurück von seiner Frau. Er betrat sein Büro, hängte sein Jackett sorgfältig über einen Bügel und verstaute es im Kleiderschrank. Dann nahm er seinen Ärztekittel, schlüpfte in ihn hinein, rückte seine Krawatte zurecht und blickte kurz in den Spiegel, um zu sehen, ob seine Frisur noch saß. Anschließend ging er zurück ins Labor.
»Dr. Üstbas«, merkte einer seiner Mitarbeiter an, »die Ergebnisse des DNA-Tests sind da.«
»Endlich«, sagte er erleichtert.
»Ich habe die Berichte auf Ihren Schreibtisch legen lassen.«
»Ah, gut«, wunderte sich Fatih und ging zurück in sein Büro. Offenbar hatte er die Berichte bei seiner Rückkehr übersehen.
Auf dem Flur schnappte er sich noch eine heiße Tasse schwarzen Kaffees, der so heiß war, dass er nur sachte daran nippen konnte. Schlürfen, was die Temperatur ja erträglicher hätte werden lassen, wäre ihm nie in den Sinn gekommen. Das hielt er für unanständig und vulgär. Also griff er zu einem alten Trick und ließ den Löffel in der Tasse stehen. Wie durch einen Schornstein würde so die Wärme entweichen, auch wenn dies ebenfalls nicht der Etikette entsprach.

Fatih öffnete den ersten Umschlag und sah die Ergebnisse durch. Dann rief er Sabine Unger, eine seiner Mitarbeiterinnen, zu sich.
»Ich grüße Sie, Sabine. Wären Sie so gut, und würden diese genetischen Fingerabdrücke mit der Gen-Datenbank abgleichen? Sollten Sie einen Namen oder irgendeinen Hinweis erhalten, lassen Sie es mich bitte sofort wissen, ja?«, bat Fatih, »und machen Sie mir bitte eine Kopie.«
Sabine nickte, nahm die Berichte und tat, um was Fatih sie gebeten hatte.
Dann öffnete er den zweiten Umschlag. In ihm erwartete er die Ergebnisse des Abgleichs von Andreas Steiners Daten mit den Überresten, die am Tatort gefunden worden waren. »Irgendwie ist das wie im Fernsehen bei diesen Castingshows«, dachte er, »am Schluss kommt immer ein entscheidender Umschlag mit dem Ergebnis. Nur der Notar fehlt.«
Fatih wollte sich selbst nicht lange auf die Folter spannen, doch je ungeduldiger er wurde, umso schwerer fiel es ihm, den Umschlag zu öffnen. Er starrte ihn eine ganze Weile an, doch schließlich griff er zu seinem Brieföffner und schlitzte das Kuvert auf. Sorgsam ging er Zeile für Zeile des Berichts durch, dann dauerte ihm auch das zu lange und er blätterte auf die nächste Seite. Schließlich fand er die gesuchte Stelle mit dem Ergebnis und lehnte sich zurück. Er kreuzte die Hände hinter seinem Kopf und pfiff.
»So war das also.«
Der Gerichtsmediziner griff zum Hörer.

* * *

»Ja, Fatih?«, fragte Moritz, während Olivia fuhr.
Moritz hörte aufmerksam zu, nickte ein paar Mal und schaute immer wieder zu Olivia hinüber. Dann legte er auf.
»Es gibt Neuigkeiten.«
»Welche Neuigkeiten?«, wollte Olivia wissen.
»Wir wissen nun, ob die Leiche identisch mit deinem Toten aus der S-Bahn ist oder nicht.«
»Ja, und?« Olivia ging es nicht schnell genug.
»Wie ja und? War doch alles von vornherein klar, Prinzessin!«
»Sag schon. Raus mit der Sprache!«
»Also, was Fatih genau untersucht hat, ist –«
»Ja oder nein?« Olivia wurde ungeduldig.
Moritz seufzte. »Also gut. Ja.«
»Ja, er ist es? Oder, ja, er ist es nicht?«
Moritz schwieg.
»Du Idiot, jetzt sag' halt!«
»Okay, okay. Ja, Andreas Steiner ist der Tote aus der S-Bahn. Du hattest von Anfang an recht!«
»Yeeeeesssssssssss!«, brüllte Olivia aus sich heraus, ohne den Verkehr aus den Augen zu verlieren.
Sie fühlte sich unendlich erleichtert. All die Zweifel ihrer Kollegen waren gegenstandslos geworden, und auch die Selbstzweifel, die sie immer mal wieder gequält hatten. Nun hatte sie die Bestätigung, dass sie wirklich einen Mord gesehen hatte, und dank ihrer Aktion am Rangierbahnhof konnte der Fall hoffentlich gelöst werden.
Was wohl Klose im Moment denkt? Und die beiden Idioten vom Sondereinsatzkommando? Die sollten sich schämen. Fehlalarm! Wenn ich die das nächste Mal sehe!
Olivia strahlte Moritz an.

»Hab' ich's doch immer gesagt. Und ihr? Keiner von euch hat mir geglaubt.« Sie triumphierte hinter dem Lenkrad.

»Hey! Ich hab immerhin die Ermittlungen in diese Richtung eingeleitet – gegen die Anordnung von Dr. Klose. Im Stich gelassen hab ich dich nicht!«

»Das stimmt!«, lachte Olivia.

»Vielleicht können wir mit dem DNA-Test auch Igor Ravov überführen.«

»Wenn das nun alles feststeht, sollten wir uns vor allem mit der Frage beschäftigen, warum sich Mörder und Opfer mitten in der Nacht in einer S-Bahn treffen«, fasste Olivia die Situation zusammen.

Moritz nickte.

»Und wir müssen herausfinden, warum es zum Streit kam. Der Mord war nicht geplant, sonst hätte der Täter eine Waffe verwendet und das Opfer nicht mit den Händen erwürgt. Es muss also eine emotional aufgewühlte Auseinandersetzung gegeben haben.«

»In deren Folge der Mörder sein Opfer erwürgt hat.«

Moritz kramte sein Handy hervor.

»Ich ruf mal in der Wache an, ob Ravov inzwischen vernehmensfähig ist. Wenn ja, sollten wir erst bei ihm vorbei und –«

»Und danach noch einmal mit Steffi Groß sprechen. Jetzt, wo der Tatort bekannt ist«, vervollständigte Olivia Moritz' Gedanken.

* * *

Igor Ravov sah stark ramponiert aus. Seine beiden Augen waren blau unterlaufen und geschwollen. Gleiches galt für seine Nase. Zwei Sanitäter und ein Notarzt hatten ihn, gleich nachdem er sein Bewusstsein wieder erlangt hatte, noch in seiner Wohnung versorgt. Danach hatten sie ihn ins Polizeipräsidium gebracht, wo er einige Fragen beantworten sollte. Nun saß er in einem Besprechungszimmer und wartete auf die Beamten. Als die Tür aufflog, erkannte er sofort die beiden Kommissare, die ihn im Büro aufgesucht hatten.

»Sie schon wieder!«, fluchte er.

»Wir schon wieder«, kommentierte Olivia mit einem Lächeln.

»Aber wie es scheint, hatten Sie heute noch anderen Besuch als von der Polizei! Ganz unangenehmen, anderen Besuch«, sagte Moritz, als er sich Igor direkt gegenübersetzte und ihn anvisierte. »Wer hat Sie so zugerichtet?«

»Auf jeden Fall nicht so ein Schwächling wie du«, grinste Igor den Ermittler trotz Schmerzen an.

»Sie sollten froh sein, dass wir Sie gefunden haben«, schaltete sich Olivia ein.

»Froh? Weshalb? Wenn Sie nicht gekommen wären, stünde ich jetzt unter meiner Dusche und könnte mir danach ein Bier genehmigen. So sitze ich hier wie ein Schwerverbrecher.«

»Vielleicht sind Sie ja einer«, merkte Olivia an.

»Wo waren Sie letzten Sonntag zwischen 23 Uhr und 1 Uhr nachts?«, begann Moritz.

»Zu Hause.«

»Gibt es dafür Zeugen?«

»Wahrscheinlich nicht, weil meine Nachbarn zu dieser Zeit normalerweise schon schlafen.«

»Sie haben also kein Alibi für die Zeit, zu der Andreas Steiner umgebracht wurde«, hielt Olivia fest.

»Was soll das heißen? Glaubt ihr, ich war das? Habt ihr sie nicht mehr alle? Das ist doch absurd!«
»Warum ist das absurd?«, wollte Moritz wissen, »wir haben eine Aussage, laut der Sie Andreas Steiner mehrfach gedroht haben sollen.«
»Ja, das habe ich und das ist absolut gut so. Umso schlimmer, dass er nun tot ist.«
»Sie bedauern das? Warum?«, bohrte Olivia nach.
»Wir haben uns seit Jahren gekannt. Auch wenn ich ihn nie leiden konnte, tut mir sein Tod leid.«
»Dürfen wir von Ihnen eine Speichelprobe nehmen?«, fragte Moritz.
»Nimm, was du willst. Ich komm hier sonst ja eh nicht raus.«
Igor streckte den beiden die Zunge entgegen. Als die Kommissare nicht sofort reagierten, fluchte er: »Na, macht halt!«
Olivia warf Moritz mit rollenden Augen einen Blick zu. Moritz zuckte mit den Schultern.
»Dein Job, Hochwohlgeborene.«
Olivia präparierte den Speicheltest und nahm eine Probe von Igor.
»Wir werden schon sehen, ob Sie am Tatort waren.«
»Ja, da freu ich mich drauf.«
»Das Ergebnis der Analyse dauert etwa vier Stunden. Wir behalten Sie solange hier. Danach können Sie kurz nach Hause und zum Feierabend endlich Ihr Bierchen trinken«, meinte Moritz.
»Vielleicht bleiben Sie aber auch länger hier«, warf Olivia ein.

* * *

Es war am späten Nachmittag, als Olivia und Moritz wieder unterwegs zu Steffi Groß waren. Während Olivia versuchte, den Dienstwagen durch die Quadrate zu lenken, blickte Moritz aus dem Fenster und sah sich seine Stadt an.

Wie anders vieles wurde. Nie waren ihm Veränderungen so sehr aufgefallen wie im Moment. Einerseits lag das daran, dass er mit Mitte dreißig auf eine lange Zeit in Mannheim zurückblickte, andererseits wurde gerade viel gebaut und abgerissen. Das betraf vor allem die Innenstadt, Quadrat um Quadrat wurde niedergewalzt, eingezäunt und in Baugruben verwandelt. Tief in die Erde gruben sich Bagger – und das mitten im Herzen Mannheims. Wie die Stadt wohl in ein paar Jahren aussehen würde?

Wenn die Häuser danach richtig schön aussehen, können sie das gerne machen, dachte Moritz, denn gerade die Innenstadt hat darunter gelitten, dass sie nach ihrer Zerstörung im Zweiten Weltkrieg schnell wieder hochgezogen worden war. Zweckmäßig sollte damals alles sein, auf Schönheit hat keiner geachtet. Und sehr schnell musste alles gehen, damit die Leute wieder ein Dach über dem Kopf hatten. Hoffentlich lassen sie sich heute etwas mehr Zeit und achten auf das Äußere der Gebäude. Er schaffte es gerade noch, den Satz gedanklich abzuschließen, bevor er von Olivias Stimme unterbrochen wurde.

»Mann! Hier kann ich wieder nicht lang, Einbahnstraße!«, hörte er Olivia fluchen, beschloss aber in seiner Gedankenwelt zu bleiben und nicht auf seine Kollegin zu reagieren.

Gerade wurde das neue Stadtquartier gebaut. Über mindestens zwei Quadrate, in denen früher nur ein stark

ramponiertes Parkhaus stand, sollte sich in wenigen Jahren ein riesiger Gebäudekomplex mit Büroräumen, Gewerbeimmobilien und Wohnungen erstrecken. Er hatte sich die Pläne angesehen, doch wie das Stadtquartier später in Wirklichkeit aussehen würde, darauf war er gespannt. Da durch den Bau das ramponierte sowie ein weiteres Parkhaus ausfielen, war die Verkehrssituation in der direkten Innenstadt schwierig. Zu viele Autos zwängten sich durch die engen Straßen der Quadrate, deren Grundmaße in einer anderen Zeit angelegt worden waren. Damals um 1600 setzte man noch auf Pferde und Kutschen, vor allem aber auf die eigenen Beine und dachte wahrscheinlich, dass die Straßen großzügig bemessen seien. Wenn heute rechts und links einer parkte, kam man hingegen kaum in der Mitte durch.
»Hör nicht aufs Navi, bieg' vorne rechts und dann gleich wieder links ab. So kommst du hier raus. Das ist halt im Moment so«, empfahl Moritz schließlich Olivia, da die Verkehrsführung des Navigationssystems keinerlei Sinn machte, solange noch gebaut wurde, also die nächsten zweieinhalb Jahre lang.
»Okay, danke.« Olivia folgte Moritz' Rat und kämpfte sich tapfer mit dem Dienstwagen durch den Stadtverkehr, während er sich wieder in seine Gedanken vertiefte und schließlich einschlief. Das nächste was Moritz spürte, war ein Stoß in die Rippen. Gleich darauf hörte er Olivias Stimme.
»Hey, wir sind da! Eingeschlafen?«
»Nein, nein, ich war hellwach«, log er und versuchte herauszufinden, wo er sich gerade befand. Nachdem er die Schlaftrunkenheit abgeschüttelt hatte und wieder klar denken konnte, erkannte er die Umgebung. Sie

hatten direkt vor Steffi Groß' Apartmentgebäude geparkt.
Als Steffi die Tür aufmachte, blickten die beiden Kommissare erneut in ein aufgelöstes und verweintes Gesicht. Steffis Schminke war verschmiert und über das halbe Gesicht verteilt.
»Hallo Frau Groß, dürfen wir Sie noch einmal stören und hereinkommen?«, bat Olivia.
Steffi konnte nicht viel sagen, sondern nickte nur kurz und ließ die Kommissare in ihre Wohnung.
»Wir haben Neuigkeiten, was den Mord an Ihrem Lebensgefährten betrifft«, fing Olivia an.
Steffis Miene veränderte sich ein wenig. Ein Hauch von Neugierde war in den von Tränen geschwollenen Augen zu erkennen.
»Haben Sie den Täter?«
»Wir werden nicht lange dafür brauchen«, versicherte Moritz, »keine Sorge.«
»Inzwischen wissen wir, wo der Mord geschehen ist«, berichtete Olivia eifrig.
»Setzen Sie sich doch«, bat Steffi die Ermittler in ihr Wohnzimmer.
Olivia und Moritz setzten sich auf die Couch. Zum ersten Mal bemerkten sie, wie klein die Wohnung eigentlich war. Die Möbel und die Bilder an den Wänden hätten gut und gerne von einem Secondhand-Laden stammen können. Nichts passte zusammen. Olivia hatte einige Freunde in Berlin gehabt, die ihre Wohnung ausschließlich mit Secondhand-Produkten bestückten. Doch die Wohnung hier sah nicht danach aus, als wäre ihre Besitzerin diesem Credo absichtlich gefolgt, überhaupt sah sie nicht nach sorgfältiger und überlegter Ausstattung

aus. Die braunen Möbel Motto »Eiche rustikal« erinnerten sie irgendwie an ein Kinderheim, warum wusste sie allerdings auch nicht, und der Fußboden in Diele und Küche weckte in ihr klischeehafte Bilder an Plattenbauten in Ostberlin. Olivia fragte sich, wie man in einer solchen Wohnung eigentlich zufrieden und glücklich sein konnte.

»Andreas Steiner wurde von Sonntag auf Montag nachts in einem S-Bahn-Waggon am Rangierbahnhof getötet«, erzählte Olivia.

»Können Sie sich erklären, was er da wollte, Frau Groß?«

Steffi kämpfte erneut mit den Tränen und schüttelte den Kopf. Als sie sich beruhigt hatte, erklärte sie: »Ich hatte am Sonntag Nachtschicht und weiß nicht, was er am Abend gemacht hat.«

»Können Sie sich in irgendeiner Weise zusammenreimen, was er in einer S-Bahn oder zumindest am Rangierbahnhof gemacht hat?«, wollte Olivia wissen.

»Eigentlich nicht. Was macht man am Rangierbahnhof? Und noch dazu in der Nacht?«, fragte Steffi verzweifelt.

»Gab es eine Verbindung von Ihrem Lebensgefährten zur Bahn oder zum Verkehrsverbund? Irgendetwas?«

»Klar«, sagte Steffi plötzlich so deutlich, dass die beiden Ermittler überrascht waren. »Er arbeitete früher als Straßenbahnfahrer beim Verkehrsverbund.«

Olivia und Moritz sahen sich an. Na, immerhin! Eine klitzekleine Spur.

Moritz' Neugierde war nun geweckt.

»Hatte er Feinde beim Verkehrsverbund?«, fragte er.

Steffi schüttelte den Kopf.

»Warum arbeitete er nicht mehr dort?«, schaltete sich Olivia ein.

»Andreas wurde entlassen. Vor fünf Jahren, auf dem Höhepunkt der Finanzkrise. Er hat mir erzählt, dass die ihm einfach so gekündigt haben. Und dann stand er auf einmal ohne Job und ohne Einkommen da. Ich hab ihn bei mir einziehen lassen. Seitdem wohnen wir hier zusammen.«

»Das klingt etwas seltsam. Es muss doch einen Kündigungsgrund gegeben haben?«, hakte Moritz nach.

»Ihm war sein Schicksal immer klar. Er war keiner, der auf der Sonnenseite des Lebens geboren ist. Und dafür machte er auch niemanden verantwortlich.«

»Kann ich mir nicht vorstellen«, platzte es aus Moritz heraus.

»Ist aber so«, antwortete Steffi mit einem ungewöhnlich scharfen Ton, »er hat keinen Streit gesucht.«

»Ihn aber gefunden«, entgegnete Moritz, »das ist eine Tatsache.

»Haben Sie schon eine Spur?«, wandte sich Steffi an Olivia.

»Ehrlich gesagt, sind wir froh, dass wir überhaupt schon wissen, wer die Leiche ist und wo der Mord passiert ist. Geben Sie uns noch ein bisschen Zeit.«

Steffi nickte.

»Gut.«

Dann begleitete sie die Kommissare zur Haustür und verabschiedete sich. Moritz und Olivia verließen das Gebäude. An der frischen Luft atmete Olivia zunächst durch, Steffis Wohnung war ihr viel zu eng gewesen.

Die Arme, sie muss darin leben!

Steffi stand in ihrer Wohnung und sah den beiden Kommissaren durch das Küchenfenster nach.

»Geben Sie uns noch ein bisschen Zeit. Zeit, die ich jetzt nicht mehr mit Andreas habe.«

Sie ging in die Küche, schnappte sich ihre Schachtel Zigaretten und ließ sich auf die Couch im Wohnzimmer fallen.
»Sie wissen also nicht, wer dahinter steckt«, sagte sie laut zu sich.
Dann steckte sie sich eine Zigarette an und zog den Qualm ein. Andreas würde wollen, dass sie den Plan weiterverfolgte. Auf jeden Fall. Das würde er wollen. Er ist tot, daran konnte sie nichts mehr ändern. Doch ihren Traum von einem besseren Leben konnte sie weiterleben. Andreas würde sogar darauf bestehen. Da war sie sich sicher.
Steffi beugte sich nach vorne und drückte die Zigarette aus. Dann griff sie zu ihrem Handy, unterdrückte die Rufnummer und rief sich selbst auf dem Festnetz an, um sicherzugehen, dass auch wirklich nichts angezeigt wurde. Sie blickte auf das Display ihres Telefons, dort war nur: ›Unbekannter Teilnehmer‹ zu lesen. Sie kramte einen Zettel von Andreas hervor und wählte die Nummer. Am anderen Ende meldete sich eine Frauenstimme.
»Ja, bitte?«
Steffi zögerte einen Augenblick und schluckte. Plötzlich brach es hektisch aus ihr heraus: »Ich weiß, was ihr getan habt!«

* * *

»Nicht wieder einschlafen«, ermahnte Olivia ihren Kollegen, der sich schon gleich nach dem Einsteigen ins Auto in eine bequeme Seitenlage gebracht hatte. Moritz

brummte irgendetwas vor sich hin, was Olivia nicht verstand. Sie nahm es als Bestätigung, schaltete zur Vorsicht aber das Radio ein.
Auf diesem Weg bekam Moritz im Halbschlaf vom Radiosprecher mitgeteilt, dass Mannheim ein langersehntes Ziel erreicht hatte: »Nach 1975 kann die Stadt Mannheim 2023 ein zweites Mal eine erfolgreiche, innovative Bundesgartenschau, kurz BUGA genannt, durchführen, Zu dieser Einschätzung kommen die Mitglieder des Verwaltungsrats der Deutschen Bundesgartenschau-Gesellschaft nach Prüfung der Bewerbungsunterlagen der Stadt Mannheim, die im März dieses Jahres übergeben wurden.«
Im Halbschlaf schossen Moritz Aufnahmen von der Bundesgartenschau aus den Siebzigerjahren in den Kopf, die er zwar nicht erlebt hatte, deren Bilder aber für mehrere Jahre durch die Mannheimer Medien kursiert waren. Vor allem der sogenannte Aerobus, der damals zum Einsatz gekommen war, um die einzelnen Bereiche der Bundesgartenschau im Herzogenriedpark und im Luisenpark miteinander zu verbinden, war ihm im Gedächtnis geblieben. Ähnlich wie die Schwebebahn in Wuppertal war der Aerobus über dem Mannheimer Stadtverkehr gefahren, elektrisch angetrieben und an hohen Masten aufgehängt. Noch einige Monate danach waren die großen Stützpfeiler zu sehen gewesen, irgendwann waren sie schließlich abgebaut worden. Lediglich eine Teststrecke war bis in die Achtzigerjahre erhalten geblieben. Damals hatte man gehofft, das System des Aerobus weiter ausbauen und in die verschiedenen Stadtteile übertragen zu können, doch aus dem Plan war nichts geworden. Mit dem Gedanken, wie die Stadt wohl heute aussehen

würde, wenn mehrere Linien des Aerobus unterwegs wären, schlief Moritz endgültig ein. Als plötzlich sein Handy klingelte, schreckte er wieder hoch.

»Ha, du hast doch geschlafen!«, neckte ihn Olivia sofort.

»Hab' ich nicht«, log er abermals. Dann griff er nach seinem Handy und nahm den Anruf entgegen.

»Hallo Fatih! Was gibt es Neues?«, meldete er sich. Moritz lauschte Fatihs Ausführungen genau. »Verdammt! Das hatte ich befürchtet.« Er legte auf.

»Was ist los, Moritz?«

»Fatih hat Ravovs genetischen Fingerabdruck mit den Spuren in der S-Bahn verglichen.«

»Das war mir klar. Und? Weiter?«

»Das Ergebnis ist nicht so, wie ich es mir gewünscht habe.«

»Ravov ist also nicht der Täter«, stellte Olivia resigniert fest.

»Na ja, es besteht theoretisch immer noch die Chance, dass er Andreas Steiner umgebracht hat, nur haben wir keinen Beweis dafür.«

»Er hat am Tatort keine Spuren hinterlassen, Moritz. Aber der Täter hat ganz bestimmt welche hinterlassen«, belehrte sie ihn.

»Du hast recht.«

»Und nun müssen wir ihn laufen lassen.«

»Ja, das müssen wir wohl, den Drecksack.«

Verdammt!

* * *

Seit Tagen verspürte die 42-jährige Elisabeth Lehmann, Hausfrau und Gattin eines Mannheimer Immobilientycoons, Angst und Sorge. Die letzten Tage waren anstrengend für sie gewesen und hatten sie altern lassen. Sie konnte keinen Schlaf finden, quälte sich durch den Alltag und vermied es, mit irgendeinem Menschen in Kontakt zu treten.

In ihrem großen, schönen Haus, das in bester Weinheimer Hanglage und nur wenige Kilometer von Mannheim entfernt lag, fühlte sie sich mittlerweile schrecklich einsam. Nicht einmal der fantastische Blick aus den riesigen Wohnzimmerfenstern hinunter auf die Rheinebene, den sie so sehr liebte, konnte sie beruhigen. Die ganze Nacht war sie durch das Haus gewandert, hatte sich alte Fotos angeschaut, geraucht und getrunken, und war in Gedanken ganz in der Vergangenheit versunken gewesen. Sie fürchtete, ihren Verstand zu verlieren. Wie unnütz ihr nun alles vorkam. Sie erinnerte sich noch gut an den Tag, als sie aus Mannheim hierhergezogen waren. Sie wollten damals in bessere Kreise gelangen und ein besseres Haus bewohnen. Für sie war das Haus am Hang mit seinem Blick in die Ferne immer ein Palast gewesen. Die beiden Städte Mannheim und Ludwigshafen wirkten von hier aus klein und harmlos. Lediglich das Großkraftwerk in Rheinau und die Heizkraftwerke Nord trübten ein wenig die Idylle. Aber wer in dieser Gegend aufwuchs, der war an diese Gebäude und ihren Qualm gewöhnt und nahm ihn irgendwann fast nicht mehr wahr. So ging es auch Elisabeth.

»Ein solcher Blick entspannt. Das ist so ähnlich wie am Meer«, hatte ihr Mann damals gesagt. Und er hatte recht behalten. Sie lebten schon jahrelang glücklich und

zufrieden hier oben. Für sie war es wie ein Märchen, von dem sie wünschte, dass es niemals enden würde.
Das Telefon klingelte und holte sie wieder in die Gegenwart zurück. In ihre traurige, graue Gegenwart. Sie ging um die Wohnlandschaft im Wohnzimmer herum zu dem Tisch, auf dem das Telefon lag. Im Grunde wusste Elisabeth bereits, wer sich am anderen Ende der Leitung melden würde. *Er!* Er würde es sein und neue Forderungen stellen.
Zittrig nahm sie das Telefon in die Hand und ließ es zwei weitere Male klingeln, so sehr fürchtete sie sich vor dem Telefonat. Noch mehr fürchtete sie sich jedoch davor, was passieren würde, wenn sie den Anruf ablehnte. Daher schluckte sie ihre Angst hinunter und holte noch einmal tief Luft, dann nahm sie den Anruf entgegen.
»Ja, bitte?«
Zu ihrer Verwunderung meldete sich eine Frauenstimme. Für den Bruchteil einer Sekunde war sie erleichtert, dass nicht *er* es war, sondern jemand vollkommen anderes, doch der erste Satz der Frauenstimme irritierte sie restlos.
»Ich weiß, was ihr getan habt!«
Elisabeth hatte keine Ahnung, was die Frauenstimme meinte, allerdings verstand sie sofort, dass die Stimme wohl zu *ihm,* zu seiner Männerstimme, gehören musste. Ihre Erleichterung war in Sekundenschnelle weggefegt, Panik ergriff sie und schnürte ihr die Kehle zu. Zugleich schossen ihr Tausende Fragen in den Kopf, allen voran die Frage, was die Frau wollte. Sie hatte keine Ahnung, wie sie reagieren sollte und lief in ihrem großräumigen Wohnzimmer mit dem Telefon in der Hand auf und ab. Nach einer Weile ließ sie sich auf die lange Ledercouch

fallen, auf der sie nur sehr selten saß. Die ganze Zeit über hatte die Frauenstimme am Telefon geschwiegen.
»Ich habe Ihnen nichts getan! *Sie* haben meinen Sohn entführt! Nicht ich den Ihren!«
Elisabeth erschrak über ihren eigenen scharfen Ton. Sie wollte niemanden provozieren, denn sie hatte Angst, dass die Entführer ihrem Jungen etwas antun würden. Als sie weitersprach, schaffte sie es, ihrer Stimme einen weicheren Ton zu verleihen.
»Wie geht es ihm? Ist er in Ordnung?«, fragte sie in den Hörer.
Steffi wurde unsicher. Sie kannte eine solche Situation nur aus Filmen, und ebenso unwirklich wie diese kam ihr das Gespräch mit Elisabeth Lehmann genau in diesem Augenblick vor.
»Nur nicht zu lange mit Elisabeth telefonieren«, sagte sie sich.
Das war wichtig, falls die Lehmanns mit der Polizei in Verbindung standen und diese eine Fangschaltung aufgebaut hatte. Sie sagte sich, dass sie selbstsicher und bestimmend wirken sollte, weshalb sie einen Moment innehielt und sich sammelte.
»Hören Sie, morgen will ich das Geld haben. Keine Spielchen. Keine Polizei! Ich rufe Sie morgen um 11 Uhr auf Ihrem Handy an. Sie stehen in Mannheim am Eingang der Planken direkt vor dem Wasserturm. Dann erhalten Sie weitere Instruktionen. Keine Polizei. Ich warne Sie!«
Steffi legte auf.
Zurück blieb Elisabeth mit einer Frage auf den Lippen, die sie sich permanent stellte und die sie nicht mehr schlafen ließ. War mit ihrem Sohn alles in Ordnung? Ging es ihm gut? Tränen kullerten ihr über das Gesicht.

Sie hoffte so sehr, dass ihm nichts geschehen war. Alles würde sie dafür geben, alles.

* * *

Dr. Klose bat Olivia, Martin und Fatih zu einer Dienstbesprechung in sein Büro. Er wollte über den Stand der Ermittlungen informiert werden und gegebenenfalls weitere Schritte einleiten. Bei Besprechungen saß er am liebsten in seinem eigenen Zimmer und nutzte deshalb nur sehr selten einen der Besprechungsräume. Dafür hatte er in seinem Büro eine Sitzecke einrichten und zudem allerlei Präsentationsmedien installieren lassen.
Der Schreibtisch war gewissermaßen Dr. Kloses Schaltzentrale. War er im Polizeipräsidium, saß er meist genau dort und war selten woanders zu finden. Daher musste sein Schreibtisch auch immer in Ordnung sein, in seiner Ordnung. Notebook, Füllfederhalter, Fernbedienung des Beamers fanden sich dort genauso wie die aktuelle Ausgabe des »Mannheimer Morgens«, die seine Sekretärin jeden Tag vor seiner Ankunft an die gleiche Stelle legte. Zudem hatte er einen kleineren Stuhl direkt an seinem Schreibtisch stehen, für den Fall, dass er sich mit nur einem Teammitglied besprechen wollte.
Irgendwie sieht das aus wie bei einem Verhör. Na, immerhin habe ich dieses Mal nichts falsch gemacht. Olivia atmete insgeheim auf und war zudem froh, dass sie zu dritt waren. Fatih hatte im Sessel Platz genommen, und sie saß gemeinsam mit Moritz auf der Couch. Sie konnte sich nicht des Gefühls erwähren, dass sie ein Teenager

war, der etwas ausgefressen hatte und nun beim Schuldirektor saß, um auf die gerechte Strafe zu warten.
Bevor sich Dr. Klose den Dreien zuwenden konnte, tippte er noch etwas auf seinem Notebook. Genau genommen war »tippen« allerdings der falsche Ausdruck. Er verwendete ein Zweifinger-System mit der Geschwindigkeit eines Erstklässlers, der nicht weiß, wie man schreibt.
»Ein ordentlicher Schreibmaschinenkurs würde ihm gut tun«, flüsterte Moritz Olivia mit leiser Stimme zu.
Diese nickte, wunderte sich aber zugleich, dass Dr. Klose Moritz' Kommentar nicht vernommen hatte, denn so leise, dass er ihn nicht hatte hören können, war er nun auch wieder nicht gewesen.
»Ich muss nur noch schnell die E-Mail rausschicken. Dann bin ich gleich bei Ihnen«, versicherte er seinen Mitarbeitern.
»Ein Wunder, dass er seine E-Mails selbst schreibt«, kommentierte Moritz wieder mit gesenkter Stimme, »normalerweise diktiert er diese seiner Sekretärin.«
Olivia zog die Augenbrauen hoch.
»Ja dann.«
»Moritz, kommen Sie mal bitte«, bat Dr. Klose, der scheinbar Probleme mit der E-Mail hatte.
Der Gerufene stand auf, ging um den Schreibtisch, schaute auf den Monitor, klickte kurz etwas an und setzte sich wieder auf seinen Platz neben Olivia. Dr. Klose war damit offensichtlich zufrieden und wandte sich nun den Ermittlern zu.
»Ich hab' Sie in Sachen Todesfall Andreas Steiner einberufen«, begann er. »Moritz, wie ist der Stand der Erkenntnisse?«
»Nun ja, Andreas Steiner war 42 Jahre, lebte in Käfertal zusammen in einer Wohnung mit seiner Lebensgefährtin

Steffi Groß. Seit fünf Jahren war er arbeitslos, seit vier Jahren war er auf Hartz IV. Davor arbeitete er als Straßenbahnfahrer für den Verkehrsverbund Rhein-Neckar«, fasste Moritz zusammen.
»Und er ist der Tote aus der S-Bahn, dessen Mord ich beobachtet habe«, warf Olivia trotzig ein.
»So? Ist er das?«, fragte Dr. Klose. »Sehen Sie Moritz, welch fähige Kriminalpolizistin ich eingestellt habe? Und Sie hatten Zweifel an unserer jungen Kollegin.« Dann wandte er sich Olivia zu.
»Bravo, Frau von Sassen. Sie leisten wirklich gute Arbeit. Ich bin sehr froh, dass wir uns für Sie entschieden haben.«
Klose ist also ein Wendehals, ein typischer Politiker. Mit diesem Talent wird er es wahrscheinlich doch noch ins Innenministerium schaffen. So lange er seinen Hals in meine Richtung wendet, ist es ja in Ordnung. Doch wenn er wieder denkt, dass ich Fehlalarme auslöse, dann hat er sich geschnitten. Es kochte in Olivia, doch äußerlich war sie ruhig.
»Danke, Herr Klose für Ihr Verständnis«, log Olivia.
»Selbstverständlich.«
»Zudem haben wir einen Verdächtigen«, fuhr Moritz fort, »Igor Ravov. Er war mit dem Toten in einer Art Jugendbande. Steiner schuldete Ravov eine beträchtliche Summe Geld.«
»Allerdings hat der DNA-Abgleich mit den Spuren in der S-Bahn den Verdacht auf Ravov nicht bestätigt«, erklärte Olivia.
»Wann haben Sie denn die Zeit gehabt, die S-Bahn zu untersuchen, Frau von Sassen?«, fragte Dr. Klose messerscharf.

Mist, wir waren da ja nur gegen seine direkte Anweisung dort. Dass er aber auch dermaßen pingelig war. Olivia fluchte innerlich und sah ihre Kollegen hilfesuchend an. Fatih wandte seinen Blick sehr schnell zu Boden, ihm war es sichtlich unangenehm, dass er am Tag zuvor die Dienstvorschriften von Dr. Klose missachtet hatte. Von ihm war keine Hilfe zu erwarten. Moritz war da bei Weitem unverdrossener und sprang Olivia helfend zur Seite.

»Wir haben ein paar Überstunden gemacht und sind dann noch mal raus zum Rangierbahnhof gefahren. Sie sagten ja selbst, dass man der Spürnase unserer neuen Kollegin folgen sollte!«, log nun Moritz.

»Ja, da haben Sie recht. Folgen Sie stets der Nase Ihrer Kollegin«, meinte Dr. Klose väterlich.

Fatihs Anspannung wich augenblicklich.

»Haben wir eine Spur, Frau von Sassen?«

»Ravov war bislang unsere heißeste Spur. Ich würde aber weiterhin im Umfeld des Toten suchen und als Nächstes mit dem Verkehrsverbund, seinem früheren Arbeitgeber, sprechen. Vielleicht finden wird dort eine Spur«, erklärte Olivia.

»Dem Toten wurde dort vor fünf Jahren gekündigt, und damit hat sein Abstieg begonnen«, stellte Moritz fest.

»Aber warum tötet ihn *jetzt* jemand?«, überlegte Fatih, »warum jetzt und nicht letztes Jahr oder nächstes Jahr oder vor fünf Jahren?«

»Ja, es muss einen Grund geben, warum irgendetwas oder irgendwer die Tat genau zum jetzigen Zeitpunkt ausgelöst hat«, meinte auch Olivia.

»Hm«, war alles, was Dr. Klose zunächst herausbrachte. Wenig später fuhr er fort: »Sie und Olivia gehen nun zum

Verkehrsverbund, um etwas mehr über den Hintergrund herauszufinden. Fatih, Sie checken die genetischen Fingerabdrücke, die Sie durch Ihre Proben erhalten haben. Und ich, ich werde noch einmal mit Igor Ravov sprechen, bevor er unsere Institution verlassen darf.«

* * *

Die Zentrale des Verkehrsverbundes lag nicht weit entfernt vom Polizeipräsidium, denn von L6 waren es nur wenige Blocks bis zu B1. Olivia und Moritz nahmen deshalb nicht den Dienstwagen, sondern gingen zu Fuß. Unterwegs schüttelte Olivia den Kopf: »Wie kann das so nah beieinander liegen? L6 und B1?«
»Also pass auf«, fing Moritz an.
Dann schauten sich beide in die Augen und lachten. Moritz gab auf.
»Du wirst es irgendwann einmal verstehen. Gezählt wird von der Mitte, der Breiten Straße, aus.«
»Schon gut.«
»Ach ja, und die heißt jetzt Kurpfalzstraße.«
Das ist im Übrigen schon wieder eine Straße in den Quadraten, die einen Namen trägt. Langsam wurden es viele Ausnahmen.
Moritz wollte Olivia mit seinen Ausführungen nicht auf die Nerven gehen und fasste sich kurz.
»Du musst dir nur merken, dass die L-Quadrate etwas Besonderes sind. Aber das ist schon alles.«
»Und wir sind ausgerechnet immer in den L-Quadraten zugange. Verstehe schon.«

Sie waren vom Polizeipräsidium die Bismarckstraße entlanggegangen, bis sie direkt vor dem Schloss standen, in dem heute die im Jahr 1967 gegründete Mannheimer Universität untergebracht war. Vom Schloss aus teilte die Kurpfalzstraße die Mannheimer Innenstadt in zwei Hälften.
»Von hier aus wird gezählt. Nach rechts geht's mit 1 los – und nach links auch. Hier ist A1«, Moritz deutete nach links, »und dort drüben ist L1.«
Wenn er über seine Heimatstadt spricht, wird mein lieber Kollege ja richtig gesprächig.
»Okay«, gab Olivia von sich und wollte die Erklärung eigentlich gar nicht hören. Insgeheim befürchtete sie, dass Moritz die Quadrate grundsätzlich gerne erklärte und dass dies nicht das letzte Mal sein würde.
»Hinter A1 folgt dann B1 ein. Ganz einfach!«
»Und schwups, sind wir da«, fügte Olivia schnell hinzu, bevor Moritz weiter ausschweifte.
Sie gingen am Quadrat A1 entlang, bis sie die Zentrale des Verkehrsverbundes erreichten. Am Empfang stellten sie sich vor und ließen sich zur Personalabteilung durchstellen.
»Grüße Sie! Was kann ich für Sie tun?«, empfing sie der Leiter der Personalabteilung. »Mein Name ist Bernhard Schönberger. Angenehm.«
»Moritz Martin, Olivia von Sassen, Kripo Mannheim«, stellte Olivia sich und ihren Partner vor. »Wir ermitteln in einem Todesfall. Gestern wurde eine Leiche am Rhein angeschwemmt. Der Tote hat einmal für Sie gearbeitet.«
Schönberger erschrak. »Mein Gott, wie schrecklich!«
»Es handelt sich um Andreas Steiner«, Olivia holte das Bild hervor.
Schönberger schaute es sich lange an.

»Andreas Steiner. Mein Gott!«
»Sie kannten ihn?«, wollte Moritz wissen.
»Ich kannte ihn eigentlich recht gut«, antwortete Schönberger, »er hat uns aber damals alle vor den Kopf gestoßen.« Er musste sich zunächst ein wenig sammeln.
»Aha, wie denn?«, fragte Olivia.
»Wie? Er hat regelmäßig Geld aus der Kasse genommen. Insgesamt waren es am Schluss, als es aufgefallen ist, mehrere Tausend Euro. Der Personalverantwortliche hatte keine Wahl und musste ihm kündigen.«
»Wissen Sie, warum Andreas Steiner, das Geld gestohlen hat?«
»Keine Ahnung. Er war mehrere Jahre, also bestimmt sechs Jahre lang, bei uns als Straßenbahnfahrer angestellt. Damit verdient man nicht gerade so viel, dass man sich Millionär schimpfen könnte, aber wenn man gut mit dem Geld umgeht, kann es einem Sicherheit im Alltag bieten. Allerdings war Steiner immer voller Träume und hatte wahrscheinlich kein Interesse an einem gesicherten Leben. Mal wollte er auswandern, dann wieder alles verkaufen und nur in einem Wohnwagen leben. Sein großer Traum war es, einmal mit dem Motorrad von New York nach Los Angeles zu fahren.«
»Ah, die Route-66-Nummer. Verstehe«, warf Moritz ein.
»Genau genommen startet die Route 66 in Chicago und existiert gar nicht mehr in ihrer legendären Form«, verbesserte Olivia, »aber das nur so am Rande.«
Schönberger sah die beiden an und wartete, bis er wieder zu Wort kommen konnte. Als er nach Olivias Satz die Gelegenheit dazu sah, ergriff er sie sofort und berichtete weiter über Andreas Steiners Zeit beim Verkehrsverbund.

»Ja, Herr Steiner war getrieben von dem Gedanken an ein besseres Leben. So diese typischen Sachen wie Freiheit und amerikanischer Traum.«
»Was hatte er nach seiner Entlassung vor?«, hakte Olivia nach.
»Das hat er niemandem richtig mitgeteilt. Wahrscheinlich wollte er nach Amerika. Zumindest habe ich mir das so zusammengereimt. Aber ob er da jemals war oder ob das nur ein festes Vorhaben oder gar nur eine Sehnsucht von ihm war, das kann ich nicht beurteilen.«

* * *

Um mit Igor Ravov zu sprechen, musste Dr. Klose tatsächlich seinen Schreibtisch verlassen und sich ihm in einem Verhörzimmer gegenübersetzen.
»Der DNA-Test hat Sie entlastet.«
»Mir war nicht klar, dass ich *be*lastet war. Ich hab Andreas Steiner nicht umgebracht. Ich bin doch nicht von Yesterday«, konterte Igor in seiner leicht aggressiven Art.
Beide saßen sich in einem nüchternen, fensterlosen Raum mit grauer Betonwand, einem schwarzen Tisch in der Mitte und greller Halogenbeleuchtung gegenüber. Auf dem Tisch stand ein Glas Wasser, das offensichtlich dem zustand, der verhört wurde.
»Erzählen Sie mir von Andreas Steiner, bitte«, fing Dr. Klose an.
»Kennen Sie Daniel Blasek?«
»Nein«, entgegnete Dr. Klose verwundert, »sollte ich das?«

»Der wollte von mir auch immer irgendwelche Sachen wissen. Damals, in der Schule. Findet doch selbst raus, wer den Steiner ermordet hat.«
Dr. Klose schwieg eine Weile. Igor war ihm viel zu bockig, und er hatte keine Lust, den Rest des Tages damit zu verbringen, aus ihm die Informationen tröpfchenweise herauszuquetschen. Er musste schnell einen Weg finden, wie Igor Ravov zu knacken war.
»Erzählen Sie mir von Andreas Steiner. Bitte.« Auf das ›bitte‹ legte er dieses Mal eine besondere Betonung, auch wenn ihm klar war, dass Ravov darauf nicht reagieren würde.
»Nö.«
Dr. Klose schwieg wieder eine Weile, ganze fünf Minuten sogar, und fixierte Igor Ravov dabei unablässig. Ravov versuchte immer wieder, dem Blick des Kriminaldirektors auszuweichen. Die Situation wurde ihm unangenehm.
»Noch einmal. Erzählen Sie mir bitte von Andreas Steiner.«
Für einen kurzen Moment wich der Druck von Igor.
»Ich hab ihn nicht umgebracht. Was wollen Sie denn von mir?«
»Ich glaube Ihnen, dass Sie ihn nicht getötet haben. Darum geht es hier auch gar nicht, Herr Ravov.«
Nun war Igor verdutzt. »Darum geht es hier nicht? Was zum Teufel soll dann diese Fragerei?«
Der Polizist, der am Ausgang stand und diesen bewachte, gab Dr. Klose ein kleines Zeichen. Dieser nahm das Glas Wasser, trank es auf einen Zug aus und verließ den Raum. Draußen standen Moritz und Olivia. Sie waren gerade von der Zentrale des Verkehrsverbundes zurückgekom-

men und hatten auf einem Monitor die letzten Minuten des Verhörs mitverfolgt.
»Wir haben nichts in der Hand gegen ihn«, kommentierte Dr. Klose die Situation, »er wird uns nichts über den Toten erzählen.«
»Obwohl uns allen klar ist, dass er Dreck am Stecken hat und dass er irgendetwas mit dem Fall zu tun hat.«
»Genau Moritz«, meinte Dr. Klose, »das Gefühl hab ich auch. Er hat Dreck am Stecken.«
»Das ist mehr als nur ein Gefühl. Immerhin hat Steffi Groß seinen Namen ins Spiel gebracht und ihn belastet«, erklärte Moritz.
Olivia waren die Überlegungen ihrer Kollegen zu belanglos. Sie ergriff einen Stapel offizieller Polizeipapiere, die im Vorraum herumlagen, packte ihn in einen Umschlag und sah ihre Kollegen an.
»Ich habe eine Idee«, verriet sie stolz, »er wird uns schon noch etwas erzählen!«
Hat in Berlin schon einmal geklappt, wenn auch nur bei einem Fahrraddieb..
»Kommen Sie, Chef, wir gehen rein. Moritz du bleibst hier hinter der Spiegelwand.«
Moritz nickte.
Olivia und Dr. Klose betraten den Verhörraum. Der Kriminaldirektor setzte sich wieder Ravov gegenüber, während Olivia hinter ihm stehen blieb und die beiden genau beobachtete. Sie wollte den Druck auf ihn erhöhen und das alte Good-Cop-Bad-Cop-Spiel mit einem kleinen Täuschungsmanöver spielen.
Dr. Klose begann das Gespräch mit Ravov in einem freundlichen, aber bestimmten Ton, und Ravov wich wie erwartet seinen Fragen erneut aus. Das Spiel ging die

nächsten fünf Minuten so weiter. Dann holte Olivia aus und knallte den Umschlag mit den Papieren von hinten an Igor vorbei auf den Tisch. Sogar Dr. Klose erschrak, ließ sich aber nichts anmerken.

»Hey, was soll das?«, Igor drehte sich zu Olivia um.

»Ihr genetischer Fingerabdruck. An der Leiche gefunden.«

»Ich dachte, Sie glauben, dass ich es nicht getan hab?«

»Wir haben eine Leiche mit Ihrer DNA, eine Hinterbliebene, die Sie schwer belastet, und die Tatsache, dass der Tote Ihnen Geld schuldete. Was wir glauben, ist der Staatsanwaltschaft angesichts solcher Indizien im Grunde herzlich egal, wenn wir ihr heute Abend die Ergebnisse vorlegen«, legte Olivia mit harschem Ton dar.

Igor schluckte.

»Hinzu kommt, dass Sie sich wie ein Verdächtiger verhalten. Es ist egal, was wir glauben oder was Sie behaupten, die Rechtsprechung erfolgt aufgrund von Tatsachen und Aussagen«, belehrte Olivia Igor Ravov weiter.

»Ich würde Sie also in Ihrem eigenen Interesse höflich bitten, die Fragen meines Chefs zu beantworten.«

Igor grummelte vor sich hin.

»Haben wir uns verstanden?«, versicherte sich Olivia. Als sie keine Antwort erhielt, legte sie noch einmal nach.

»Ob wir uns verstanden haben, hab ich gefragt«, brüllte sie ihn an. Igor nickte.

»Also, wenn ich dann bitten darf, Dr. Klose«, gab Olivia das Wort an ihren Vorgesetzen ab.

Igor griff plötzlich nach dem Bericht, den Olivia ihm auf den Tisch geknallt hatte und der angeblich bewies, dass seine DNA an der Leiche zu finden war. Doch Olivia war

schneller als Igor und zog ihm den Umschlag gerade noch rechtzeitig aus den Fingern. »Top secret!«
Bevor Igor protestieren konnte, ergriff Dr. Klose das Wort.
»Sie kannten Andreas Steiner seit Ihrer Jugend?«
Igor nickte.
»Seit der Grundschule in Käfertal. Wir waren damals beste Freunde.«
»Und wann hat sich das geändert?«
»Geändert hat sich das nie, nur abgeschwächt«, erklärte Igor.
»Lag das an dem Geld, das er Ihnen schuldete?«
»Nein.« Igor überlegte ein wenig. »Es lag an den Flausen in seinem Kopf. Eine Zeitlang gingen wir durch dick und dünn, dann war ihm aber unser Leben nicht mehr gut genug. Er wollte weg. Auswandern, in die Sonne, nach Amerika. Was auch immer. Ich hab ihn ausgelacht. Woanders ist es auch nicht besser als hier. Schauen Sie mich an, meine Eltern sind in den Sechzigern nach Deutschland gekommen, um ein besseres Leben zu haben und um ihrem Sohn ein besseres Leben zu ermöglichen. Und was ist? Ich leb' von der Hand in den Mund.«
»Trotzdem konnten Sie Andreas Steiner eine größere Summe Geld leihen?«
»Meine Geschäfte sind damals gut gelaufen.«
»Wann war ›damals‹?«
»Vor fünf Jahren.«
»Als Andreas seinen Job verlor?«, schaltete sich Olivia ein.
Igor lachte.
»Der war total durch. Damals hat er in einem dieser alten Wohnblocks in Käfertal gewohnt. Zu viel mehr hat sein Einkommen nicht gereicht. Später wurden die Woh-

nungen vom Eigentümer renoviert und für wesentlich mehr Geld wieder vermietet. Das hat er sich nicht mehr leisten können, bei seinem Job wären 80 Prozent des Einkommens in die Miete geflossen. Ne Weile hat er das noch gemacht, doch dann hat er seinen Job verloren. Er ist zu seiner Alten gezogen und faselte ständig was vom Auswandern. Mit Hartz IV und der Wohnung seiner Alten war er eh besser dran als mit ehrlicher Arbeit.«

»Glauben Sie, dass er wirklich auswandern wollte?«

»Ja, das wollte er. Und dafür hat er Geld von mir gebraucht.«

»50 000 Euro?«

»Genau, eine Menge Geld. Ich hab sie ihm um der alten Zeiten willen gegeben.«

»Aber Andreas Steiner ist nie ausgewandert«, warf Olivia ein.

»Er hat das Geld noch nicht einmal für etwas Sinnvolles genutzt. Zuerst hat er den dicken Macker heraushängen lassen. Party, Glücksspiel und so was. Als das Geld weniger wurde, reichte es noch eine kurze Zeit dafür, dass er trotz Hartz IV einen halbwegs normalen Alltag hatte. Und dann war es weg.«

»Und Sie wollten irgendwann ihr Geld wieder haben«, schlussfolgerte Dr. Klose mit ernster Miene.

»Und Sie schulden Ihrerseits jemandem Geld, der nicht zu Späßen aufgelegt ist«, schloss Olivia. »Das haben wir ja heute selbst gesehen.« Olivia ließ den Satz so stehen, beendete das Gespräch mit Igor und ging zu Moritz zurück.

Der schaute sie anerkennend an, dann klopfte er ihr kumpelhaft auf die Schulter.

»Starker Auftritt, Prinzessin!«

* * *

Seit dem Telefonat mit der unbekannten Frauenstimme war Elisabeth Lehmann noch stärker aufgewühlt. Die Tage zuvor waren anstrengend und stressig gewesen, aber nun hatte sich ihre Gefühlswelt noch einmal mehr im Kreise gedreht. Vor lauter Verzweiflung konnte sie keinen klaren Gedanken fassen und wusste jetzt gar nicht mehr, was sie tun sollte. Um Ruhe und Abstand zu gewinnen, nahm sie zunächst eine kalte Dusche, danach legte sie sich eine halbe Stunde in die whirlpoolähnliche Badewanne. Doch irgendwann ertrug sie die Ruhe nicht mehr.

Mit nassen Haaren fuhr sie zur Tankstelle und kaufte sich eine Schachtel Zigaretten. Diese qualmte sie entgegen ihrer Gewohnheiten nicht nur auf dem Balkon mit dem herrlichen Ausblick in die Rheinebene, sondern auch im Haus. Fünf Minuten lang saß sie draußen, die nächsten fünf Minuten lief sie im Kreis um das weiße Ledersofa herum, ihr Gemütszustand besserte sich jedoch nicht. Sie ließ sich auf das Sofa fallen, zappte wie wild durch das Programm und blieb bei einem Sportsender hängen, der Tennis übertrug. Es war lange her, dass sie sich für Tennis interessiert hatte. Gespielt hatte sie selbst nie, aber sie war damals in den Achtzigern dem Hype um Boris Becker und Steffi Graf gefolgt. Dass beide aus der Region Mannheim kamen, war natürlich besonders toll gewesen. »Die halbe Republik dachte damals, dass Boris einen Sprachfehler hätte«, schüttelte sie den Kopf, »dabei sprechen viele Menschen hier so. Das ist nun mal unser Dialekt.«

Nach dem kurzen Gedankenintermezzo und den Erinnerungen aus der bunten Tenniszeit der Achtzigerjahre war sie plötzlich wieder in der Gegenwart. Sie zappte weiter durchs Programm und hielt nirgendwo an. Eigentlich fand sie sonst immer etwas Interessantes, was sie sich anschaute, nur ihr Mann schaltete ständig in Sekundenschnelle von einem Kanal zum nächsten. Sie machte das heute zum ersten Mal. Ob sich ihr Mann auch immer so schlecht fühlte wie sie jetzt, wenn er dermaßen schnell durch das Programm zappte und der Fernbedienung alles abverlangte? Ihre Gedanken konzentrierten sich nun auf ihren Mann. Bald würde er von der Arbeit nach Hause kommen.
»Endlich«, seufzte sie.
Auf ihre SMS und Anrufe hatte er den ganzen Tag nicht reagiert, dabei musste sie dringend mit ihm sprechen. Sie fühlte sich von ihm allein gelassen. Er tat, als ob dies alles nur sie etwas anginge, dabei übernahm er doch sonst so gerne Verantwortung.
Elisabeth nahm einen tiefen Zug, blies den Qualm in den bewölkten Sommerhimmel und drückte die Zigarette zittrig in einem Designaschenbecher aus, den ihr Mann zu Weihnachten von einem Kunden erhalten hatte. Wie wertlos waren all diese Gegenstände, wenn man in einer solchen Situation wie sie jetzt steckte. Sollte dem Jungen etwas passieren, war dies nie wieder gutzumachen. Nie wieder! Mit keinem Geld der Welt.
Von der Straße her war ein Motorengeräusch zu hören, das sie sofort erkannte, es handelte sich um das Auto ihres Mannes. Früher war er Porsche gefahren, weil er das für standesgemäß hielt, heute fuhr er einen Q5. Ein mächtiges Auto, das viel Sprit und damit viel Geld

schluckte, aber ihm gefiel es so. Außerdem, das war sein schlagkräftigstes Argument, konnte man mit dem Q5 viel mehr transportieren als in einem engen Porsche.
Thomas Lehmann parkte das Auto in der Garage und nahm die Treppe nach oben. Wie jeden Tag. Und wie jeden Tag warf er seine Aktentasche in Richtung Eingang, zog sein Jackett aus und öffnete die Krawatte. Er war ein typischer Geschäftsmann, trug immer einen Anzug, hatte graumeliertes Haar, eine leicht heisere, tiefe Stimme und war ständig mit den Gedanken beim Geschäft.
»Hallo Elisabeth!«
»Hallo. Warum antwortest du mir nicht? Ich hab dich heute hundert Mal versucht zu erreichen!«
»Sander war da, es ging nicht.«
»Es ging nicht? Weißt du, was hier auf dem Spiel steht?«
Thomas Lehmann wusste nur zu gut, was auf dem Spiel stand. Aber er sagte nichts.
»Wir müssen zur Polizei, Thomas«, fuhr Elisabeth fort und steckte sich erneut eine Zigarette an, »das ist der einzige Ausweg.«
»Das können wir nicht. Dafür ist es zu spät.«
»Aber was ist, wenn sie wieder nicht am Übergabeort sein werden, so wie am letzten Sonntag? Was dann?«, wollte Elisabeth wissen.
»Das wird nicht passieren«, antwortete Thomas mit fester Stimme.
»Wie kannst du dir da so sicher sein. Du hast es doch gewissermaßen vermasselt! Aus irgendeinem Grund müssen die sich doch zurückgezogen haben.«
»Woher soll ich wissen, warum die nicht zum Treffpunkt gekommen sind?«

Elisabeth stand auf und lief zum großen Wohnzimmerfenster. Sie schaute in die Ferne.
»Eine Frau hat sich gemeldet, sie will das Geld morgen haben.«
»Gut, dann werden wir es ihr geben, und der Spuk ist vorbei.« Thomas tat, als ob die Situation so einfach wäre wie ein Tauschhandel. »Ich geh morgen zum Treffpunkt.«
»Lass mich hingehen, ich bin seine Mutter. Außerdem werde ich die Polizei verständigen, damit nicht wieder etwas schiefläuft.« Sie legte eine kurze Pause ein. »Und weil ich wissen will, wer das meinem Kind angetan hat.«
»Fang nicht schon wieder damit an.
»Thomas, wir müssen zur Polizei.«
»Du hast die Frau doch gehört. Sie will das Geld und damit basta. Mehr will ich zu diesem Thema nicht mehr hören.«
»Besser jetzt als nie! Komm schon, Thomas.«
Statt ihr zu antworten, ließ Thomas Lehmann seine Frau im Wohnzimmer stehen und ging in die Küche. Dort griff er im Weinregal nach einer beliebigen Flasche Rotwein, schenkte sich ein Glas ein und trank es auf einen Zug leer. Gleich darauf schenkte er sich ein zweites Glas ein. Er zog es vor, in der Küche zu bleiben, um nicht weiter mit seiner Frau über die Situation sprechen zu müssen. Einen kleinen Moment wartete er ab, ob seine Frau ihm in die Küche folgen würde, als sie es nicht tat, leerte er auch das zweite Glas in einem Zug. Dann ging er zurück in den Wohnflur, von dem aus eine Wendeltreppe in das obere Stockwerk führte. Der Raum über dem Wohnzimmer war bewusst offen gehalten worden, sodass auf der nächsten Ebene eine Galerie entstanden war, über die man in die übrigen Zimmer gelangte. Oben ange-

kommen steuerte er das Schlafzimmer an. Nach den anstrengenden letzten Tagen wollte er einfach nur noch schlafen. Als er die Rollos herunterlassen wollte, überlegte er es sich anders und trat auf die Dachterrasse, um noch kurz Luft zu schnappen. Unter ihm, auf dem vorragenden Balkon des Wohnzimmers, stand seine Frau und rauchte, das tat sie im Moment ständig. Er hatte einfach keine Kraft mehr für eine weitere Diskussion mit ihr und drehte sich weg, um wieder hineinzugehen. Dabei blieb er an einer der englischen Rosen hängen, die in zahlreichen Blumenkübeln Garten und Haus schmückten. Seine Frau hörte das Geräusch und schaute zu ihm hoch.

»Thomas, wir müssen reden.«

Wie er diesen Satz hasste. Es gab nichts zu reden. Morgen würden sie das Geld übergeben, damit war die Sache aus der Welt. Und zur Polizei konnten sie nicht. Diese Entscheidung hatte er bereits getroffen, da gab es gar nichts zu reden oder zu diskutieren.

»Ich muss kurz die Augen zumachen!«

»Bist du bescheuert! Ich kann seit Tagen nicht mehr schlafen! Wir müssen hier eine Entscheidung treffen«, keifte ihn seine Frau an.

»Wir gehen nicht zur Polizei, und ich überbringe morgen das Geld. Das gibt es nichts zu entscheiden und auch nichts zu reden.«

»Du bestimmst hier also?«

»Mein Gott«, er war mit seiner Kraft wirklich am Ende, und Elisabeth lenkte die Diskussion in eine Grundsatzdebatte. Diese Debatte war nicht zu gewinnen, er schwieg also und ging ins Schlafzimmer zurück. Dort ließ er sich in Anzug und mit Schuhen kerzengerade aufs Bett fallen.

»Thomas!«, hörte er Elisabeth noch brüllen.
Er umklammerte das Kopfkissen und wünschte sich, ein kleiner Junge zu sein, der eine schlechte Note in der Schule geschrieben hat und nichts weiter. Gleich würde seine Mutter kommen und ihn trösten. Doch stattdessen hörte er, wie Elisabeth die Treppe nach oben kam, immer zwei Stufen auf einmal. Sie hatte die Tür noch nicht richtig aufgemacht, da ging es los.
»Wie kannst du nur an Schlaf denken!«
»Ich kann das, weil ich sterbensmüde bin! Weil ich genauso unter Druck stehe wie du! Weil ich trotzdem heute arbeiten war. Irgendwoher muss das ganze Geld ja kommen! Und weil ich mich nicht zu Hause hab ausruhen können. Seit Tagen nicht.«
Den letzten Satz sagte er so laut, dass Elisabeth erschrak. Das war doch alles nicht ihre Schuld! Sie mussten diese schrecklichen Tage doch gemeinsam durchstehen und nicht auch noch miteinander streiten. In guten wie in schlechten Zeiten!
»Thomas, wenn du jetzt nicht sofort mit mir sprichst, rufe ich die Polizei an. Dann kannst du sehen, was du machst!«
Sie drehte sich um und ging wieder hinunter.
Thomas fluchte. Er nahm ein Kissen und warf es wütend gegen die Wand. Eilig stand er auf und ging zu ihr.
»Was –«, brüllte er sie an, »was willst du? Ich hab gesagt, wir gehen nicht zur Polizei. Damit aus und Schluss!«
»Nur weil du das entschieden hast, heißt das noch lange nicht, dass ich dir blind folge. Wir brauchen die Polizei. Kapierst du das denn nicht?«
Sie nahm eines der Seidenkissen vom Ledersofa und schleuderte es ihm entgegen. Thomas wich aus. Das Kissen fiel auf die Marmorfliesen.

»Die Bullen sind das Letzte, was wir gerade brauchen. Das wiederum, meine Süße, verstehst du nicht.«
Elisabeths Blick fiel auf das Telefon, das sie nach dem Gespräch mit der Frauenstimme auf den Wohnzimmertisch gelegt hatte. Entschlossen ging sie darauf zu und nahm es in die Hand. Thomas war verzweifelt, ihm war sofort klar, dass sie Ernst machte.
Bevor Elisabeth eine Nummer wählen konnte, war er bei ihr und riss ihr das Telefon aus der Hand.
»Nein! Keine Polizei, hab ich gesagt!«, brüllte er.
»Immer muss alles nur nach deinem Ego gehen. Da ist kein Platz für irgendwen anderen.«
Sie ging auf ihn los, um sich das Telefon zurückzuholen, doch Thomas hielt es hoch, und da er viel größer als Elisabeth war, konnte sie nicht dran kommen. In ihrer Wut trat sie ihm mit voller Wucht an das Schienbein. Thomas schrie auf, knickte ein und stürzte zu Boden. Dabei fiel ihm das Telefon aus der Hand. Elisabeth stürzte sich wie wild auf das Gerät und trat ihm dabei mit einem ihrer Stöckelschuhe auf die Hand. Für den Bruchteil einer Sekunde war Thomas wie gelähmt vor Schmerz, was Elisabeth nutzte, um sich das Telefon zu angeln. Sie nahm es an sich und versuchte die Nummer der Polizei zu wählen. Thomas sprang auf die Füße und baute sich vor Elisabeth auf.
»Gib mir das Telefon.« Er setze eine drohende Miene auf.
Sie schüttelte den Kopf.
»Nicht einmal im Traum.«
Als er nach dem Telefon greifen wollte, verschränkte sie ihre Arme hinter ihrem Rücken und umklammerte es mit ihren Fingern so fest, wie sie nur konnte.

»Gib mir das Scheißding.«
Als Elisabeth abermals den Kopf schüttelte, ging Thomas auf sie los. Der Kampf dauerte nicht lange, Thomas war seiner Frau körperlich viel zu überlegen. Als sie stürzte, konnte er das Gerät an sich bringen.
»Hier schau, was ich damit mache.«
Er nahm das Telefon und schleuderte es mit aller Gewalt gegen die Wand. Splitter flogen durch den Raum und die Reste des Geräts knallten auf den Boden.
»Du kannst mich nicht davon abhalten, die Polizei anzurufen«, drohte sie ihm.
»Wenn du das tust, dann gehe ich.«
Er eilte in die Küche, um sich zu beruhigen und um seine Frau nicht mehr sehen zu müssen. Dort fand er die Flasche Wein, die er vorhin geöffnet hatte. Lange schaute sich die Flasche an, dann schenkte er sich ein weiteres Glas ein. Doch anstatt zu trinken, fasste er einen Entschluss. Er holte seine Aktentasche und ging in Richtung Garage.
»Ich verlasse dich jetzt«, sagte er mit ruhiger, teilnahmsloser Stimme.
»Dann hau halt ab!«, schrie ihm seine Frau halb weinend, halb wütend hinterher. »Mach was du willst.«
Er knallte die Tür hinter sich zu. Wenige Sekunden später hörte Elisabeth das Aufröhren des Motors, dann war sie allein.

* * *

Nach Dienstschluss traf sich Olivia wieder mit Vanessa, und zwar genau dort, wo sie sich auch am Abend zuvor getroffen hatten, am OEG-Strand. Dieses Mal hatten sie allerdings etwas anderes vor, als im Liegestuhl zu sitzen und auf die Hochhäuser der Neckarpromenade zu starren, die auf der anderen Seite des Flusses standen.

»In der alten Feuerwache gibt es Poetry Slam«, schlug Vanessa vor.

»Was immer du willst«, antwortete Olivia, die keine Alternative kannte.

»Ist nicht weit, wir können laufen. Außerdem hab ich mein Auto dort stehen.«

Die beiden Frauen gingen zusammen über die Kurpfalzbrücke auf die andere Seite des Neckars, der an dieser Stelle nur noch wenige hundert Meter vor sich hatte, bevor er in den Rhein mündete. Unterwegs sprachen sie über das, was sie in den letzten Stunden erlebt hatten, wobei Olivia Vanessa erklärte, dass sie nicht über den Fall sprechen dürfe, solange dieser nicht aufgeklärt war.

Direkt auf der anderen Neckarseite lag die Alte Feuerwache. Vanessa erklärte Olivia, dass diese bis in die Siebzigerjahre hinein die Hauptwache der Mannheimer Feuerwehr gewesen und im Jahr 1912 bewusst an diesem strategisch wichtigen Verkehrsknotenpunkt eröffnet worden war.

»Die Feuerwehr ist dann in den Siebzigern in ihr heutiges Domizil südlich des Hauptbahnhofes gezogen, und die Alte Feuerwache hat erst einmal leer gestanden. Sie sollte abgerissen werden, weil an ihrer Stelle ein Hochhauses mit Wohnungen gebaut werden sollte.« Vanessa schüttelte den Kopf. »Dazu ist es aber dann doch nicht gekommen. Eine Initiative Mannheimer Kulturschaffender hat verhindert, was sonst an anderen Orten wohl

ziemlich üblich war: Abriss von Tradition und Schönheit, stattdessen Neubau eines Zweckgebäudes.«
»Oh ja, das kenn ich«, beeilte sich Olivia zu sagen und wollte von Berlin erzählen, aber Vanessa war so richtig in Schwung gekommen und redete schon weiter.
»Aus dieser Initiative ist das Kulturzentrum Alte Feuerwache entstanden, das im Lauf der Zeit für viele Musiker zu einer neuen Heimat geworden ist, denn hier gibt es zum Beispiel genug Proberäume, wo man keine Nachbarn stört. Es kommen viele Gäste aus der ganzen Region hierher, die Alte Feuerwache ist mittlerweile ein angesagter Veranstaltungsort. Und was vielleicht das Beste ist: Die Rettung der Feuerwache ist quasi zu einer Initialzündung für ganz viele weitere Kulturinitiativen in Mannheim geworden.« Vanessa reckte stolz das Kinn empor und grinste. »Aus der Arbeiterstadt an Rhein und Neckar ist damit eine attraktive Kultur- und Musikstadt geworden, das wirst du schon noch merken.«
Auf dem Programm des heutigen Abends stand der Poetry Slam »Word Up«, der regelmäßig unter der Woche in der Feuerwache stattfand. Olivia hatte vor Jahren einmal in Berlin einen Poetry Slam besucht, war mit der Szene aber nicht vertraut und freute sich auf die Veranstaltung.
Am Eingang gab Olivia ihre Tasche ab, dann betraten beide die Alte Feuerwache durch den Garderobenbereich. Noch deutlich war der Innenraum eines alten Spritzenhauses zu erkennen. Vor 100 Jahren hatten hier wohl die alten Feuerwehrfahrzeuge und Gerätschaften nebeneinander gestanden und auf ihren Einsatz gewartet. Die Säulen, die die Decke stützten, markierten gleichzeitig die einzelnen Stellplätze für die früheren Wagen. Heute

waren die Tore zugemauert, der Innenraum renoviert und als Veranstaltungsort eingerichtet. Olivia konnte die Geschichte des Gebäudes aber dennoch erahnen.
Der Raum war schon ziemlich gefüllt. Olivia wunderte sich, dass ein Poetry Slam unter der Woche so viele Zuschauer anzog.
»Das ist halt Mannheim, hier sind alle an Kultur und Musik interessiert«, schwärmte Vanessa.
Die beiden fanden in der linken Ecke noch Sitzplätze, von denen aus man auf die Bühne sehen konnte, auch wenn man recht eng saß.
Aber hey, immerhin ein Sitzplatz, das ist allemal besser als auf dem Boden!
Sie lauschten den ersten Auftritten und amüsierten sich köstlich dabei. Einer der Slampoeten sprach über das Erwachsenwerden und vor allem über das Alter, ein anderer über das Missverhältnis von Freiheit und Beziehung. Beide konnten Lacher auf ihre Seite ziehen.
»Sie lecken sich gegenseitig Camembert-Spitzen von der Nase. Gleichzeitig –«, hörte Olivia gerade noch den Auftretenden sagen, bevor das Publikum vor Lachen tobte. Nach dem Auftritt dankte ihm das Publikum die etwa fünfminütige Unterhaltung mit tosendem Applaus.
Während der Veranstaltung fiel Olivias Blick plötzlich auf Moritz, der ganz hinten an der Bar lehnte und mit einem Mädchen sprach, das kaum 19 Jahre alt sein konnte.
Was macht der denn mit dem Kind!?!
Olivia war verunsichert. Zum einen hätte sie ihren Kollegen hier nicht vermutet, zum anderen wirkte er immer wie ein Einzelgänger, dass er mit einem Mädchen ausging, das halb so alt war wie er, fand sie mehr als merkwürdig.

Damit hast du alle Pluspunkte wieder verspielt, Moritz Martin!
Eigentlich wollte Olivia ihn für den Rest des Abends ignorieren, doch das konnte sie nicht. Immer wieder musste sie zu Moritz schauen, und immer wieder war er gerade innig in das Gespräch mit dem Mädchen verwickelt. Als die Veranstaltung zu Ende war, passte sie sehr darauf auf, ihm nicht über den Weg zu laufen, weswegen sie Vanessa in ein Gespräch verwickelte, bis sich die Feuerwache so weit geleert hatte, dass die Zuschauerzahl überschaubar war.
Keine Spur von Moritz. Wir können gehen.
Am Ausgang schlug Vanessa vor, Olivia nach Hause zu fahren, und diese nahm das Angebot dankend an.
Vanessa hatte ihr Auto in dem Parkhaus stehen, das unmittelbar neben der Feuerwache lag. Offensichtlich waren sie ganz alleine in dem Parkhaus, außer ihren Schritten, die lautstark hallten, war nichts zu hören oder zu sehen. Plötzlich fiel Olivia ein, dass sie ihre Tasche vergessen hatte. Sie eilte schnell zum Eingang der Feuerwache zurück, während Vanessa ihr Auto holte, um sich mit Olivia an der Ausfahrt des Parkhauses wieder zu treffen.
Die Feuerwache hatte sich mittlerweile so gut wie geleert, nur vereinzelt standen noch Leute herum. Umso erleichterter war Olivia, dass sich ihre Tasche noch in der Garderobe befand. Sie nahm sie an sich und ging wie verabredet zur Ausfahrt des Parkhauses zurück. Eigentlich hatte sie gedacht, dass Vanessa schneller am verabredeten Treffpunkt sei, doch da hatte sie sich offensichtlich getäuscht. Niemand war zu sehen. Sie wartete eine Weile, aber da sie weder Schritte noch ein Auto hörte,

wurde sie unsicher. Nach weiteren fünf Minuten rief sie in die Tiefgarage hinein.
»Vanessa! Alles in Ordnung?«
Sie hatte nicht erwartet, eine Antwort zu erhalten, trotzdem verunsicherte sie die Stille im Parkhaus gewaltig.
»Vanessa?«
Wieder keine Antwort. Etwas musste geschehen sein. Vorsichtig lief Olivia ins Parkhaus hinein. Sie hatte keine Ahnung, wo Vanessa geparkt hatte, noch wie ihr Auto aussah. Dennoch musste sie etwas unternehmen, deshalb lief sie vorsichtig die Reihen der Autos ab. Nach den ersten Reihen überkam sie Panik. Wo war ihre Freundin denn? Sie konnte sich doch nicht in Luft aufgelöst haben! Zwar kannte sie Vanessa erst seit Kurzem, aber sie war hundertprozentig nicht der Typ Mensch, der jemanden im Stich ließ und einfach nach Hause fuhr. Inzwischen rannte Olivia durch die Reihen.
Ständig blickte sie sich um oder spähte zwischen den Autos hindurch. Durch eine der Lücken sah sie etwas Blaues blitzen. War das Vanessa? Oder doch nicht?
»Vanessa? Das ist nicht lustig.« Olivias konnte sich die Situation nicht erklären. Spielte Vanessa ihr einen Streich? Aber das sah ihr nicht ähnlich.
»Wo bist du?«
Keine Reaktion. Langsam, aber sicher ergriff Olivia Panik. Was konnte passiert sein? Vanessa hätte sie hier nicht einfach zurückgelassen, auf keinen Fall. Das würde aber bedeuten, dass sie noch hier war, und wenn sie noch hier war und sich nicht auf ihre Rufen meldete, musste ihr etwas passiert sein. Mein Gott, hätte sie sie doch nur nicht allein gelassen. Alles wegen dieser blöden Tasche!

In diesem Moment drang ein lauter männlicher Schrei durch das Parkhaus. Olivia gefror das Blut in den Adern. Sie drehte ihren Kopf in die Richtung, aus der der Schrei gekommen war. Erkennen konnte sie nichts. Sie bückte sich, quetschte sich zwischen den Fahrzeugen durch und schlich vorsichtig Schritt für Schritt vorwärts zu der Ecke, aus der der Schrei vermutlich gekommen war. Gleich würde sie am Ende der Autoreihe ankommen und sich links und rechts umsehen können. Doch gerade als sie an Ort und Stelle angelangt war und sich die Locken hinter die Ohren geschoben hatte, damit sie gut sehen konnte, geschah es. Olivia schob den Kopf vorsichtig aus dem Spalt zwischen den Autos durch und blickte direkt in den Lauf einer Pistole.

»Aufstehen, Kleine, na los!«

Ein dicker, unrasierter Typ um die vierzig stand vor ihr und richtete seine Waffe genau auf ihr Gesicht. Mit der freien Hand deutete er ihr an, langsam aufzustehen. Olivia hob ihre Hände in die Höhe und tat, wie ihr befohlen worden war. Als sie endlich aus der Parklücke heraus war, konnte sie das ganze Ausmaß der Situation erkennen.

Der unrasierte Typ war nicht allein. Bei ihm stand ein Komplize, der etwas jünger und sportlicher aussah. Auch er hielt eine Waffe in der Hand und richtete diese auf Vanessa – und auf Igor! Beide waren geknebelt und an den Händen gefesselt. Olivia war restlos erstaunt. Ihr erschlossen sich die Zusammenhänge nicht.

Verdammt was ist hier los?

»Wir haben gerade überlegt, was wir mit deiner hübschen Freundin machen. Und jetzt müssen wir überlegen, was wir mit dir machen«, grinste der Dicke Olivia feist und selbstsicher an.

* * *

Draußen fing es an, leicht zu regnen. Lukas spielte noch ein wenig mit der uralten Spielekonsole, doch schon bald hatte er keine Lust mehr dazu. Längst kannte er das Spiel in und auswendig und hatte alle Level durch. Er brauchte ein neues. Seufzend stand er von der Couch auf. Im Nebenzimmer standen mehrere Plastikflaschen mit Wasser. Lukas nahm sich eine und ging zurück. Als er sich wieder auf die Couch gesetzt hatte, setzte er die Flasche an und trank gleich ein Drittel leer. Er musste viel trinken, das wusste er, aber er vergaß es über den Tag immer wieder. Dann sah er die Comics durch, die im Regal standen. Die meisten hatte er schon gelesen. Und überhaupt, er hatte jetzt keine Lust, etwas zu lesen. Es war wahrscheinlich schon sehr spät, aber müde war er auch nicht. Resigniert schaltete er die Spielkonsole wieder ein und begann sein Spiel von vorne. Fünf Minuten hielt er das aus, dann hatte er auch dazu keine Lust mehr.

Er lehnte sich nach hinten, holte tief Luft und begann zu weinen. Die Verzweiflung in ihm war groß, und die Tränen taten ihm gut. Als er sich wieder gefasst hatte, stieß er aus Versehen die Wasserflasche um, die sich über den Teppichboden ergoss. Doch Lukas zeigte keine Eile, sie wieder aufzuheben. Unendlich langsam beugte er sich nach vorn, nahm die Flasche und stellte sie auf den Tisch. Das Wasser, das ausgetreten war und sich gerade in den Teppich saugte, ignorierte er.

»Ist mir doch egal«, dachte Lukas bei sich und fing gleich darauf wieder zu schluchzen an. Doch dieses Mal entwickelten sich die bitterlichen Tränen zu einem Wutanfall. Er kreischte und schrie wie wild, hämmerte mit seinen Fäusten gegen die Tür. Immer und immer wieder. Dabei wusste er doch, dass dies nichts bringen würde. In den ersten Tagen hatte er nur geschrien und um Hilfe gerufen, trotzdem hatte ihn niemand gehört. Wahrscheinlich konnte ihn niemand hören.

»Dafür haben die sicherlich gesorgt«, sagte er im Selbstgespräch laut vor sich hin und beruhigte sich langsam wieder. Immer noch waren seine Augen feucht.

Der Wutanfall hatte Kraft gekostet, deshalb ging er zurück zur Couch und ließ sich auf sie fallen. Einmal noch trat er mit seinem rechten Bein voller Wut gegen den Tisch. Es schmerzte – helfen konnte es ihm nicht. Er musste sich beruhigen und die Wutanfälle lassen, das war ihm durchaus klar, während er auf der fremden Couch lag und nur eines wollte:

»Ich möchte zu meiner Mama!«

Das war sein alles bestimmender Gedanke, und wenn er einmal nicht von ihm beherrscht wurde, grübelte er darüber nach, warum er entführt worden war. Er hatte niemandem etwas getan und seine Eltern sicherlich auch nicht. Der neunjährige Junge in seinem Kapuzenpulli und den kurzen Hosen hatte keine Ahnung.

* * *

Olivia sah den Dicken scharf an, dann schweifte ihr Blick zu Vanessa und Igor. Schließlich betrachtete sie den jüngeren der beiden Bewaffneten und versuchte ihre Situation abzuschätzen. Den Dicken konnte sie überwältigen, dessen war sie sich sicher. Aber was war mit dem anderen? Würde er auf sie oder gar auf Vanessa schießen? Igor musste mit einspringen. Sie fixierte ihn, bis er endlich zurückblickte.

»Was ist, was gaffst du so blöde?«, fragte sie der Dicke.

Sie antwortete nicht, sondern grinste ihn nur breit an. Das wiederum verunsicherte ihn.

»Warte, dir wird das Grinsen noch vergehen.«

Er drehte sich zu seinem Komplizen um und war daher für einen kleinen Moment unachtsam. Olivia nutzte das für ihre Zwecke aus. Sie erinnerte sich an das Einsatztraining, das sie in Berlin jeden Monat absolviert hatte. Dann nickte sie in Windeseile Igor und Vanessa zu.

Blitzartig schlug sie dem Dicken die Waffen aus der Hand und stürzte sich auf ihn. Er was so überrascht, dass er in Sekundenschnelle unter ihr lag, die Hände auf dem Rücken gekreuzt. Igor war in der Zwischenzeit auf den anderen losgegangen. Vanessa reagierte ebenso schnell und warf Olivia die Pistole zu, die der Dicke hatte fallen lassen.

Da löste sich plötzlich ein Schuss. Einen Wimpernschlag lang erstarrten alle, dann brach Igor zusammen, wobei er sich verzweifelt an den Komplizen klammerte und ihn so deutlich behinderte.

Olivia fing die Waffe, die ihr Vanessa zuwarf, mit einer Hand, entsicherte sie und hielt sie dem Dicken an den Hinterkopf.

»Sofort die Waffe weg, oder ich blas dem hier ein Loch in den Kopf«, drohte sie mit lautstarker, herrischer Stimme.

Der Komplize konnte erst reagieren, als Igor vollständig zusammengesackt und zu Boden gerutscht war. Vanessa entwaffnete ihn.

Was mach ich bloß! Olivia war von ihrem eigenen Mut überrascht.

»Los, ihr beiden. Zu Boden und die Hände hinter dem Kopf verschränkt. Los, los!«, drohte sie weiter.

Der Dicke und sein Komplize knurrten, taten aber, wie Ihnen gesagt worden war.

Dann zwinkerte Olivia Vanessa zu. »Los, ruf die Polizei.«

dritter tag

»Was hast du?«, fragte Moritz erstaunt, als er kurz nach 9 Uhr das gemeinsame Büro betrat. Er zog seine Lederjacke nicht aus und ließ sich gleich auf seinen Schreibtischstuhl fallen.

»Ich hab verhindert, dass zwei Typen Igor Ravov zusammenschlagen –«

»Ravov?«, fragte Moritz erstaunt und sah Olivia mit einem merkwürdigen Grinsen im Gesicht an.

Die Ermittlerin war von ihrem Kollegen völlig überrumpelt worden. Wie am Tag davor hatte sie weit vor dem normalen Dienstbeginn mit der Arbeit begonnen. Als die Bürotür aufgeflogen und Moritz gewissermaßen ins Büro gefallen war, hatte sie gerade ein paar Akten studiert. Sie antwortete nicht sofort, und Moritz lehnte sich zurück. Gemütlich legte er seine Füße auf den Schreibtisch, wie es seine Gewohnheit war. Olivia war erstaunt, dass er bei dem Chaos auf seinem Schreibtisch überhaupt einen freien Platz für seine Füße fand.

Ich hoffe nur, dass du deine Schuhe putzt und damit nicht alle Bakterien, durch die du in Mannheim läufst, über den Schreibtisch und die Akten verteilst. Aus welchem schlechten Cowboy-Film hast du dir das nur abgeschaut?

Moritz war bester Laune und hatte Lust, Olivia etwas zu necken.

»Igor? So. Gefällt der dir?«, bemerkte Moritz.
Mann, das hättest du dir sparen können. Warum sollte er mir gefallen? Und was hat das mit seiner Rettung zu tun? Gott, denkt der männlich-naiv. Ich sag's ja, Cowboy-Filme, wahrscheinlich hat er auch das aus einem Western aufgeschnappt.
Olivia räusperte sich und brachte ihren zuvor begonnenen Satz zu Ende. »Ich hab verhindert, dass zwei Typen Igor Ravov zusammengeschlagen haben, während du dich beim Poetry Slam mit einer 19-Jährigen vergnügt hast!«
Na ja, nicht gerade währenddessen, aber was soll's.
Olivia war etwas über sich selbst erstaunt. Das klang härter, als sie es beabsichtigt hatte. Aber wenn er sie schon in den frühen Morgenstunden dermaßen unterbrach, musste sie gleich gegensteuern. Sie musste Grenzen ziehen, wie sie das nannte.
Olivias Retourkutsche hatte Moritz offensichtlich getroffen. Scheinbar saß der Schlag sogar fester, als sie vermutet hatte, denn seine überschwänglich gute Laune war augenblicklich dahin.
Was hat es sich mit dieser 19-Jährigen auf sich? Jetzt bin ich aber neugierig, Moritz Martin!
Moritz nahm die Füße vom Tisch und verschränkte die Arme abwehrend vor der Brust.
»Langsam, langsam. Das hat nichts mit dem Fall zu tun, und daher geht es auch niemanden etwas an.«
»Vorgestern mit einem Penner und gestern mit einem Teenager unterwegs.«
»Na und? So bin ich halt! Es ist meine Sache, mit wem ich die Abende verbringe.«
»Ein bisschen Feingefühl würde dir manchmal gut tun!«

»Bist du etwa eifersüchtig, weil ich meine Abende nicht mir dir verbringe?«, konterte Moritz, dem das Gespräch schnell zu viel wurde.
»Eifersüchtig? Da geh ich lieber mit deinem Penner aus!«
»Aha! Das kann ich gern arrangieren«, versicherte Moritz seiner Kollegin.
Die beiden Ermittler wurden unterbrochen, als es klopfte. Dr. Klose streckte seinen Kopf durch die Tür.
»Das haben Sie ganz ausgezeichnet gemacht, Frau von Sassen.«
Endlich bemerkt das mal jemand! So ganz von einem anderen Planeten scheint mein neuer Chef nun doch nicht zu sein.
»Danke sehr, Herr Dr. Klose! Das freut mich!«, Olivia freute sich ehrlich.
Hinter Dr. Klose kam Fatih in den Raum gestürzt. »Jetzt will ich aus erster Hand wissen, was los war!«
»Vom Fehlalarm zur Actionheldin!«, fügte Moritz sarkastisch hinzu.
Heute zeigt sich Moritz wirklich von seiner besten Seite. Ich hab keine Ahnung, wieso der so drauf ist, aber ich werde es herausfinden.
»Erzähl, wie du sie kaltgestellt hast, Olivia«, bat Fatih.
»Dazu ist jetzt keine Zeit, es steht zudem alles in meinem Bericht. Die einzige Neuigkeit, die ich habe, ist, dass es Ravov den Umständen entsprechend gut geht. Er hat einen Schuss in den Oberschenkel bekommen, der nichts Wesentliches verletzt hat. In ein paar Tagen wird er schon wieder laufen können.«
»Welche Verbindung bestand zwischen ihm und den beiden Gorillas?«, wollte Fatih weiter wissen.

»Da habe ich Neuigkeiten«, schaltete sich Dr. Klose wieder ein. »Ravov hat mit ihnen Drogengeschäfte abgewickelt und sich wohl mit Mächten angelegt, die eine Konfektionsgröße zu groß für ihn waren. Die Hintermänner sind uns bislang nicht bekannt, aber die beiden haben vorhin gestanden, dass sie es waren, die Ravov in seiner Wohnung blutig geschlagen haben. Die Staatsanwaltschaft ist informiert. Das Verfahren läuft.«
Dr. Klose war stolz, was ihm im Gesicht anzusehen war.
»Weitermachen!«, verabschiedete er sich. Er drehte sich um und verließ das Büro.
Olivia freute sich. Der Tag begann zumindest diesbezüglich ganz hervorragend. So konnte es weitergehen. »Und ich geh mir unten einen Kaffee holen.« Sie ließ ihre beiden Kollegen stehen und ging ins Erdgeschoss.
Weil wir ja nicht einmal eine Kaffeemaschine im Büro haben! Morgen werde ich eine kaufen, dann muss ich nicht immer durch das halbe Gebäude rennen.

* * *

Olivia nahm die Treppe ins Erdgeschoss, wo sich das Casino befand und die Mitarbeiter des Polizeipräsidiums frisch gemahlenen Kaffee mitnehmen konnten. Für Olivia war das essenziell, ohne Kaffee ging bei ihr gar nichts. Je nach Tagesverfassung trank sie ihren Kaffee entweder ganz schwarz und ohne Zucker oder mit viel Milch und viel Zucker. Als sie heute vor der Maschine stand, wurde sie jedoch enttäuscht, denn sie fand einen Zettel vor, der über die ganze Maschine geklebt war: »Außer Betrieb!«

Verdammt! Das kann ich jetzt auf keinen Fall gebrauchen. Ich brauche einfach einen Kaffee!
Normalerweise empfand sie den Kaffee, den sie jeden Morgen trank, nicht als sonderlich aufputschend, erst wenn sie darauf verzichten musste, merkte sie, welchen Energieschub er in ihr auslöste. Sie wollte auf gar keinen Fall in ein Loch fallen, sondern mit der Aufklärung des Mordfalls vorankommen, und dazu brauchte sie jetzt einen Kaffee.
Olivia verließ das Polizeipräsidium und machte sich auf die Suche nach einer Bäckerei, wo sie sich schnell einen Kaffee zum Mitnehmen bestellen und damit ins Polizeipräsidium zurückgehen konnte. Sie musste nicht weit in die Innenstadt laufen, um fündig zu werden und das lebensnotwendige Getränk erstehen zu können. Den ersten Schluck schlürfte sich vorsichtig in sich hinein, um zu sehen, wie heiß der Kaffee war. Er war sehr heiß, aber sonderlich gut schmeckte er nicht.
Als sie wieder vor dem Polizeipräsidium stand, fiel ihr eine Frau auf, deren Alter sie zwischen Ende dreißig und Anfang vierzig schätzte und die einige Meter vom Eingang des Polizeipräsidiums entfernt stockend auf und ab ging. Olivia blieb stehen und beobachtete die Frau, die einerseits verzweifelt und andererseits unentschlossen zu sein schien.
»Entschuldigung, kann ich Ihnen helfen?«, fragte Olivia aus einiger Entfernung.
Überrascht schaute die Frau zu Olivia. Ihrem Gesichtsausdruck nach zu urteilen, fragte sie sich wohl, was die junge Frau von ihr wollte und warum sie sie ansprach. Olivia konnte die Verzweiflung in den Augen der Frau erkennen. Nach dem kurzen Aufsehen tat sie so, als

hätte sie Olivia nicht bemerkt und ihre Frage nicht gehört.
Mit der Frau stimmt was nicht. Die lungert nicht umsonst vor dem Polizeipräsidium herum.
Olivia nahm einen großen Schluck Kaffee und ging dann direkt auf die Frau zu.
»Hallo. Ich bin Olivia von Sassen und arbeite bei der Kriminalpolizei«, stellte sie sich höflich vor.
Die Frau drehte sich kurz um, so als wollte sie schauen, ob hinter ihr jemand war, dann wandte sie sich Olivia zu.
»Hallo.«
Olivia schaute sich die Frau genauer an. Sie sah etwas verwahrlost aus, ihre Haare waren verklebt und die Kleidung gehörte mindestens gebügelt oder sogar gewechselt. Allerdings trug sie teure Markenklamotten, arm war sie mit Sicherheit nicht, und nach Alkohol stank sie auch nicht.
»Kann ich Ihnen helfen?«, fragte Olivia noch einmal.
Die Frau brauchte noch einen Moment, um einen Entschluss zu fassen, dann antwortete sie: »Ja. Helfen Sie mir bitte!«
»Kommen Sie, ich bringe Sie in die Wache.«
Olivia legte schwesterlich den Arm um die Frau, sagte dem Pförtner am Eingang Bescheid und brachte sie in ihr Büro.
Moritz machte große Augen, als er seine Kollegin mit einer Frau im Arm in der Bürotür auftauchen sah.
»Hier, setzen Sie sich auf meinen Stuhl«, bot Olivia an, die selbst stehen blieb und weiter an ihrem Kaffee nippte.
Moritz verstand nur noch Bahnhof und sah Olivia fragend an.

»Das ist mein Kollege Moritz Martin, ebenfalls Kripo Mannheim«, stellte Olivia ihn vor.
»Und wie heißen Sie?«, fügte sie hinzu.
Die Frau schluckte noch einmal, bevor sie sich langsam und stockend vorstellte.
»Elisabeth Lehmann.«
»Hallo Frau Lehmann«, fing Olivia an, »wie können wir Ihnen denn helfen?«
Elisabeth musste sich erst innerlich ein wenig beruhigen. Dass sie nun bei der Polizei war, kam ihr nach all dem Stress der letzten Tage unwirklich vor. Sie holte tief Luft, bevor sie mit ihrer Geschichte begann.
»Mein Sohn Lukas wurde entführt. Bitte bringen Sie ihn mir wieder. Er ist schon seit Freitag weg.«
O mein Gott. Wohin bin ich geraten? Passiert in Mannheim denn täglich etwas Schlimmes?
Olivia war ehrlich erschrocken und warf Moritz einen schnellen Blick zu. Der rollte mit den Augen, offensichtlich schien ihm der Auftritt der Frau nicht zu gefallen. Olivia sah sich Elisabeth genau an. Was auch immer dahintersteckte, diese Frau brauchte ihre Hilfe.
»Wir holen Ihren Sohn zurück.«
Die Frau versuchte zu lächeln.
Olivia warf Moritz einen bösen Blick zu, worauf dieser sich der Frau zuwandte.
»Eigentlich haben wir einen Mord zu klären, aber jetzt erzählen Sie mal ganz genau, was los ist«, bat er Elisabeth Lehmann.

* * *

Lukas war in der Nacht zuvor auf dem Sofa eingeschlafen. Dort lag er auch jetzt am frühen Morgen noch. Im Halbschlaf hatte er sich eine Decke übergezogen und nach einem Kissen gegriffen. Den Schlafanzug der Entführer hatte er verweigert, die Kleider der Fremden kamen für ihn nicht in Frage. Seit sie ihn hier festhielten, trug er seine Shorts und seinen Kapuzenpulli. Die Spielkonsole, die die Entführer zu seiner Unterhaltung in den Raum gestellt hatten, lief noch vom Vorabend und gab hin und wieder piepsende Geräusche von sich. Irgendwann wurde Lukas davon wach.
Er streckte sich im Halbschlaf und schaute kurz um sich, dann beschloss er weiterzuschlafen. Müde griff er nach seinem Steuerpad, schaltete die Konsole aus und döste weiter. So lag er eine weitere Stunde da. Als er vor der Tür Schritte vernahm, war er plötzlich hellwach, sprang zur Tür und trommelte mit seinen Fäusten dagegen.
»Hilfe! Hilfe!«, brüllte er aus Leibeskräften. Die Schritte näherten sich der Tür, das konnte er ganz genau hören. Dann hörte er, wie ein Schlüssel in die Tür geschoben und mehrfach herumgedreht wurde. Von ganzem Herzen hoffte er, dass es die Polizei, seine Eltern oder sonst ein Befreier war.
»Bitte!«, flehte er innerlich.
Doch er wurde enttäuscht. Die Tür ging auf, und vor ihm stand eine Frau mit Sturmmaske. Sie war ganz in schwarz gekleidet und gehörte offensichtlich zu seinem Entführer.
Enttäuscht ließ er sich auf die Couch fallen und verschränkte die Arme. Wie gebannt starrte er auf die Spielkonsole. Halb ängstlich, halb trotzig versuchte er, die Frau zu ignorieren.

»Hab keine Angst, Lukas«, begann die Frau langsam, »ich werde dir nichts tun. Versprochen.«
Lukas bemerkte an der Stimme, dass es die Frau war, die schon vorher da gewesen war, sich aber anders verkleidet hatte. Sie hatte eine sanfte Stimme, der er irgendwie vertraute. Wehmütig drehte er den Kopf und blickte die Frau an, doch er konnte nichts von ihrem Gesicht erkennen. Eigentlich klang sie genauso traurig wie er.
»Heute kommst du frei, Lukas. Deine Eltern übergeben das Lösegeld. Danach komme ich hierher und lasse dich gehen.«
Gott sei Dank, dachte sich der Junge, wollte aber vor der fremden Frau keinerlei Gefühle zeigen und schwieg.
Die Frau hingegen hatte sich eine positive Reaktion von dem Jungen gewünscht, denn sie sah sich als seine Beschützerin. Doch dann verstand sie, dass er sich aufgrund der Umstände gar nicht freuen konnte. Der arme Junge!
»Hier hast du etwas zum Frühstück.«
Die Frau zog eine Tüte mit Brötchen hervor und stellte ein Glas Nutella auf ein kleines Schränkchen am Eingang.
»Wenn deine Eltern keine Dummheit machen, bin ich um 11:30 Uhr hier und lass dich frei. Du musst nur noch kurz durchhalten.«
Dann verließ die Frau den Raum wieder, schloss die Tür ab und ließ den Jungen mit seiner Gedankenwelt allein zurück.
Lukas hatte bis zu diesem Augenblick tapfer ausgehalten und die Fassung bewahrt, aber sobald die Tür wieder abgeschlossen worden war, brach es aus ihm heraus. Tränen liefen ihm übers Gesicht, vor lauter Schluchzen konnte er kaum Luft holen. Eine Mischung aus Verzweif-

lung über die Situation und Hoffnung auf Rückkehr nach Hause überkam ihn. Er würde freikommen! Noch heute Vormittag! Er würde seine Mama bald wiedersehen!
Die Frau hatte freundlich und zuversichtlich geklungen. Sie hat ihn bestimmt nicht angelogen, der Albtraum würde bald vorbei sein. Zudem war er froh, dass er den Mann nicht mehr sehen musste, der ihn entführt hatte, wenn ihn später wirklich die Frau freilassen sollte. Der Frau vertraute er irgendwie, dem Mann nicht.
Als er das dachte, wunderte er sich sofort, wo der Mann geblieben war. Seit ein paar Tagen war er nicht mehr aufgetaucht. Zunächst hatte er nur mit ihm zu tun gehabt, bis vorgestern zum ersten Mal die Frau gekommen war.
Seine Gedanken kreisten weiter, und seine Eltern fielen ihm ein. Er dachte an seinen Stiefvater und vor allem an seine Mutter. Wie würde es ihnen im Moment gehen? Sicher waren sie sehr um ihn besorgt. Hoffentlich unternahmen sie nichts Unvorsichtiges, denn dann würde er heute Abend wieder in seinem Zimmer sein – und bei seiner Mutter.
Lukas sehnte diesen Augenblick mit aller Kraft herbei. Er wollte von seiner Mutter im Arm gehalten werden, wollte, dass sie ihm mit der Hand durchs Haar fuhr und ihm sagte, dass alles nicht so schlimm sei. Aus seinem tiefsten Inneren stieg ein Gefühl von Trauer und Verlust hoch, weil er seine Mutter so vermisste. Irgendwo in der Magengegend fing es an und schlich bis zu seinem Kopf hoch. Die Kehle schnürte sich wieder vor Schmerz zu und die Augen wurden abermals feucht. So kauerte er auf der Couch und wartete.
»Mama.«

Nachdem er bestimmt zwanzig Minuten regungslos dagesessen hatte, fiel sein Blick auf das Glas Nutella, das die Frau mitgebracht hatte. Er sprang zum Tisch, öffnete es und steckte sofort seine Finger in die Schokocreme. Die Brötchen waren ihm egal.

* * *

»Jetzt erzählen Sie uns ganz genau, was passiert ist«, bat Moritz Elisabeth Lehmann und ließ ein Aufnahmegerät mitlaufen. Er saß gemeinsam mit Olivia und Elisabeth in einem der Besprechungsräume an einem Tisch, Olivia an seiner Seite, Elisabeth ihnen gegenüber.
Letztere vernahm Moritz' Aufforderung, doch empfand sie die Gegenwart als unwirklich. Sie fühlte sich, als wäre sie eine neutrale Beobachterin und sähe sich von oben in diesem Raum sitzen. Die Stimmen der beiden Polizisten drangen aus weiter Entfernung zu ihr, und sie benötigte einige Zeit, um sich in der Realität zurechtzufinden. Dann versuchte sie, ihre Gedanken zu ordnen. Was war genau passiert? Die Realität erfasste sie. Ihr Sohn befand sich in der Gewalt von Entführern! Sie wollte sprechen, aber sie konnte nicht. Bei der Erinnerung an den Moment, in dem sie begriffen hatte, dass ihr Sohn entführt worden war, brach ihr die Stimme weg. Sie benötigte erneut einige Minuten, bis sie sich gefasst hatte.
»Nehmen Sie sich alle Zeit der Welt«, beruhigte Olivia sie.
Elisabeth nickte. Kurz darauf setzte sie zu sprechen an.

»Also, es war letzten Freitag, da kam mein Sohn Lukas nicht von der Schule nach Hause –«
»Warum sind Sie nicht sofort zur Polizei gegangen?«, unterbrach Moritz sie.
»Jetzt lass sie doch mal ausreden«, zischte Olivia ihren Kollegen an.
Moritz nickte genervt.
»Okay, okay.«
Elisabeth fuhr fort.
»Lukas brauchte manchmal nach der Schule länger. Er ist ein Träumer, der gerne bummelt. Von all den Jungs seiner Klasse ist er meist der letzte, der nach Hause kommt. Daher habe ich mir zunächst etwa eine Stunde lang keine Gedanken gemacht.«
»Wann wurden Sie misstrauisch?«, fragte Olivia.
»So gegen 14:30 Uhr. So spät ist er freitags noch nie von der Schule gekommen. Ich hab sofort meinen Mann angerufen, Lukas' Stiefvater, er hatte aber nichts von unserem Sohn gehört.«
Bei der Erinnerung an diesen Moment hielt sie kurz inne und musste sich erneut sammeln.
»Als Nächstes hab' ich dann die Eltern von Lukas Freunden kontaktiert. Diese konnten nur erzählen, dass sie sich auf dem Nachhauseweg von Lukas verabschiedet hätten. Das war das letzte Mal, dass ihn jemand gesehen hat.«
Sie musste heftig schlucken, kämpfte die aufsteigenden Tränen aber zurück.
»Wann hat sich der Entführer gemeldet?«, fragte Moritz.
»Das war gegen 16 Uhr. Die Zeit bis dahin war furchtbar. Ich wusste nicht, was los war. Keiner hatte ihn gesehen.

Ich war total erleichtert, als der Entführer sagte, dass es meinem Kleinen gut geht.«

»Hat Ihr Sohn bereits ein Handy?«, forschte Olivia weiter.

Elisabeth schüttelte den Kopf.

»Nein, das haben wir ihm verboten. Wir wollten nicht, dass er so früh damit anfängt. Vielleicht hätte er uns damit verständigen und wir ihn retten können. Wenn er nur eines gehabt hätte, wenn wir's ihm nur nicht verboten hätten.«

Jetzt fing Elisabeth an zu weinen. Moritz reichte ihr schnell ein Tempo.

Die Nummer hat er drauf wie kein anderer. Alter Charmeur.

Olivia war eigentlich nicht zum Spaßen zumute, zu sehr fühlte sie mit Elisabeth.

»Sie sagten *der Entführer.* Er ist also männlich?«, fuhr Olivia fort.

Elisabeth nickte. Dann fiel ihr die Frau ein.

»Ja, aber eine Frau ist auch dabei.«

»Bonny und Clyde aus Mannheim«, seufzte Moritz.

»Was haben die Entführer gefordert?«

»Eine Million fünfhunderttausend Euro und kein Wort zur Polizei.«

»Puh, eine ganze Menge.«

»Ja, eine ganze Menge. Aber ich hab das Geld. Hier«, Elisabeth zeigte auf die Tasche, die sie bei sich trug.

»Da sind eineinhalb Millionen drin?«, rief Moritz erstaunt aus, »und mit denen laufen Sie so einfach durch Mannheim?«

Elisabeth nickte.

»Wo ist Ihr Mann?«, wollte Moritz wissen.

»Mein Mann? Der ist auf Geschäftsreise«, log Elisabeth wie aus der Pistole geschossen. Sie wollte den Polizisten nicht erzählen, dass sie sich gestern gestritten hatten. »Ich halte ihn jeden Abend auf dem Laufenden.«
»Aha. Besonders interessiert scheint er an der Entführung aber nicht zu sein«, bemerkte Moritz spitz.
»Vielleicht ist er der Entführer? Die meisten Täter kommen aus dem allernächsten Umfeld«, spekulierte Olivia.
»Nein. Thomas würde das nicht tun. Er ist zwar nicht Lukas' leiblicher Vater, aber er leidet sehr unter der Situation. Sobald er kann, wird er wieder hier sein.«
»Wie ist das Verhältnis Ihres Mannes zu Ihrem Sohn?« Moritz roch den Braten und versuchte auf diese Weise dranzukommen.
»Lukas kann sich nicht daran erinnern, dass unsere Familie jemals anders war. Ich kam mit Thomas zusammen, als der Kleine gerade mal zwei Jahre alt gewesen ist. Sein richtiger Vater hat mich verlassen, als ich noch schwanger war. Ich war sehr glücklich, als Thomas und ich zusammengekommen sind, weil Lukas dadurch eine richtige Familie hatte.«
»Kann der leibliche Vater von Lukas hinter der Entführung stecken?« forschte Moritz weiter.
Elisabeth zuckte die Achseln und blickte verlegen zu Boden. »Ich weiß es nicht.«
»Was sagt Ihr Bauchgefühl?« fragte Olivia
Elisabeth überlegte eine Weile.
»Ich glaube nicht. Ich habe von ihm seit Jahren nichts mehr gehört. Er hat sich nie für Lukas interessiert.«
»Okay, wir werden ihn überprüfen lassen«, antwortete Moritz. Er notierte sich den Namen von Lukas' leiblichem Vater und griff zum Hörer.

»Wann soll die Übergabe stattfinden?«, wollte Olivia wissen, während Moritz noch mit den Kollegen telefonierte und die Angaben von Elisabeth an sie weitergab.

»Wo die Übergabe genau stattfinden soll, hat sie nicht gesagt. Ich soll lediglich heute um 11 Uhr am Eingang der Planken stehen und das Geld dabeihaben. Weitere Instruktionen bekomme ich dann über mein Handy«, erklärte Elisabeth.

»Mensch, um 11 Uhr! Das ist ja in etwa einer Stunde!«, rief Moritz entsetzt aus, »hätten Sie nicht früher kommen können? Wie sollen wir das denn alles in so kurzer Zeit abwickeln?«

»Sie haben gesagt, dass sie Lukas umbringen, wenn ich zur Polizei gehe. Ich habe lange mit mir gekämpft, bevor ich hierherkam.«

Elisabeth fing wieder an zu weinen.

»Wir übernehmen den Einsatz, nicht die Kollegen, die sich eigentlich um die Entführungen kümmern. Sonst haut das zeitlich nicht hin. Ich verständige Klose, du verständigst das Einsatzkommando«, erklärte Moritz.

Olivia nickte. Es musste schnell gehen.

Moritz rannte zu Dr. Klose, der nicht sonderlich darüber erfreut war, dass sich seine Ermittler nun auch noch mit einer Entführung befassten, wo sie doch den Mord an Andreas Steiner aufklären sollten.

Olivia verständigte die Polizeipsychologin, die sich um Elisabeth kümmern sollte, bis die Geldübergabe stattfand, dann stellte sie ein Einsatzteam zusammen und leitete die Einsatzbesprechung.

Sie blickte auf die Uhr. Die Zeit lief ihnen davon. Bis 11 Uhr war es unmöglich, alle Polizisten in Position zu bringen und den Wasserturm komplett zu überwachen.

Olivia wusste das, und ihr war unwohl bei dem Gedanken daran. Dem Jungen durfte auf keinen Fall etwas zustoßen, und sie musste ihre Skepsis vor Elisabeth Lehmann verbergen. Die Frau sollte ihre Unsicherheit nicht spüren, sondern Vertrauen zu ihr aufbauen.

* * *

Olivia und Moritz bezogen mit den beiden Kollegen Kathrin Stahl und Arno Klein vom Fahndungsdezernat Stellung in einem getarnten Einsatzwagen, der in Sichtweite zum Wasserturm geparkt wurde, was ihnen erlaubte, im Notfall jederzeit einzugreifen. Elisabeth trug einen kleinen Knopf im Ohr, über den sie mit der Funkanlage im Einsatzwagen verbunden war. Über ein Headset waren sie mit Elisabeth verbunden. Mit den eigentlich zuständigen Kollegen vom Fahndungsdezernat waren sie so verblieben, dass Olivia die Kommunikation mit Elisabeth führen sollte, da die Frau sie kannte, die anderen Kollegen aber nicht. Dr. Klose schmeckte diese Zuständigkeitsüberschreitung nicht. Vor dem Hintergrund der kurzen Vorbereitungszeit für den Einsatz stimmte er dem Vorhaben allerdings notgedrungen zu. Der Plan sah weiterhin vor, dass nach der Geldübergabe zwei Einsatzkräfte den Entführern folgen sollten. Sobald sie Lukas freiließen, würden die Einsatzkräfte zugreifen.
»Wie konntest du Klose überzeugen?«, wollte Olivia von Moritz wissen.
»Er hat zwar gejammert ohne Ende, aber das macht er in solchen Situationen immer«, erklärte Moritz. »Im Hin-

blick auf den Termin zur Übergabe hat er uns diesen Teil des Falls überlassen, nach der Übergabe übernehmen aber die Kollegen und wir kümmern uns weiter um die Aufklärung des Mordes.«

»Gut gemacht, Kollege!«

Auf der großen Ringstraße, die die Mannheimer Innenstadt umgab, sowie in der Augustaanlage, die vom Wasserturm stadtauswärts führte, hatte Olivia mehrere Kollegen in Zivil platziert, die eingreifen sollten, falls es vonnöten war. Auf den Planken befanden sich zudem weitere Beamte.

Elisabeth stand derweil am Eingang zur Fußgängerzone, die hier vom dicht befahrenen Verkehrsring begrenzt wurde, der sich um die Quadrate zog. Sie war nervös und hoffte inständig, dass alles gut und schnell vorbeigehen würde.

»Okay Frau Lehmann, in fünf Minuten geht es los«, flüsterte Olivia in das Mikrophon.

»Eine Geldübergabe nach so langer Zeit ist äußerst ungewöhnlich. Normalerweise möchten Entführer die Sache schneller hinter sich bringen«, dachte Moritz laut nach.

»Zumal sie meist nicht wissen, was sie mit den entführten Personen bis zur Geldübergabe machen sollen«, fügte Kriminalhauptkommissar Klein hinzu.

Olivia ließ einen Moment gedanklich von Elisabeth ab. Ihre Kollegen hatten recht, die späte Übergabe war in der Tat ungewöhnlich.

»Was könnte die Entführer dazu bewogen haben, so lange zu warten?«, fragte sie in die Runde. »Normalerweise möchte man als Entführer doch so schnell wie möglich ans Geld.«

Ihre Kollegen vom Fahndungsdezernat tauschten kurze Blicke aus.
»In solchen Fällen ist es oft so, dass die Entführer zerstritten sind«, bemerkte Klein.
»Das ist sozusagen die häufigste Ursache für eine späte Lösegeldübergabe«, erklärte seine Kollegin Stahl.
»Die Frau ist der Kopf der Bande und hat den Mann zu Beginn die Drecksarbeit machen lassen, dann haben sie sich gestritten. So könnte es gewesen sein«, überlegte Moritz laut, war sich aber ganz und gar nicht sicher, ob diese Variante stimmte.
»Was ist mit den Fällen, in denen kein Streit vorliegt?«, wollte Olivia wissen.
»Dabei handelt es sich meist um vorgetäuschte Entführungen«, erklärte Klein.
»Inwiefern vorgetäuscht?« Olivia wollte es genauer wissen.
»Es könnte sein, dass der leibliche Vater das Kind entführt hat. Das heißt, er hat es an sich genommen, nicht entführt. Im Grunde will er gar kein Lösegeld, sondern nur sein Kind.«
»Nach dem, was Elisabeth Lehmann erzählt hat, ist das auszuschließen«, analysierte Olivia.
»Sofern sie die Wahrheit gesagt hat«, warf Moritz ein.
Olivia seufzte: »Und was kommt an dritter Stelle?«
»Dem Entführten ist etwas zugestoßen, entweder bei der Entführung oder bei einem Fluchtversuch. Das hat die Entführer verwirrt und in ihrem Vorhaben gehemmt.«
»Dann hoffe ich mal, dass der Kleine noch am Leben ist«, kommentierte Moritz.
Das hoffe ich auch.
Olivia schaltete das Mikrofon wieder ein.

»11 Uhr, Frau Lehmann. Wir können Sie gut sehen. Machen Sie einfach, was man Ihnen am Telefon sagt, den Rest machen wir.«
Elisabeth nickte. Sie war mit einem Mikro verkabelt, hatte aber klare Anweisungen, bis auf Weiteres nicht über das Mikrofon zu sprechen, damit die Entführer, falls sie sie beobachteten, nicht merkten, dass die Polizei im Spiel war. Darüber hinaus war ihr Handy direkt mit dem Einsatzkommando verbunden, Olivia und Moritz würden alles mitanhören können. In der Tasche mit dem Geld war zudem ein Funkpeilsender eingebaut, damit sie weiterverfolgt werden konnte.
Olivia beobachtete Elisabeth aus einem der Fenster des Überwachungswagens, die von außen nicht einsehbar waren. Sicher war es kaum zu ertragen, wenn das eigene Kind entführt und der Obhut der Mutter entrissen wurde. Jetzt, wo sie einen Menschen in genau dieser Situation getroffen hatte, wurden ihr die Ausmaße dieses schrecklichen Erlebnisses erst richtig klar. Ihr tat Elisabeth unendlich leid, so wie sie da am Straßenrand stand. Verzweifelt, voller Angst und doch mit dem Mut, ihren Sohn aus dieser bedrohlichen Situation zu retten. Dann schaute Olivia auf die Uhr.
11:05 Uhr. Mist, das dauert. Wann rufen die endlich an?
Sie beobachtete ihre Kollegen, die ebenfalls wie gebannt durch das Fenster starrten.
»Elisabeth, ganz ruhig. Sie werden sicher gleich anrufen.«

* * *

Steffi Groß war unterwegs zum Jungbusch. Lange hatte sie über diesen Schritt nachgedacht, nun war ihr klar, was sie zu tun hatte. Sie war mit dem Fahrrad gefahren, hatte die Kurpfalzbrücke überquert und war dann rechts zu dem eher berüchtigten Stadtteil von Mannheim abgebogen. Steffi mochte das Viertel mit seiner Hafenatmosphäre nicht. Hier, westlich der Quadrate und im Dreieck zwischen dem Rhein und dem Neckar, lebten eine Menge Menschen auf engem Raum. Die Häuser waren sehr alt, vor hundert Jahren oder mehr hatten darin angeblich reiche Reeder, Kapitäne und Kaufleute gewohnt, nachdem dann aber mit der Schifffahrt nichts mehr los gewesen war, sind einfache Leute nachgekommen. Als sie jung war, hatte ihre Mutter ihr strengstens verboten, sich dort herumzutreiben. Ihr war natürlich klar gewesen warum, damals hatte es im Jungbusch massenweise Kneipen gegeben und eine Menge Prostituierte und Kriminelle. Heute war das vorbei, jetzt wohnten überwiegend Italiener, Türken, Künstler und Studenten hier. Doch auch wenn es in den Straßen nicht mehr sonderlich gefährlich war, mochte Steffi die Gegend nicht, die modernen Wohnviertel waren ihr viel lieber.
Sie erreichte ihr Ziel und schloss das Fahrrad einige Meter von dem Haus entfernt ab. Dann verschwand sie in einem zerfallenen Gebäude, das bald abgerissen werden sollte, um neuen, moderneren Hafenbauten zu weichen. Die ganze Straße war voll von solchen Häusern, die leer standen. Ein paar waren schön renoviert worden und hatten Schilder von Werbeagenturen oder Musikern an der Wand, doch andere moderten vor sich hin. Das Haus, das Steffi nun betrat, zählte zur letzteren Gruppe. Kaum war sie im Inneren des Gebäudes und von außen nicht

mehr sichtbar, zog sie sich die schwarze Sturmmaske über. Auf schwarze Kleidung hatte sie heute verzichtet. Wenn alles gut ging, waren weder die dunkle Kleidung noch die Sturmmaske nötig.
Sie kramte in ihrer Tasche und zog einen Schlüssel sowie einen Umschlag hervor. Dann ging sie in den Keller des Hauses und öffnete mit dem Schlüssel mehrere Brandschutztüren. Unter jede Tür klemmte sie einen Keil, damit sie offen blieb. Schließlich stand sie vor der Tür des Raumes, in dem Andreas den Jungen eingesperrt hatte. Sie schaute noch einmal in den Umschlag, in den sie 30 Euro gesteckt hatte, die für das Taxi reichen mussten. Sie hoffte, dass Lukas alt genug war, damit er ihre Schrift lesen konnte, denn auf den Umschlag hatte sie in großen Buchstaben »Nimm ein Taxi nach Hause« geschrieben. Dann schob sie den Umschlag unter der Tür durch.
Als Nächstes führte sie den Kellerschlüssel in das Schloss der Tür ein und öffnete sie. Nichts rührte sich.
»Hoffentlich ist er okay«, dachte sie bei sich.
Hastig zog sie den Türschlüssel aus dem Schloss und verschwand so schnell, wie sie konnte. Sie rannte den Kellergang entlang, die Treppe nach oben, zog sich in Windeseile die Maske vom Gesicht und trat ins Freie.
Sie blinzelte etwas, weil das helle Tageslicht sie blendete. Sie eilte weiter zum Nachbarhaus, das ebenfalls leer stand. Sie ging die Treppe nach oben und trat vorsichtig an ein Fenster, von dem aus sie die Straße gut überblicken konnte. Ihr Herz hämmerte laut vor Aufregung.
Gespannt wartete sie hinter dem Fenster auf das, was passieren würde. Nach einer gefühlten Ewigkeit trat

Lukas ins Freie. Auch er blinzelte, schützte seine Augen mit einer vorgehaltenen Hand und blickte sich auf der Straße um. Als er niemanden entdecken konnte, schaute er noch einmal in den Umschlag. Offensichtlich hatte er verstanden. Steffi war erleichtert. Sie wartete noch ein wenig und beobachtete, in welche Richtung der Junge ging, bevor sie das Haus verließ und ihm langsam nachlief.

Lukas ging die Jungbuschstraße entlang bis zum Luisenring, dort wartete er eine Weile und winkte schließlich einem Taxi, in das er einstieg. Steffi notierte sich die Nummer des Taxis, sicher war sicher. Als die Rücklichter des Autos im Stadtverkehr verschwunden waren, sackte sie zusammen. Sie saß vor der Onkel Otto Bar auf dem Boden und weinte. Einige Passanten schauten sie an, jemand fragte, ob es ihr gut gehe. Steffi nickte kurz. Was wussten die schon von dem Druck, der auf ihren Schultern gelastet hatte.

Sie war froh und erleichtert, dass die Entführung vorbei war. Der arme Junge! Ja, sie hatte das Richtige getan, da war sie sich ganz sicher. Das Lösegeld hätte ihr ein Leben in Luxus ermöglicht, aber hätte sie es auch genießen können? Niemals. Was auch immer sich Andreas dabei gedacht hatte, sie konnte sein Werk nicht vollenden.

»Mein armer Andreas!« Unter die Erleichterung mischte sich Trauer. Der Gedanke, dass ihr Freund tot war, schnürte ihr die Kehle zu. Aus ihrem Weinen wurde ein jämmerliches Schluchzen. Die Leute, die nun an ihr vorbeiliefen, hielten Abstand oder wechselten gar auf die andere Seite.

»Andreas.«

Noch war aber nicht alles erledigt.

* * *

»Sie wird nicht mehr anrufen. Auf gar keinen Fall«, stellte Moritz betrübt fest.

»Du hast recht«. Auch Olivia gab nun die Hoffnung auf.

Die beiden Ermittler vom Fahndungsdezernat stimmten ihnen zu: »Wir blasen die Aktion ab.«

Olivia nickte. Sie schaltete das Mikrofon ein und sprach zu Elisabeth: »Zeigen Sie bitte weiterhin keine Reaktion. Wir blasen die Aktion ab, wir warten schon zu lange auf den Anruf. Bitte begeben Sie sich zum vereinbarten Treffpunkt. Wir holen Sie dort ab.«

Elisabeth verstand. Sie war den Tränen nahe. Wie sehr hatte sie gehofft, dass das Drama nun bald vorbei wäre, aber da hatte sie sich wohl geirrt. Sie fragte sich, ob die Entführer mitbekommen hatten, dass sie die Polizei eingeschaltet hatte. Während sie schnellen Schrittes zum Treffpunkt lief, bekam sie Angst. Das musste es sein, die Entführer wussten, dass sie mit der Polizei gesprochen hatte!

Die wildesten Bilder schossen ihr durch den Kopf. Immer wieder sah sie Lukas' Gesicht vor sich. Sie malte sich wie schon so oft aus, in welchen Räumen er festgehalten wurde und was die Entführer jetzt mit ihm machten. Die Gedanken ließen sie nicht mehr los. Sie fühlte, dass sie nicht mehr in ihrem Körper war und alles um sie herum sich zu drehen begann.

Mühsam schaffte sie es zum Treffpunkt. Als sie ankam, war sie total aufgelöst und erschöpft. Olivia empfing Elisabeth und merkte sofort, was mit ihr los war.

»Ich hoffe, es geht Ihrem Sohn gut.«
Elisabeth nickte. »Das hoffe ich auch.«
Schnell verständigte Olivia die Polizeipsychologin, damit diese sich um Elisabeth kümmern und sie nach Hause bringen würde. Zudem schickten die Kollegen vom Fahndungsdezernat ein Team in Elisabeths Haus, um eine Fangschaltung zu installieren und gegebenenfalls vor Ort zu sein, wenn sich die Entführer melden sollten.

* * *

Von der Anspannung erschöpft betraten Olivia und Moritz ihr Büro. Beinahe gleichzeitig ließen sie sich auf ihre Stühle fallen.
»Was für ein Schlamassel«, seufzte Olivia.
Moritz stimmte ihr nickend zu.
»Vor allem werden wir die Entführung nicht weiter betreuen dürfen. Klose wird uns den Fall entziehen«, stellte er fest.
»Ich weiß, wir sind die Mordkommission und nicht das Fahndungsdezernat.«
Voller Enttäuschung vergrub Olivia den Kopf in den Händen und legte sich halb auf ihren feinsäuberlich aufgeräumten Schreibtisch.
Es klopfte. Nachdem Moritz einen Laut von sich gegeben hatte, den man als Bestätigung interpretieren konnte, streckte Dr. Klose seinen Kopf durch die Tür.
»Sie wissen Bescheid, oder? Das Team vom Fahndungsdezernat übernimmt. Und sie machen weiter mit dem Mordfall. Alles klar?«

Moritz nickte. Olivia gab nun ihrerseits einen Laut von sich, der dem von Moritz ähnelte und den Dr. Klose wiederum als Bestätigung für seine Anweisung interpretierte.
»Gut. Weitermachen.«
Er schloss die Tür.
»Dir ging das Schicksal der Frau sehr nahe, oder?«, begann Moritz.
Olivia nickte.
»Die Entführung eines Kindes macht mich fertig.«
»Mich auch.«
»Und Elisabeth Lehmann hat *mir* vertraut. Sie wollte, dass *ich* ihren Sohn rette. Das macht es noch schlimmer«, seufzte Olivia.
Moritz stand auf, betrachtete den Stadtplan, der hinter seinem Stuhl an der Wand hing, und drehte sich schließlich zu Olivia um.
»Und genau deshalb machen wir mit den Ermittlungen heimlich weiter. Wir machen das zu unserem Fall.«
»Moritz, ich weiß nicht. Ich bin erst den dritten Tag hier, und wir haben schon einen Fall –«
»Nein, nein, pass mal auf. Während du das Sondereinsatzkommando vorbereitet hast, konnte ich ein wenig recherchieren.«
»Hast du dich wieder mit dem Penner getroffen?«, Olivia zog eine Augenbraue hoch.
»Nein, ich hab noch andere Informanten«, stellte Moritz empört fest, »überall in der Stadt, wenn du es genau wissen willst.« Er kramte ein paar Zettel aus der Innentasche seiner Lederjacke. »Folgendes: Elisabeth Lehmann ist mit dem Immobilienhai Thomas Lehmann verheiratet. Ihr Sohn Lukas stammt aus einer früheren Beziehung.«
»Ja klar, das wissen wir.«

»Der Mann hat mit Sicherheit Feinde. Er ist ein Neureicher, der in den letzten Jahren unglaubliche Summen an Geld verdient hat. Im Moment saniert er die halbe Stadt. Einige der Baustellen, über die du immer fluchst, verantwortet letzten Endes er.«
»Ich fluch eigentlich nur, weil *ich* fahren muss und *du* nebendran deine Nickerchen hältst!«, empörte sich Olivia.
»Morgen fahr' ich mit dem Dienstwagen, Prinzessin. Dann kannst du ein Nickerchen machen, während wir unterwegs sind.« Er machte eine Pause. »Ich mag, wenn du dich aufregst.«
»Lass das bloß nicht zur Gewohnheit werden!«, drohte sie ihm.
»Was?«
»Dass du mich gerne aufregen willst.«
»Hey! Ich doch nicht.«
Olivia war sich sicher, dass er es wieder tun würde.
»Also, zurück zu Lehmann. Vor fünf Jahren hat er einige Wohnsiedlungen in Käfertal renoviert. Alles geschah unter dem Deckmantel, dass die Bausubstanz verbessert werden sollte und damit auch der soziale Status. Letztlich stiegen damit aber auch die Mieten.«
»Und die Bewohner konnten sich das nicht mehr leisten«, schlussfolgerte Olivia.
»Genau. Sie mussten eigenhändig ihr Zuhause kündigen und saßen nach Jahren, wenn nicht gar Jahrzehnten auf der Straße.«
»Eindeutig, Moritz, der Mann hat Feinde in der Stadt.«
»Und wir finden jetzt heraus, wer seine Feinde sind.«
Moritz nahm den Telefonhörer in die Hand und sprach mit einem Mitarbeiter, während Olivias Finger über die Tastatur ihres Rechners flogen.

Nach zehn Sekunden schauten sich beide verblüfft an und fragten gleichzeitig: »Was tust du denn?«
»Ich frage bei den Kollegen nach, ob sie mir die Akten des Einwohnermeldeamts bringen können«, entschuldigte sich Moritz.
»Leg' auf, so ein Quatsch. Ich hab hier die Daten. Du verwendest deinen Rechner wohl nie, oder?«
»Die Klapperkiste? Nur, wenn man mich dazu zwingt.«
»Komm' rüber, Moritz. Hier hab' ich die Listen.«
Moritz legte den Hörer wieder auf und ging um den Schreibtisch herum zu Olivia, um ihr neugierig über die Schulter zu schauen.
Sie klickte sich durch einige Ordner und suchte nach den Adressen, die in Frage kamen. Schließlich öffnete sie den entsprechenden Adressdatensatz und ging ihn von oben nach unten alphabetisch durch.
»Das hätte ich jetzt nicht gedacht.«
»Was?«, fragte Olivia.
»Schau mal den fünftletzten Namen an.«
»Ich bin erst bei B.«
»Dann schau halt mal nach unten.«
Olivias Blick folgte Moritz Finger, der direkt auf einen Nachnamen zeigte.
»Das glaube ich jetzt nicht!« Selten in ihrem Leben war sie so erstaunt gewesen wie in diesem Augenblick. Moritz notierte sich die Adresse des Wohnblocks.
»Und genau da fahren wir jetzt hin«, forderte er Olivia auf.

* * *

Lukas saß vorne im Taxi und dirigierte den Fahrer durch das Wohnviertel in Weinheim, in dem die Lehmanns lebten. Er konnte es kaum erwarten, endlich seine Mutter wiederzusehen. Als das Taxi vor ihrem Haus hielt, drückte er dem Mann den Umschlag mit dem Geld in die Hand und wartete nicht, was er zurückbekommen würde. Er riss die Tür auf, war aber so aufgedreht, dass er sich im Gurt verhedderte und beinahe aus der Beifahrertür auf die Straße gefallen wäre. Eilig befreite er sich vom Gurt, vergaß die Beifahrertür zu schließen und rannte zur Eingangstür seines Elternhauses.
Elisabeth Lehmann saß mit dem Team des Fahndungsdezernats in ihrem Wohnzimmer. Einer der Techniker hatte ein neues Telefon besorgt, das er nun verkabelte und an die Leitung anschloss. Sie hatte bei der ganzen Sache kein gutes Gefühl und machte sich schwere Vorwürfe, weil sie befürchtete, die Geldübergabe vermasselt zu haben, indem sie zur Polizei gegangen war. Vielleicht hatte Thomas doch recht gehabt?
Plötzlich klingelte es an der Haustür. Sie zuckte zusammen. Ihr Puls flatterte. Wer konnte das jetzt sein?
Die Polizisten schauten sich kurz an und zogen sich in die Nebenzimmer zurück. Einer bat sie, die Tür zu öffnen, und versicherte ihr, dass immer einer des Teams in ihrer Nähe sei und sie keine Angst zu haben brauche.
Elisabeth nickte. Das hatte sie nun mehrfach gehört und trotzdem hatte sie Angst. Und trotz all der Leute war ihr Lukas noch nicht wieder zurück. Sie öffnete die Tür und konnte ihren Augen kaum glauben. Vor ihr stand ihr Sohn, wohlbehalten und unverletzt. Freudentränen schossen ihr über das Gesicht, und ihr Herz schlug vor Freude so heftig, dass sie einen Druck in der Brust ver-

spürte. Sie umarmte Lukas drückte ihn mit aller Kraft an sich und zog ihn ins Haus.
»Hallo Mama!«

* * *

Thomas Lehmann hatte die Nacht auf der Couch in seinem Büro verbracht. Er hatte seine Wohnung in so großer Hektik verlassen, dass er keine Sachen zum Übernachten hatte mitnehmen können. Zum Glück gab es in seinem Büro eine Zahnbürste, denn manchmal arbeitete er so lange, dass er nicht mehr nach Hause fuhr und hier übernachtete. Von dieser Angewohnheit profitierte er an diesem Morgen, dem der tägliche Akt des Zähneputzens wenigstens ein kleines Stück Normalität verlieh.
Sein Büro befand sich in einem großen Gebäudekomplex, der in den letzten Jahren nahe dem Hauptbahnhof in Mannheim entstanden war. Viele kleinere und jüngere Firmen hatten hier ihren Sitz, meist hatten sie etwas mit dem Internet zu tun, und Thomas schüttelte bisweilen den Kopf über sie, weil er nicht verstand, womit sie eigentlich ihr Geld verdienten. Sein Geschäft waren nach wie vor Immobilien. Mit nichts kannte er sich besser aus und mit nichts anderem hatte er jemals richtig Geld verdient. Mit seinen Immobiliengeschäften war ihm der soziale Aufstieg gelungen, ihm hatte er seinen Reichtum zu verdanken, und zwar richtig großen Reichtum. Er erinnerte sich noch gut an den Tag, als er zu Elisabeth nach Hause kam und sagte: »Ab jetzt können wir uns alles leisten, was wir möchten.« Damals war er sehr stolz auf

sich und die Möglichkeiten gewesen, die er Elisabeth und dem Jungen jetzt bieten konnte.
»O Gott, der Junge.« Schlagartig überfiel ihn der Gedanke an den verschwundenen Lukas, als er vor dem Spiegel im Duschraum seines Büros stand. Seine Gedanken wanderten in die Zeit zurück, in der er Elisabeth kennengelernt hatte. Das waren romantische Zeiten! Er war so glücklich mit ihr, wie er mit keiner anderen Frau je gewesen ist. Dabei hatte es vor allem in seiner Jugend sehr viele Frauen gegeben, sogar so viele, dass er trotz der schlimmen Situation kurz in sein Spiegelbild grinste.
Wenige Tage, nachdem sie sich damals kennengelernt hatten, hatte ihm Elisabeth ihren einjährigen Sohn Lukas vorgestellt. Ihm war zunächst etwas unwohl bei der Sache gewesen, doch der Junge hatte ihm gefallen und so war er trotzdem bei Elisabeth geblieben und hatte sie schließlich geheiratet. Als Lukas kleiner gewesen war, hatte er ihm viel beigebracht und versucht, ihm ein guter Vater zu sein, doch inzwischen gelang ihm das immer seltener. Als er als Immobilienmakler angefangen hatte, hatte er schnell unglaublich viel um die Ohren gehabt. Im Grunde schuftete er seit Jahren Tag und Nacht, da blieb einfach wenig Zeit für seine Frau und noch weniger Zeit für den Jungen. Manchmal war ihm erst nach Wochen so richtig bewusst geworden, dass Lukas nun zur Schule ging, dass er seinen ersten Zahn verloren oder dass er neue Freunde mitgebracht hatte. Bei alle den beruflichen Herausforderungen fiel es ihm unglaublich schwer, mit dem Leben seiner kleinen Familie mithalten zu können. Immerhin schuftete er ja auch dafür, dass Elisabeth und Lukas in der besten Wohngegend lebten.

Elisabeth konnte ihr Leben aus vollen Zügen genießen, musste nie wieder arbeiten. Und Lukas ermöglichte er damit eine vorzügliche Ausbildung, wenn er später studieren wollte, war das kein Problem. Er würde ihm sogar ein Studium an einer der teuren englischen Eliteuniversitäten bezahlen können, wenn der Junge das wollte. Sein Vermögen ging aber eben zulasten seiner Freizeit und Familie. Im Allgemeinen verstand Elisabeth das, aber manches Mal machte sie ihm Ärger, so wie am letzten Osterfest. Sie hatten nach dem langen Herbst und dem langen Winter endlich die Sonne sehen wollen und beschlossen, auf die kanarischen Inseln zu fliegen, um dort zwei Wochen zu entspannen. Zwei Tage vor Abflug war jedoch ein neues wichtiges Projekt hereingekommen, sodass Thomas an Mannheim gebunden war und unmöglich mit seiner Familie hätte verreisen können, wollte er das nicht Projekt platzen lassen. Elisabeth hatte ihn angeschrien, als er ihr davon erzählt hatte. In den letzten Jahren hatte sie immer weniger Verständnis für ihn und seine berufliche Situation aufgebracht, trotz all der Annehmlichkeiten, die er ihr deshalb bescheren konnte. Sie hatten sich gestritten, bis Elisabeth mit dem Jungen in ein Taxi gestiegen und sich nach Frankfurt zum Flughafen hatte bringen lassen. Er war allein mit einem Berg Arbeit zurückgeblieben, den er zu bewältigen hatte, um ihren gemeinsamen Lebensstandard zu halten. Schnell wusch er sich noch das Gesicht ab, trocknete ein wenig die Zahnbürste und ging vom Duschraum zurück in sein Büro.
Als er vor der Bürotür stand, wunderte er sich, dass die Tür einen kleinen Spalt weit offen stand.
»Nanu?! Ich hatte die Tür doch zugezogen.«

Vorsichtig steckte er seinen Kopf ins Büro. Niemand war in dem Zimmer, weder war einer seiner Kunden zu sehen noch die Büroangestellte oder eine der Personen, die die Büros nebenan gemietet hatten. Er schloss die Tür hinter sich, lief zu seinem Schreibtisch, öffnete die Schublade und spähte hinein. Auch seine Wertsachen waren noch da. Beruhigt ließ er sich auf seinen Schreibtischstuhl fallen und schlug die heutige Tageszeitung auf, die er sich immer ins Büro schicken ließ.

Die internationale Politik war von dem Konflikt in Syrien und den Reaktionen der Amerikaner und Russen bestimmt. Schnell blätterte er weiter, das war ihm jetzt zu anstrengend. Der nationale Teil befasste sich mit dem Hochwasser, das aufgrund der starken Regenfälle der letzten Woche einen großen Teil Deutschlands im Griff hatte. Thomas erinnerte sich, wie er einmal auf dem Nachhauseweg an der Neckarbrücke angehalten und einige Fotos gemacht hatte. Der Fluss war so weit aus seinem Bett getreten, dass er die ihn umgebenden Wiesen verschlungen hatte. Treibholz, Bauschutt und sogar tote Tiere waren im Wasser geschwommen und in Richtung Rhein getrieben worden. Mittlerweile war das Wasser hier in Mannheim wieder zurückgegangen, doch vor allem die Menschen in Ostdeutschland litten noch unter den Wassermassen. Wieder einmal war der Pegel der Elbe stark angeschwollen und bedrohte ganze Dörfer und Städte.

Thomas Lehmann schüttelte den Kopf: »Die armen Leute, die dadurch ihr Haus verlieren werden.«

Dann blätterte er weiter und kam zum Lokalteil. Auch hier berichteten Betroffene, wie sie das Hochwasser überstanden hatten. Er betrachtete ein paar Bilder vom Strandbad Neckarau. Der Aufgang, der normalerweise vom Strand zum Lokal führte, wurde nun als Steg in das Wasser genutzt, und das, obwohl der Fluss bei normalem Pegelstand so viel tiefer lag, dass vom Ufer bis zum Aufgang mehr als zehn Meter Platz waren.

Plötzlich fiel sein Blick auf eine Schlagzeile, die ihm das Blut in den Adern gefrieren ließ. Der Boden schien unter ihm nachzugeben, und er fühlte sich, als würde er fallen, fallen, fallen, ohne dass er sich irgendwo festhalten konnte.

»Das darf nicht wahr sein!«, rief er laut aus.

Sein Herz begann zu rasen. Ihm wurde heiß und kalt, vom Rücken her überkam ihn eine Welle kalten Schweißes. Schließlich zog sich sein Magen krampfartig zusammen, und er musste sich fast übergeben.

Zitternd hielt er sich die Zeitung noch näher vors Gesicht, so als ob seine Augen zu schwach waren und er nicht mehr richtig lesen konnte. Doch noch immer stand dort in großen schwarzen Buchstaben:

»Unbekannte Leiche am Rhein gefunden. Polizei fahndet nach dem Täter.«

Thomas brauchte ein paar Minuten, um sich zu beruhigen, dann überfiel ihn Hektik. Er ließ die Zeitung fallen und wollte gerade aufspringen, als er in den Lauf einer Pistole blickte.

»Sie haben ihn umgebracht. Ich weiß es.«

In diesem Moment begann sein Handy zu klingeln.

»Finger weg!«

* * *

Moritz und Olivia standen vor dem Wohnblock in Käfertal, dessen Adresse sie sich notiert hatten. Man konnte

deutlich erkennen, dass es sich bei dem Gebäude um eine ältere Bausubstanz handelte, die in den letzten Jahren renoviert worden war. An alle Häusern waren Balkone und bunte Verblendungen angebracht worden, die einen jungen und modernen Charakter hinterlassen sollten. Dennoch wirkten die Erneuerungen aufgesetzt und so, als gehörten sie nicht wirklich hierher.
Schweigend gingen die beiden Kommissare auf das besagte Haus zu. Vor den Klingeln hielt Moritz inne und ging die rund zwanzig Namen durch.
»Kennst du irgendwen?«, fragte Olivia.
»Nö. Ich schau mir nur die Namen an und entscheide dann, wer uns die besten Antworten geben wird.«
Moritz entschied sich für den Nachnamen Wicke und klingelte. Wenig später öffnete ein großer, gut gelaunter Mann die Tür.
»Kriminalpolizei Mannheim, wir haben ein paar Fragen«, begann Olivia.
Der Mann erschrak: »Was hab ich getan?«
»Sie haben nichts getan und auch nichts unterlassen. Keine Sorge. Wir brauchen von Ihnen nur ein paar Auskünfte. Dürfen wir hereinkommen?«, fragte Moritz.
Herr Wicke nickte und führte die beiden Kommissare in seine Küche. Dort setzten sie sich um den kleinen quadratischen Esstisch.
»Wie kann ich Ihnen helfen?«, fragte Herr Wicke
»Kennen Sie Andreas Steiner?«, antwortete Olivia mit einer Gegenfrage.
»Ja, klar, den Andi, den kenn ich. Der wohnte früher hier in der Wohnung über mir.«
Danke, das war eigentlich schon fast alles, was wir wissen wollten.

Moritz legte ein ernstes Gesicht auf: »Herr Wicke. Es ist äußerst wichtig, dass Sie uns erzählen, unter welchen Umständen er damals ausgezogen ist. Erinnern Sie sich daran?«
»Klar, erinnere ich mich daran, wie sollte ich das vergessen. Das war vor ein paar Jahren. Damals war der ganze Block noch eine Bruchbude. Doch schauen Sie sich das Haus jetzt an, alles picobello und tipptopp.«
»Gut. Wir wissen, dass die Immobilienfirma die Wohnungen nach der Renovierung zu einem höheren Preis vermietet hat. Vielen Bewohnern hat das offenbar nicht geschmeckt, sie sind ausgezogen, weil sie sich die neuen Mieten nicht mehr leisten konnten«, erklärte Olivia weiter.
Herr Wicke nickte.
»Und Andreas Steiner war einer davon?«, wollte Moritz wissen.
»Nicht ganz, er ist noch eine Weile geblieben. Aber nach ein paar Monaten ist er ausgezogen, weil man ihn entlassen hat und er sich dadurch die höhere Miete nicht mehr leisten konnte.«
»Haben Sie mitbekommen, warum er entlassen wurde?«, forschte Olivia weiter.
»Da bin ich mir nicht ganz sicher, das ist zu lange her. Aber ich meine, mich erinnern zu können, dass er bei seinem Arbeitgeber mal tief in die Kasse gegriffen hatte, um sich die Miete leisten zu können.«
Beide Kommissare nickten: »Das passt ins Bild.«
»Andreas war damals stinksauer auf die Immobilienfirma. Er hat sie für alles verantwortlich gemacht. Wegen ihr hätte er klauen müssen, wegen ihr hätte er seinen Job verloren, und wegen ihr müsste er ausziehen«, erzählte

Herr Wicke. »Irgendwann, so hat er gesagt, würde er sich für das Unrecht, das die ihm angetan hätte, rächen. Das hat er jedem hier erzählt.«
»Danke, das war es schon. Sie haben uns sehr geholfen«, bedankte sich Olivia.
Herr Wicke bemerkte noch, dass er den Kommissaren immer zur Verfügung stehen würde, falls sie weitere Informationen bräuchten. Er geleitete die beiden aus der Küche und führte sie bis zur Eingangstür. Im Freien angekommen, überlegten Moritz und Olivia weiter.
»Andreas Steiner wohnte in einer Wohnung, die von Thomas Lehmanns Immobilienfirma aufgekauft und erneuert wurde«, überlegte Olivia laut vor sich hin.
»Und das Ganze geschah vor etwas mehr als fünf Jahren«, fügte Moritz hinzu.
Olivia hatte ein äußerst unbehagliches Gefühl bei der Geschichte. Immerhin hatten sie mittlerweile genügend Hintergrundinformation über den Toten gesammelt, um sich ein Bild von seinen Lebensumständen zu machen. Der Zusammenhang zwischen Thomas Lehmann und Andreas Steiner war höchstwahrscheinlich kein Zufall und bereitete ihr Magenbeschwerden. Dieser Verbindung mussten sie nun mit aller Entschiedenheit nachgehen.
»Das bedeutet, dass Steiners Unglück mit der Renovierung seines Apartments durch Lehmanns Immobilienfirma begann«, schlussfolgerte Olivia.
»Und dieser Theorie nach«, führte Moritz weiter aus, »könnte Steiner hinter der Entführung des Jungen stecken.«
»Und wenn Steiner dahintersteckt«, vollendete Olivia Moritz' Gedanken, »dann hängt Steffi Groß wahrscheinlich mit drin.«

Das letzte Wort kam Olivia sehr verbissen über die Lippen.
»Wir müssen so schnell wie möglich zu ihr!« Olivia drehte den Zündschlüssel herum.

* * *

Wieder war es ein freundlicher Nachbar, der den beiden Kommissaren weiterhalf. Er öffnete ihnen die Haustür, und so gelangten sie vor Steffis Wohnungstür, ohne unten klingeln zu müssen. Als sie nach mehrmaliger Aufforderung nicht reagierte, versuchte Moritz, die Tür aufzubrechen.
»Moritz, du weißt, dass wir das nicht dürfen«, ermahnte ihn Olivia.
»Und wir können es auch nicht. Ich krieg die Tür nicht auf.«, antwortete er.
Dann zückte er sein Handy und wählte die Nummer der Kollegen.
»Moritz hier, hallo. Wir brauchen ein Team zur Observierung einer Wohnung in Käfertal. Bitte schnell.«
Sie liefen zurück zu ihrem Dienstwagen und ließen sich auf die beiden vorderen Plätze fallen.
»Puh, ich hätte nie gedacht, dass beides, Entführung und Mord, miteinander verbunden ist«, seufzte Moritz.
»Man muss immer mit dem Unmöglichen rechnen«, entgegnete ihm Olivia sarkastisch.
Beide schwiegen für eine Weile und starrten auf das Gebäude. Olivia dachte dabei an Steffi.
Vielleicht war sie der Kopf hinter der Entführung von Lukas. Hätten wir sie nur früher dingfest gemacht.

Olivia ärgerte sich gewaltig. Ein Blick hinüber zu Moritz sagte ihr, dass auch er gewaltig angefressen war.
Moritz' Diensthandy klingelte.
»Geh du dran, ich mag grad nicht. Ich observiere.«
Widerwillig nahm Olivia den Anruf entgegen. Sie mochte es nicht, wenn Moritz sie herumkommandierte, nur weil er im Grunde zu faul war.
»Bei Moritz Martin.«
»Frau von Sassen?«, meldete sich Dr. Klose.
»Ja.«
»Warum geht Kommissar Martin nicht selbst an sein Telefon?«
»Er mag grad nicht. Er observiert.«
»Was soll das heißen? Das nächste Mal rufe ich besser gleich bei Ihnen an.«
»Das wäre mir ohnehin recht«, antwortete Olivia. »Was gibt's?«
»Ich wollte Ihnen mitteilen, dass der entführte Junge mittlerweile wieder bei seiner Mutter ist. Die Entführer haben ihn freigelassen. Ganz ohne Lösegeld.«
»Geht es ihm gut? Haben ihm die Entführer etwas angetan?«, fragte Olivia besorgt.
»Es geht dem Jungen gut. Keine Sorge.«
Olivia legte erleichtert auf.
»Wir fahren besser nach Weinheim, Moritz, und sprechen noch mal mit der Mutter.«
Moritz stimmte ihr zu. Sie warteten, bis die Kollegen zur Observierung der Wohnung eingetroffen waren und fuhren los.

* * *

Elisabeth versuchte wiederholt, ihren Mann zu erreichen. Sie ließ es bestimmte fünfzehn Mal klingeln, bevor sie frustriert auflegte.
»Dieser Idiot. Er ignoriert mich einfach.« Sie konnte es nicht fassen, dass sie ihren Mann wieder einmal nicht erreichte, und das in einer solchen Situation, wo er doch davon ausgehen musste, dass sie inzwischen das Lösegeld übergeben hatte. Wenn er geahnt hätte, dass sie dieses Mal wunderschöne Neuigkeiten hatte! Sie legte das Telefon zur Seite und umarmte Lukas.
»Was ist mit Papa?«
»Du kennst ihn doch, er ist beschäftigt«, antwortete Elisabeth und unterdrückte mit aller Gewalt ihre Tränen. »Papa kommt sicher heute Abend nach Hause, dann freut er sich, dass du wieder da bist.«
Allerdings war sich Elisabeth nicht sicher, ob ihr Mann nach Hause kommen würde, auch fragte sie sich, ob sie das überhaupt wollte. Sie waren seit Jahren keine Familie mehr, und die Entführung von Lukas hatte gezeigt, wie weit sie sich voneinander entfernt hatten.
»Wir haben die Telefonabhöranlage abgebaut, Frau Lehmann«, unterbrach einer der Polizisten ihre Gedankenwelt.
Elisabeth nickte.
»Danke für Ihre Hilfe.«
»Wir müssen Sie allerdings bitten, am Nachmittag noch einmal im Polizeipräsidium Mannheim vorbeizukommen, um den ganzen Papierkram zu erledigen.«
»Kein Problem«, seufzte sie.
Nun wollte sie sich erst einmal ausruhen. Sie war überglücklich, dass die ganze Entführung so glimpflich ausgegangen war. Alles fühlte sich etwas unwirklich an. Lu-

kas stand gesund und munter vor ihr, weshalb sie kaum glauben konnte, was in den letzten Tagen geschehen war. Eigentlich nahm sie immer ein heißes Bad, um zu entspannen, aber dieses Mal wollte sie einfach nur Lukas im Arm halten.

Als die Polizisten gegangen waren, nahm sie eine große Decke und legte sich mit ihm auf die Couch. Nie wieder würde sie ihn aus den Augen lassen, sie war sich ganz sicher. Nie wieder. Zärtlich streichelte sie ihm mit ihrer Hand über die Wange. Schon lange hatte er sich geweigert, seine Mutter so nah an sich heranzulassen, doch nun, nach den Ereignissen der letzten Tage, ließ er es geschehen und genoss die Zärtlichkeit, als wäre er ein Dreijähriger.

Wie lange sie so dalagen, konnte Elisabeth im Nachhinein nicht mehr sagen, vielleicht eine halbe Stunde oder auch viel mehr. Sie war eingenickt gewesen und hatte keine Uhr am Handgelenk. Nachdem sie wieder zu sich gekommen war, wickelte sie sich aus der Decke und legte sie so um ihren Sohn, dass dieser in Ruhe weiterschlummern konnte. Vorsichtig stand sie auf, damit Lukas davon nichts merkte.

»Ich bin gleich zurück!«, flüsterte sie mehr zu sich als zu ihm.

Sie ging in die Küche, setzte heißes Wasser auf und bereitete sich einen Kräutertee zu, der laut Packungsbeilage dazu beitragen konnte, sich zu entspannen. Als der Tee eine Weile gezogen hatte, trug sie die Tasse ins Wohnzimmer und ließ sich auf einem der Sessel nieder. Sie betrachtete ihren Sohn und war überglücklich, dass er wieder zu Hause war. Bis ins Mark war sie erschöpft nach all der Hektik der letzten Tage, aber der Kampf hatte sich gelohnt. Lukas war wieder zu Hause.

Durch ihre Gedanken hindurch hörte sie die Geräusche eines Wagens, der in die Einfahrt einbog. Es war nicht Thomas' Auto. Schnell stellte sie den Tee ab und ging zu einem der Vorderfenster, um hinausspähen zu können. Es waren die beiden Kommissare der Mordkommission.

Nachdem Olivia und Moritz geklingelt hatten, öffnete Elisabeth ihnen die Tür. Sie war sehr froh, vor allem Olivia noch einmal zu sehen. Während sie ihnen im Präsidium alles erzählt und auf die Übergabe gewartet hatte, hatte sie sich sehr zu der Frau hingezogen gefühlt und viel Vertrauen zu ihr gefasst.

»Lukas ist wieder da!«, rief sie den beiden Ermittlern entgegen, bevor diese etwas sagen konnten.

»Das wissen wir. Sehr schön, das freut mich für Sie«, sagte Olivia.

»Wir sind allerdings in einer anderen Angelegenheit hier«, unterbrach Moritz die fröhliche Stimmung, »in einer sehr ernsten Angelegenheit. Dürfen wir reinkommen?«

»Aber gerne doch.«

Sie kamen an der Wohnzimmertür vorbei und sahen, wie Lukas eingehüllt in einer kuscheligen Decke auf dem Sofa schlief. Elisabeth deutete den beiden an, leise zu sein, die Ermittler verstanden sofort. Olivias Blick schweifte über den friedlich schlafenden Jungen, sie freute sich riesig, ihn gesund und munter im Hause seiner Mutter zu sehen.

»Wir gehen in die Küche«, flüsterte Elisabeth.

Dort angekommen, sprach sie etwas lauter: »Darf ich Ihnen einen Kaffee oder sonst etwas zu trinken anbieten?«

»Nein, danke«, antwortete Moritz, der nur schnell mit Elisabeth sprechen und dann wieder los wollte.
»Gerne«, hörte Moritz hingegen Olivia sagen.
»Schwarz oder mit Milch?«
»Hm, mit Milch«, entschied sich Olivia.
Während Elisabeth sich an der teuren Luxuskaffeemaschine zu schaffen machte, tigerte Moritz durch den Raum und wartete ungeduldig darauf, dass das Geräusch, das beim Mahlen von Kaffee entstand, verklungen war. Dann nahm er das Gespräch auf.
»Frau Lehmann, wir haben Grund zu der Annahme, dass sich mit der Entführung jemand an Ihrem Mann rächen wollte.«
Elisabeth drückte Olivia den fertigen Kaffee in die Hand und schaute Moritz überrascht an.
»Rache an meinem Mann? Wieso sollte sich jemand an ihm rächen wollen?«
»Haben Sie keine Idee, wer das sein könnte?«, hakte Moritz nach.
»Mein Mann ist ein ehrlicher Geschäftsmann. Er verkauft Immobilien. Er hat mit kriminellen Machenschaften nichts zu tun. Das ist alles. Oder gibt es etwas über meinen Mann, das ich nicht weiß?«
»Nein«, beruhigte sie Olivia.
»Auch ehrliche Geschäftsmänner können Feinde haben«, fuhr Moritz fort.
»Als Ihr Mann vor fünf Jahren mehrere Wohngebäude in Käfertal renovieren ließ, mussten viele Mieter, die lange in den Wohnungen gelebt hatten, ihre Häuser verlassen und sich nach etwas anderem umsehen«, erklärte Olivia.
»Warum das denn?« Elisabeth verstand nicht.

»Weil sie sich die neuen Wohnungen mit den höheren Mieten nicht mehr leisten konnten, ganz einfach«, stellte Moritz klar.
»Ich bin keine Expertin, aber meines Wissens mussten die Wohnungen unbedingt erneuert werden.«
»Das mussten sie wohl. Es ist allerdings immer eine Frage des Blickwinkels. Die Mannheimer Hausverwaltung wollte die Wohnblöcke renovieren, damit sie nicht zusammenfielen, das ist richtig. Die Bewohner wollten das aber nicht, weil ihnen klar war, dass die Mieten nach der Renovierung steigen würden und sie sich ihre Wohnungen wahrscheinlich nicht mehr leisten können«, erklärte Olivia.
Elisabeth verstand.
»Dafür kann aber mein Mann doch nichts. Er kann weder etwas für den Auftrag der Mannheimer Hausverwaltung noch etwas dafür, dass einige Anwohner die neuen Mieten nicht mehr zahlen konnten.«
»Das stimmt nun wiederum«, sagte Olivia, »wie ich schon sagte, das ist alles eine Frage des Blickwinkels.«
»Trotzdem könnten einige Anwohner die Schuld für ihre missliche Lage durchaus Ihrem Mann in die Schuhe geschoben haben. Er ist vermögend und erfolgreich, und er führte den Umbau durch. Sie kannten sein Gesicht. Da hat man schnell jemanden, auf den man seinen Hass projiziert.«
»Mein Gott, das hat Thomas aber nicht verdient.«
Die Kommissare ließen Elisabeth eine Weile alleine mit ihren Gedanken. Bislang hatte sie das Geschäft ihres Mannes immer als reinen Erfolg betrachtet, dass darunter auch Menschen litten, hatte sie noch nie so gesehen.

»Einen kleinen Augenblick«, sagte Elisabeth schließlich und ging ins Wohnzimmer, um ihren Tee zu holen. Als sie wieder zurück war, nahm sie einen großen Schluck.
»So habe ich das noch nie gesehen«, stimmte sie Olivia zu, »aber so kann man es natürlich auch interpretieren.«
»Frau Lehmann, wir haben einen Verdacht, wer hinter der Entführung stehen könnte, aber dafür brauchen wir unbedingt Ihre Mitarbeit«, erklärte Olivia.
»Ich werde mein Bestes geben. Schließlich will ich wissen, wer meinem Kind so etwas angetan hat.«
»Gut.« Olivia strich mit der Hand über Elisabeths Arm. »Die Entführer haben ungewöhnlich lange mit der Lösegeldübergabe gewartet. Können Sie uns erzählen, wie das alles vonstatten ging? Wann die Entführer angerufen haben?«
»Das meiste habe ich Ihnen ja schon auf der Wache erzählt«, fing Elisabeth an, »aber es gibt etwas, das ich in der Hektik vergessen habe.«
»Erzählen Sie.«
»Es gab eine erste geplante Geldübergabe. Sie sollte Sonntagnacht stattfinden. Die Entführer haben uns zum Rangierbahnhof in Mannheim bestellt. Mein Mann hat das Ganze alleine übernommen, ich bin zu Hause geblieben. Thomas kam spät in der Nacht zurück und meinte, dass die Entführer nicht gekommen seien. Genau wie heute Morgen.«
»Wann genau kam er zurück?«, fragte Olivia nach.
»Gegen 2:30 Uhr oder auch später. Er meinte, er habe ziemlich lange auf die Entführer gewartet. Sie seien aber nicht gekommen.«
Olivia notierte sich die Uhrzeit.
»Was ist dann passiert?«, bohrte Moritz weiter nach.

»Genau genommen ist zunächst gar nichts passiert. Wir dachten, dass sich die Entführer melden würden, um eine neue Übergabe auszumachen. Aber nichts geschah. Wir saßen den ganzen Montag im Wohnzimmer und haben gewartet, es war schrecklich. All die Zeit über hatten wir Sorge, dass sie Lukas etwas antun würden.«
»Warum sind Sie nicht zur Polizei?«
»Die Entführer hatten ausdrücklich gesagt, dass wir das nicht dürften. Sie drohten uns regelrecht.«
»Sie sagten heute Morgen, dass es eine männliche Stimme und eine weibliche Stimme gegeben habe. Wann haben Sie denn mit wem gesprochen?«, wollte Moritz wissen.
»Freitags war nur der Mann am Telefon. Von der Frau wurde ich das erste Mal am Dienstag angerufen.«
»Warum sind Sie dann doch zur Polizei gegangen?« forschte Olivia nach.
»Ich war von Anfang an dafür, die Polizei einzuschalten. Zunächst hab ich mich von meinem Mann überzeugen lassen, weil er meinte, er würde das mit der Übergabe schon hinbekommen. Als das eben beim ersten Mal nicht klappte, gab es für mich keinen Grund mehr, nicht zur Polizei zu gehen. Außerdem will ich wissen, wer meinem Kind so etwas angetan hat.«
»Und Ihr Mann?«
»Mein Mann war auch bei der zweiten Übergabe gegen das Einschalten der Polizei. Er hat sich mit Händen und Füßen dagegen gewehrt.«
»Frau Lehmann, wo ist Ihr Mann jetzt?«
»Ich weiß es nicht. Wir haben uns gestern Abend gestritten. Seither habe ich keinen Kontakt mehr zu ihm gehabt.«
»Danke, Frau Lehmann, das war es erst einmal. Sie haben uns sehr geholfen«, beendete Olivia das Gespräch.

Die beiden Kommissare nahmen Thomas Lehmanns Daten auf und leiteten eine Großfahndung nach ihm ein. Als sie alles organisiert hatten, gingen sie zum Auto zurück. Moritz stieg auf der Beifahrerseite ein, Olivia schwang sich hinter das Steuer und fuhr mit quietschenden Reifen davon.

»Du willst wissen, wo Steffi Groß ist?«, fragte sie und blickte zu Moritz.

»Dort, wo sich im Moment auch Lehmann befindet.«

Olivia nickte.

»Lass sein Handy orten. Wir müssen uns beeilen.«

Sie gab noch mehr Gas.

* * *

»Ich knall dich ab, Alter, wenn du nicht tust, was ich dir sage. Verstanden?«

Ängstlich gehorchte Thomas Lehmann Steffi Groß, die über die Wucht ihrer eigenen Worte erschrak. Sie hatte ihre Waffe unter der Jacke versteckt und ihn von seinem Büro mit dem Fahrstuhl in die Tiefgarage gebracht. Auf den wenigen Metern vom Büro zum Fahrstuhl war ihnen zwar jemand begegnet, doch Thomas hatte brav ihren Anweisungen gehorcht.

»Wie konnte so ein Feigling meinen Andreas ermorden?«, fragte sie sich insgeheim. Sie war aber dennoch froh, dass er keinen Widerstand leistete.

Ihren Wagen hatte sie geschickt in der Tiefgarage neben dem Ausgang des Fahrstuhls geparkt, damit sie nicht Gefahr lief, lange mit Thomas durch die Tiefgarage lau-

fen zu müssen und eventuell doch entdeckt zu werden. Glücklicherweise war es noch sehr früh am Morgen und ruhig. Bei ihrem Auto angekommen zwang sie ihn in den Kofferraum ihres Kleinwagens. Widerwillig stieg Thomas hinein. Sie befahl ihm, ihr die Hände entgegenzustrecken, Thomas gehorchte zitternd. Als Krankenschwester daran gewöhnt, etwas in der einen Hand zu halten und gleichzeitig mit der anderen Hand etwas zu tun, ließ sie die Handschellen über seinen Handgelenken zuschnappen, ohne die Pistole wegzulegen.
»Ich bezahle Ihnen, was Sie wollen.«
»Ich habe Ihren Sohn freigelassen. Geld spielt keine Rolle mehr.«
»Lukas ist frei?«
Thomas traten Tränen in die Augen. Seit Tagen hatte er seine Gefühle verdrängt, er hatte stark sein und die Angelegenheit kühl und vernunftbetont regeln wollen, doch nun brachen alle Dämme. Eine Mischung aus Freude über die gute Nachricht und Angst davor, was die Frau mit ihm vorhatte, überwältigte ihn.
»Sie sind die Frau des Entführers?«
»Ich bin die Frau des Toten.«
»Stillhalten!«
Steffi zog eine Spritze aus der Tasche.
»Was?«
Thomas bekam es mehr denn je mit der Angst zu tun. Jetzt begann er sich zu wehren und trat Steffi mit dem linken Fuß in die Magengegend. Sie zuckte für einen Augenblick zusammen, dann holte sie aus und jagte ihm die Spritze durch die Hose in den Oberschenkel. Ihr Opfer schrie für einen Moment auf.
»Stillhalten hab ich gesagt.«

Die Spritze wirkte schnell. Thomas' Kraft verließ ihn, er verlor das Bewusstsein, sein Kopf senkte sich auf die Brust. Steffi nahm eine Decke und legte sie über ihn, damit kein Außenstehender sehen konnte, wer oder was sich auf ihrem Rücksitz verbarg. Hastig schloss sie die Heckklappe und setzte sich hinters Steuer. Kurz bevor sie den Zündschlüssel umdrehen konnte, hörte sie das Fiepen eines Handys. Sie stieg noch einmal aus, ging zu Thomas und durchsuchte seine Taschen. Wie er es geschafft hatte, war ihr nicht klar, aber tatsächlich hatte er heimlich sein Handy eingesteckt. Sie zog es hervor und sah auf dem Display, dass »Elisabeth Lehmann« anrief. Sollte sie doch bis zum jüngsten Tag klingeln. Steffi wartete, bis das Fiepen vorbei war.
»Mit mir macht ihr keine Handyortung.«
Sie holte aus und schmetterte das Telefon mit aller Wucht auf den Boden. Tausend kleine Teile sprangen von ihm ab. Zum Glück hatte sie stabile Schuhe an, mit denen sie noch mehrmals auf das Handy treten konnte.
»Lebend bekommst du ihn nicht mehr. Ich hab meinen Andreas auch nicht mehr.«

* * *

»Das letzte Mal konnten wir sein Handy in der Tiefgarage seiner Firma orten«, gab Dr. Klose durch.
»Geben Sie mir noch schnell die Adresse, wir sind in Windeseile dort«, erklärte Moritz, während Olivia sich durch den Verkehr auf der Autobahn zwischen Weinheim und Mannheim kämpfte.

»Okay. Alles verstanden. Wir melden uns von dort.« Moritz legte auf.

»Ich habe starke Zweifel, dass wir ihn dort finden«, gab Olivia zu.

»Da könntest du recht haben.«

* * *

Wenige Minuten später standen Olivia und Moritz in der Tiefgarage vor den Scherben eines Handys. Moritz fluchte laut, während Olivia mit den Fußspitzen die Scherben zur Seite schob, so als würde sie dort etwas suchen.

»Das war wohl Thomas Lehmanns Telefon«, seufzte Moritz. Olivia setzte sich mit Dr. Klose in Verbindung. Als er abnahm, ließ sie ihn nicht aussprechen.

»Wir haben das Handy von Lehmann gefunden. Es ist zerschmettert. Das hat er nicht fallen lassen, das war Absicht«, berichtete sie ihrem Chef.

»Also hat sich Steffi Groß ihn schon geschnappt.«

»Davon ist auszugehen«, schaltete sich Moritz in das Gespräch ein, »sie will sich schleunigst an ihm rächen.«

»Aber wenn sie ihn töten möchte, warum hat sie das nicht gleich an Ort und Stelle erledigt?«, fragte Dr. Klose.

Olivia dachte eine Weile über Steffi nach.

»Ich glaube nicht, dass Steffi ihn einfach so töten kann. Sie hat das noch nie getan. Sie kann ihm nicht eine Pistole an den Kopf halten und einfach abdrücken«, analysierte Olivia die Situation.

»Da könnten Sie recht haben, Frau von Sassen«, bestätigte Dr. Klose, »aber was würde sie tun?«

Olivia versucht sich in Steffi hineinzuversetzen.
»Wenn Steffi Groß ihn schon umbringen will, dann wird sie das mit ihren Mitteln tun«, erklärte die Ermittlerin.
»Und was sind ihre Mittel?«, hörte sie es aus dem Telefon fragen.
»Die Medikamente einer Krankenschwester!«, fiel es Olivia und Moritz zugleich ein. Sie beiden rannten zurück zu ihrem Dienstwagen, während sie weiter mit Dr. Klose verbunden waren.
»Sehr gut«, lobte dieser seine beiden Kommissare, »vermutlich ist sie auf dem Weg ins Theresienkrankenhaus.«
Olivia stimmte ihm zu: »Und wenn sie ihn getötet hat, kann sie ihn unauffällig in der Pathologie loswerden.«
»Die Medizinstudenten werden sich freuen«, meinte Moritz.
»Gute Arbeit!«, fügte Dr. Klose abschließend hinzu.
Sie kamen am Dienstwagen an. Moritz drängelte sich plötzlich auf die Fahrerseite. Olivia sah ihn fragend an.
»Was ist, du willst doch nicht fahren, dachte ich.«
»Na, mit Blaulicht schon«, antwortete er.
»Nichts da.«
Sie drängte ihn zur Seite, schlüpfte an ihm vorbei und steckte ihren Schlüssel in das Zündschloss.
»Du musst dich schon beeilen, wenn du noch mitwillst!«
Moritz saß noch nicht richtig auf dem Beifahrersitz, da hatte Olivia bereits das Blaulicht an und gab Gas.

* * *

Thomas Lehmann öffnete langsam die Augen. Er war verwirrt und wusste nicht, wo er sich befand. Mühsam blinzelte er um sich. Soweit er seine nähere Umgebung erkennen konnte, standen überall merkwürdige Geräte und Kisten herum. Licht fiel nur durch die Gitter, die oberhalb des Fensters angebracht waren. Er befand sich also vermutlich in einem Kellerraum.

Er fragte sich, wie er wohl hierhergekommen sei und allmählich dämmerte ihm, was am Morgen passiert war. Eine Frau war in seinem Büro aufgetaucht und hatte ihn entführt. Sie muss ihm ein Mittel verpasst haben, dessen war er sich sicher, denn so richtig wach wurde er nicht. Dunkel erinnerte er sich an ein kurzes Gerangel und einen Schmerz am Oberschenkel, dann hatte er das Bild einer Spritze vor sich.

Für einen Moment schloss er die Augen, und es kostete ihn viel Kraft, sie danach wieder zu öffnen. Vorsichtig schaute er an sich hinunter und sah, dass er auf eine Bahre geschnallt war. Deshalb konnte er sich also nicht bewegen. Er versuchte an den Schnallen zu rütteln, doch es war hoffnungslos. Alleine die Augen aufzuhalten, kostete seine ganze Kraft, daran, dass er sich aus seiner Fesslung losreißen konnte, war nicht zu denken.

Er versuchte sich zu erinnern, wie die Frau ausgesehen und was sie von ihm gewollt hatte, musste aber feststellen, dass er nicht imstande war, einen klaren Gedanken zu fassen. »Das verdammte Betäubungsmittel«, fluchte er. Entkräftet schloss er die Augen und döste eine Weile vor sich hin, bis er merkte, wie jemand die Tür öffnete und zu ihm trat.

»Sind Sie wach?«

Das war die Frau, die ihn entführt hatte, dessen war er sich jetzt, wo er sie hörte, sicher. Aber was wollte sie von ihm? Erst als er sprechen wollte, merkte er, dass er geknebelt war.
»Hallo. Aufwachen!«
Er öffnete langsam die Augen und drehte seinen Kopf in Richtung der Stimme, die er vernahm.
»Sehr gut so!«
Die Frau kramte an seinem Lager herum. Er konnte nicht sehen, was sie tat, dazu hätte er seinen Kopf heben müssen.
»Ich gebe Ihnen nun ein Mittel, mit dem Sie sich gleich besser fühlen werden. Einen Moment.«
Steffi zog eine Spritze auf, setzte sie an und drückte die Flüssigkeit durch eine Braunüle, die sie ihm offensichtlich gelegt hatte, als er noch bewusstlos gewesen war. In der Tat fühlte sich Thomas gleich ein wenig wacher. Nun konnte er die Augen offen halten und besser an sich nach unten sehen. Er war mit mehreren Schnallen auf der Bahre festgezurrt, im linken Arm hatte er eine Infusion liegen. Bewegen konnte er sich kaum.
»Was, was wollen Sie?«
»Ich will, dass Sie sterben.«
Thomas bekam Angst. Plötzlich schwitzte er am ganzen Körper. Er versuchte seine Muskeln anzuspannen und sich breitzumachen, damit die Schnallen, die ihn hielten, vielleicht aufsprangen. Schnell musste er feststellen, dass es vergeblich war.
»Geben Sie sich keine Mühe, ich hab die Situation unter Kontrolle. Wenn Sie zu wild werden, jage ich wieder ein paar Beruhigungsmittel durch die Kanüle. Allerdings würde ich das gerne vermeiden, denn nun müssen Sie mir genau zuhören. Alles klar?«

Thomas sah sie fragend an.
»Du hast Andreas erstickt, und deshalb sollst du auch ersticken. Auge um Auge, Zahn um Zahn. Das ist nur gerecht.«
Sie entfernte sich von der Bahre.
»In deinen letzten dreißig Minuten solltest du an deine Sünden denken. Wie du Andreas aus seiner Wohnung gemobbt hast. Wie du sein Leben ruiniert hast. Und wie du ihn getötet hast.«
Thomas riss die Augen auf. Ängstlich und flehend sah er Steffi an. Als er die Kälte in ihren Augen entdeckte, versuchte er zu schreien. Doch der Knebel war zu fest.
»Das Serum, das nun in dein Blut läuft, wird deine Atmung lähmen. Langsam, aber sicher wirst du ersticken.«
Thomas versuchte, sich ein letztes Mal zu wehren, doch er war zu kraftlos und die Schnallen saßen zu fest. Durch seine heftigen Bewegungen verrutschte ein Teil seines Hemdes und die linke Schulter lag frei. Steffi warf einen Blick darauf. Sie war erstaunt, dass ein Schnösel wie Lehmann tätowiert war. Deshalb schaute sie ein zweites Mal hin und erkannte etwas, das sie verwirrte. Vorsichtig schob sie mit ihren Fingern das Hemd zur Seite. Sie erschrak. Andreas hatte eine ähnliche Tätowierung gehabt.
»Die Outsiders.«

* * *

Olivia ließ das Theresienkrankenhaus großräumig absperren, Steffi sollte keine Möglichkeiten zur Flucht haben.

Vor dem Gebäude besprach sie mit dem Einsatzleiter, wie der Zugriff erfolgen sollte, dann legte sie eine schusssichere Weste an. Ihr Handy klingelte. Es war Dr. Klose.
»Frau von Sassen? Wir haben die Wohnung von Steffi Groß durchsucht, dort war sie nicht. Ich gebe Ihnen nun grünes Licht für den Zugriff im Krankenhaus, falls sie dort ist. Ansonsten läuft die Großfahndung nach ihr und Thomas Lehmann.«
»Alles klar. Ich habe verstanden, Herr Klose.«
»Und –«
»Ja?«
»Viel Glück. Seien Sie vorsichtig!«
»Bin ich.«
Olivia legte auf. Sie lief zum Einsatzwagen, gab die letzten Anweisungen durch und legte ein Headset an, über das sie mit Moritz verbunden war.
»Hörst du mich?«, fragte sie.
»Laut und deutlich, Prinzessin.«
»Ich geh nun zur Pforte und frage nach, ob Steffi heute hier aufgetaucht ist und ob man sie irgendwie orten kann.«
»Ja, mach das. Bin gleich auf ihrer Station. Vielleicht ist sie ja dort oder wurde zumindest dort gesehen.«
»Und denk dran, ich kann alles mithören!«, scherzte sie.
»Ich habe doch keine Geheimnisse, Hochwohlgeborene.«
Olivia lief zur Pforte und wies sich dort als Kommissarin der Kriminalpolizei aus. Die Frau an der Pforte reagierte sofort nervös und ängstlich, wahrscheinlich hatte sie noch nie mit der Kriminalpolizei zu tun gehabt. Olivia ließ sie daher im Dunkeln über ihr Vorhaben und fragte sie nur, ob sie im System erkennen könne, ob Steffi Groß heute ihren Dienst angetreten hat.

»Ähm, weiß ich nicht«, entgegnete die Frau, »ich bin nur die Vertretung und heute das erste Mal hier.«
»Schauen Sie mal bitte nach.«
Die Frau nickte ängstlich.
»Soll ich niemanden verständigen?«
»Nein, schauen Sie einfach mal nach«, bat Olivia.
Während Olivia auf die Frau an der Pforte wartete, hörte sie über das Headset, wie Moritz sich durch die Stationen fragte und schließlich jemand fand, der ihm sagen konnte, wo genau Steffi Groß arbeitete. Er rannte keuchend zu der betreffenden Station.
Etwas mehr Sport würde meinem Kollegen guttun.
»Ich weiß, was du jetzt denkst«, hörte Olivia ihren Kollegen über das Headset sagen, »spar dir den Kommentar.«
»Alles klar. Aber morgen fahren wir mit dem Fahrrad zur Arbeit«, erwiderte Olivia so laut, dass die Frau an der Pforte verwirrt aufschaute, weil sie nicht begriff, mit wem die Kommissarin gerade sprach. Moritz lachte im Hintergrund.
»Vergiss die Alte. Sie muss nicht weitersuchen. Ich bin auf Steffis Station. Station B.«
»Gut.«
Olivia nickte der Frau, die noch immer ängstlich auf den Computerbildschirm schaute, schnell zu und rannte los.

* * *

Thomas kämpfte darum, das Bewusstsein nicht zu verlieren. Er starrte auf die Infusion, durch die tröpfchen-

weise das Gift in seinen Körper drang, das in wenigen Minuten seine Atmung lähmen würde.
»Denk an deine Sünden«, hatte sie zu ihm gesagt. Er fühlte sich jedoch nicht sündig.
Der Mord, er war einfach so geschehen. Thomas versuchte sich einmal mehr zurückzuversetzen und daran zu denken, wie er sich letzte Sonntagnacht gefühlt und warum er das getan hatte. Er verstand sich selbst nicht mehr.
Immer wieder verließen ihn die Kräfte, und er musste seine Augen schließen. Zur stark wirkte noch das Betäubungsmittel. Als er die Augen wieder öffnete, stand Steffi Groß direkt über ihm. So sah sie also aus, seine Mörderin. Nie hätte er sich träumen lassen, dass sein Leben einmal auf diese Weise zu Ende gehen würde. Er hatte noch so viel vorgehabt. Langsam entglitten die Bilder seiner Träume seinem Geiste, die Angst wurde übermächtig.
»Wie viele Minuten bleiben mir wohl noch?«, fragte er sich immer und immer wieder.

* * *

Moritz sprach mit einem Krankenpfleger, der ihm Auskunft über Steffi geben konnte. Sie war am Morgen verspätet zum Dienst erschienen und hatte etwas unausgeschlafen gewirkt, ihren Dienst aber wie gewohnt angetreten. Mehr konnte der Pfleger nicht berichten. Moritz wollte wissen, ob sie irgendwo auf der Station sei.
»Höchstwahrscheinlich«, antwortete der Pfleger, »wo soll sie denn sonst sein?«

Der Kommissar bat ihn, die Station nach ihr abzusuchen, er müsse sie dringend sprechen. Der Pfleger nickte. Er lief den Gang entlang, blickte kurz in alle Räume und musste feststellen, dass Steffi nicht da war.

»Keine Ahnung, wo sie ist, hier jedenfalls nicht«, stellte er fest.

»Das habe ich vermutet. Können Sie sie irgendwie orten?«, fragte Moritz.

»Ich kann sie höchstens anpiepsen. Normalerweise reagiert sie darauf sofort.«

»Tun Sie das!«, befahl Moritz.

Der Pfleger gehorchte. Die beiden warteten eine Weile auf eine Reaktion von Steffi, doch als diese ausblieb, wusste Moritz, dass etwas nicht stimmte. Er bedankte sich bei dem Pfleger, drehte sich um und wollte gerade durch den langen Krankenhausgang zurück zum Einsatzteam rennen, als sich am Ende des Flures eine Tür öffnete und Steffi hereinkam.

Beide schauten sich für den Bruchteil einer Sekunde an, dann war Steffi klar, dass Moritz wusste, was vor sich ging. Blitzschnell drehte sie sich um und verschwand wieder durch die Tür.

Bis Moritz dort angekommen war, rannte Steffi längst die Treppe in den Keller hinunter. Keuchend hastete er ihr hinterher. Unten angekommen schaute er sich um. Durch den Keller führte ein langer Flur, und er befand sich jetzt genau in dessen Mitte. Sollte er nach rechts oder nach links gehen? Während er noch überlegte, zückte er seine Pistole und entschied sich dafür, den Gang nach rechts zu laufen. Vorsichtig tat er einen Schritt nach vorne. Er musste an mehreren Türen vorbei, hinter denen sich Steffi versteckt halten konnte. Als er an der ersten Kellertür ankam, rüttelte er am Griff, sie war verschlossen. Er ließ von ihr ab und ging zur nächsten, auch hier rüttelte er am Griff. Diese Tür ließ sich öffnen. Vorsichtig spähte er hinein und hielt die Pistole im Anschlag. Der Raum war klein und voller Kartons, von Steffi war keine Spur zu sehen.

Gerade als er an der dritten Tür ankam und den Griff hinunterdrückte, flog diese in hohem Bogen auf und donnerte gegen seinen Kopf. Er taumelte und ließ die Pistole fallen. Die Tür hatte seine Nase erwischt, aus der jetzt Blut über sein T-Shirt und die geliebte Lederjacke rann. Bevor Moritz reagieren konnte, hatte er ein Skalpell an der Kehle.

»Es war nicht klug von Ihnen, nach mir zu suchen«, sagte Steffi.

Sie zerschnitt mit dem Skalpell das Kabel des Headsets und setzte die Klinge erneut an Moritz' Hals an.

»Sie hätten sich aus dieser Sache heraushalten sollen. Die geht nur den Mörder und mich was an.«

* * *

Zur gleichen Zeit lief Olivia durch die Gänge des Krankenhauses und folgte den Wegweisern zur Station B. Als sie auf der Station ankam, war ihr Kollege nirgends zu sehen.

»Moritz, wo bist du?«, fragte Olivia in das Headset, doch sie erhielt keine Antwort. Ihr schwante Böses.

Sie hetzte den Gang entlang und schaute sich nach dem Schwesternzimmer um. Als sie es gefunden hatte, klopfte sie leise an die Tür. Nachdem sich nichts rührte, schaute sie hinein. Das Zimmer war leer. Olivia ging weiter. Aus dem nächsten Raum kam gerade eine Krankenschwester.

»Entschuldigung, Kriminalpolizei Mannheim, von Sassen mein Name. Ich suche meinen Kollegen Moritz Martin«, stellte sie sich vor.

»Der liegt hier nicht«, entgegnete die Schwester.

»Ich weiß, dass er hier nicht liegt«, erklärte Olivia, »aber er muss hier irgendwo sein. Wir suchen Steffi Groß.«

»Ach, Steffi, die hat gerade Dienst. Vielleicht ist er bei ihr.«

Die Krankenschwester führte Olivia durch die Station, doch niemand schien Steffi gesehen zu haben. Schließlich gerieten sie an den jungen Pfleger, der vor fünf Minuten mit Moritz gesprochen hatte.

»Ja, Ihr Kollege war hier und hat sich nach Steffi erkundigt. Dann ist er aber weitergegangen.«

»In welche Richtung?«, fragte Olivia.

»Dort lang.«

Der Pfleger deutete den Gang entlang, an dessen Ende sich die Tür zur Kellertreppe befand. Olivia versuchte noch einmal, mit Moritz in Kontakt zu kommen.

»Moritz, hörst du mich?«

Wieder erhielt sie keine Antwort. Jetzt verständigte sie die Kollegen. Sie sollten das Krankenhaus nach Moritz und Steffi durchsuchen, wahrscheinlich befand er sich in ihren Händen.

Olivia hastete den Gang entlang, den ihr der Pfleger gezeigt hatte, bog am Ende in einen weiteren Flur ab und kam nach einiger Zeit zur Pforte. Nirgends war eine Spur von Moritz zu finden.

Der Pfleger war sich sicher, dass er in diese Richtung gelaufen ist. Irgendwo hier muss er doch sein.
Die Kommissarin lief noch einmal zurück auf die Station und zu der Stelle, an der sie mit dem Pfleger gesprochen hatte. Sie blickte den Gang hinunter. Dem Pfleger zufolge, war Moritz hier entlanggelaufen. Wo war er also? Jetzt entdeckte sie, dass es gegenüber der Stelle, wo sie eben nach rechts in den anderen Flur abgebogen war, noch eine Glastür gab.
Vielleicht ist er ja zu der Tür dort hinten gelaufen.
Olivia rannte los. Ein Schild verriet ihr, dass es sich um eine Kellertreppe handelte. Sie griff nach ihrer Waffe und entsicherte sie. Vorsichtig ging sie durch die Tür und über die Kellertreppe nach unten. Als sie dort ankam, entdeckte sie schnell, dass ihre Vermutung stimmte. Im Gang rechts befand sich eine große Blutlache.
Mein Gott, wenn das Blut von ihm stammt, steht es nicht gut um ihn.
»Ich bin im Keller und brauche Verstärkung«, flüsterte Olivia in das Mikrophon ihres Headsets, dann umklammerte sie ihre Waffe und stellte sich vor die Tür, vor der die Blutlache auf dem Boden war.
Mit der linken Hand griff sie an die Klinke und stieß die Tür blitzschnell auf. Ihre Augen flitzten durch den Raum und suchten Steffi. Als sie sie nicht sah, betrat Olivia den Raum und schaute hinter die Tür. Auch hier nichts. Dann sicherte sie ihre Waffe und steckte sie in den Holster, denn an der Wand lag Thomas Lehmann, auf eine Bahre geschnallt und mit einer tropfenden Infusion am linken Arm.
»Hallo! Können Sie mich hören?«, fragte Olivia mit lauter Stimme.

Thomas nickte schwach.
Olivia schaute sich die Infusion an und stoppte sie. Durch die Braunüle drang nun keine weitere Flüssigkeit mehr in Thomas' Blutlaufbahn.
»Bringt schnell ein Team Ärzte in den Keller, Raum –«. Sie blickte in Richtung Tür und vollendete den Satz: »Raum 383.«
Noch während sie diesen Satz durchs Headset schickte, bemerkte sie Steffi in der Tür. Sie hatte mittlerweile Moritz' Dienstwaffe an sich genommen und drückte sie gegen seinen Kopf.
»Machen Sie die Infusion wieder an«, befahl sie.
Die Kommissarin schüttelte den Kopf. »Das werde ich nicht tun.«
»Dann wird Ihr Kollege hier gleich sterben.«
Sie deutete auf Moritz.
»Frau Groß, in wenigen Sekunden wird es hier vor Polizisten und Ärzten nur so wimmeln. Sie haben keine Chance«, versuchte Olivia auf Steffi einzureden.
»Ich will gar nicht entkommen«, entgegnete Steffi.
Sie schob Moritz vor sich her in den Raum und kickte die Tür hinter sich zu. Dann schloss sie ab. Die ganze Zeit über hielt sie ihm seine Dienstwaffe an den Hinterkopf.
»Keiner wird den Raum betreten. Los, machen Sie die Infusion wieder an.«
»Sie werden mich schon erschießen müssen.«
Olivia stellte sich selbstbewusst und mit erhobenen Händen vor Thomas Lehmann. Plötzlich hörte sie unmittelbar vom Gang her Stimmen. Offensichtlich waren die Kollegen vor Raum 383 angekommen.
Steffi wurde unsicher. Ihre rechte Hand, mit der sie die Pistole auf Moritz richtete, begann zu zittern.

»Sie haben niemanden umgebracht. Sie haben sogar das entführte Kind wieder freigelassen. Wenn Sie kooperieren, werden Sie sicherlich nur eine geringe Strafe erhalten«, redete Olivia auf Steffi ein. Sie musste sie überzeugen, die Waffe niederzulegen und aufzugeben.

»Sie haben die Wahl. Das Leben von drei Menschen liegt in Ihrer Hand. Wenn Sie uns töten, werden andere Menschen sich wiederum an Ihnen rächen wollen. Genauso, wie Sie sich für den Tod von Andreas rächen möchten.«

Moritz blickte die ganze Zeit stur geradeaus.

»Überlassen Sie das Verurteilen anderen. Laden Sie sich diese Schuld nicht auf, und werfen Sie nicht Ihr Leben weg«, argumentierte Olivia weiter. »Bitte!«

Steffi senkte die Waffe und hielt sie von Moritz weg. Schließlich ließ sie sie zu Boden fallen. Olivia bückte sich schnell und nahm die Pistole an sich.

Steffi sackte zu Boden. Moritz nahm den Schlüssel und öffnete den Kollegen. Ein Team von Ärzten eilte herein und versuchte, Thomas Lehmann zu stabilisieren.

* * *

Steffi Groß saß im Einsatzwagen, einem speziell ausgerüsteten Kleinbus der Polizei. Tränen flossen ihr über das Gesicht. Sie waren eine Mischung aus dem Frust und dem Schmerz der letzten Tagen sowie der Ungewissheit über das, was ihr nun bevorstand. Sie schaute an sich hinunter auf ihre Hände, die mit Handschellen aneinandergefesselt waren.

»Mein Gott, was habe ich getan? Ich wollte doch nur Gerechtigkeit, und jetzt bin ich die Verbrecherin. Wie kann das sein?«, fragte sie sich nachdenklich.
Moritz betrat den Einsatzwagen durch die Seitentür. Er war noch immer blutverschmiert und atmete durch den Mund, ein Arzt hatte ihm Tampons in beide Nasenlöcher gesteckt, um das Blut zu stoppen.
»Mussten Sie unbedingt mit aller Gewalt die Tür aufstoßen?«, raunzte er Steffi an, »hab ich Sie davor so schlecht behandelt?« Moritz war sichtlich beleidigt.
Hinter ihm stieg Olivia in den Kleinbus.
»Ganz ruhig, Brauner«, tröstete sie ihren Kollegen.
»Ich bin sehr froh, dass Sie meinem Rat gefolgt sind, Frau Groß. Weiteres Blutvergießen wollten weder Sie noch ich.«
Und das Blut meines Kollegen trocknet wieder.
»Ich bin stolz auf Sie«, sagte Olivia und setzte sich neben Steffi.
»Sie sind gekommen, um einen Mörder zu retten. Vielleicht hätte ich doch nicht aufgeben sollen«, antwortete Steffi und hielt ihre Hände samt Handschellen nach oben. »Ich wollte nur Gerechtigkeit.«
»Es wird Gerechtigkeit geben. Sie werden vor ein ordentliches Gericht gestellt. Sie alle, der Mörder und die Entführerin. Dann werden Sie verurteilt und jeder erhält die Strafe, die er verdient«, schaltete sich Moritz ein. Seine Stimme klang dank der leicht nasalen Aussprache etwas kläglich.
Schade, dass er nicht immer zwei Papiertaschentücher in der Nase trägt.
»Ich bin nicht die Entführerin. Das war Andreas' Plan. Ich habe den Jungen freigelassen. Er hatte nichts mit

der Geschichte zu tun, der Arme«, verteidigte sich Steffi.
»Frau Groß, Sie haben das Recht, sich einen Anwalt zu nehmen, aber wenn Sie möchten, können Sie jetzt ein Geständnis ablegen. Ich werde alles protokollieren und dem Richter sowie der Staatsanwaltschaft vorlegen.«
Steffi nickte.
»Vielleicht ist es besser, wenn ich einige Dinge klarstelle«, gab sie nachdenklich von sich.
»Fangen Sie mit Ihrer Geschichte an, bitte«, unterstützte Olivia Steffis Vorhaben, »wie sind Sie auf die Idee der Entführung gekommen?«
Olivia schaltete das Aufzeichnungsgerät ein. Steffi schwieg eine Weile, dann begann sie zunächst stockend zu erzählen und schließlich strömte es aus ihr heraus.
»Andreas war ständig in finanziellen Nöten. Details kenn ich keine, aber offensichtlich hat er diesem Igor Geld geschuldet.« Bei dem Gedanken an ihren toten Lebensgefährten musste sie heftig schlucken. »Wir haben immer von einem besseren Leben geträumt. Andreas wollte auswandern. Ich hab immer geglaubt, dass das nur ein Traum für ihn ist, doch eines Tages wollte er Ernst damit machen. Er wollte unbedingt den Jungen des Mannes entführen, den er für sein misslungenes Leben verantwortlich gemacht hat, und eine Millionensumme von ihm erpressen. Sein Plan war, dass wir mit dem Geld ein neues Leben in der Sonne und unter Palmen anfangen.«
»Haben Sie ihn dabei unterstützt?«, fragte Moritz.
»Nein. Um Gottes Willen! Ich habe versucht, ihm die Idee auszureden. Zunächst hat es so ausgesehen, als ob ich ihn überzeugt habe, doch letzten Freitag ist er nach Hause gekommen und hat gesagt, dass er den Jungen

entführt und irgendwo in einem verlassenen Keller im Jungbusch untergebracht hat. Ich hab ihn angefleht, den Jungen freizulassen, er wollte jedoch nicht auf mich hören. Stattdessen hat er mir erzählt, dass er auch schon mit den Eltern des Kleinen gesprochen hat. Die Geldübergabe war für Sonntagnacht geplant. Ab Montag sollten wir reich sein.«

»Er war sich seiner Sache sehr sicher, oder?«, hakte Olivia nach.

Steffi nickte.

»Ja, sehr. Ich konnte ihn von nichts abbringen. Am Sonntagnachmittag hat er mir gezeigt, wo er den Jungen festhielt und mir den Schlüssel für einen Keller gegeben.«

»Als er nicht von der Geldübergabe zurückkam, was haben Sie da gedacht?«

»Wir haben uns gestritten, bevor er zur Geldübergabe gegangen ist. Ich habe ihm gesagt, dass das viel zu gefährlich sei. Er wollte nicht auf mich hören und faselte etwas davon, dass er den Vater des Jungen gut studiert hat. Nichts würde schiefgehen. Ich habe dann mit allen Mitteln versucht, ihn dazu zu bringen, den Jungen einfach freizulassen, doch es war umsonst. Deshalb gingen wir im Streit auseinander. Ich hatte Nachtdienst in der Klinik und hab erst am Montagabend mit ihm gerechnet. Als er da nicht aufkreuzte, hab ich mir zwar Sorgen gemacht, aber es war ja nicht unnormal. Wann immer wir uns gestritten haben, ist er ein paar Tage lang mit seinen Jungs um die Häuser gezogen und dann verkatert und total fertig wieder zu mir zurückgekommen.«

»Wie ein reuiger Hund«, dachte Moritz laut.

»Was ist dann geschehen?«, fragte Olivia.

»Irgendwann sind Sie bei mir aufgetaucht und haben mir erzählt, dass Andreas tot ist. Da war alles irgendwie aus. Zuerst wollte ich die Entführung doch noch zu Ende bringen. Ich wollte Genugtuung, und mit dem Geld wollte ich endlich ein schönes Leben anfangen. Ich hatte das Gefühl, dass ich das nach dem Tod von Andreas absolut verdient hätte, wo doch jetzt eh alles nur noch schrecklich war.«

»Sie wollten nicht zur Polizei?« Moritz' Stimme klang scharf.

»Davor hatte ich Angst, ich wusste nicht, ob man mir die Entführung anhängen würde. Und wie ich gesagt hab, ich wollte Genugtuung.«

»Warum haben Sie den Jungen dann freigelassen«, schaltete sich Olivia wieder mit ein.

»Ich kam nach dem ersten Schock über Andreas' Tod zur Besinnung. Der arme Junge konnte ja nichts für all das. Er sollte frei sein. Dafür wollte ich den Mörder so bestrafen, wie er Andreas gestraft hatte. Er sollte ersticken.«

»Ich bin sehr froh, dass Sie zur Vernunft gekommen sind, Frau Groß. Das wird sicherlich zu einem milden Urteil führen«, versuchte Olivia die Frau zu trösten.

* * *

Es war später Abend, als Thomas endlich vernehmungsfähig war. Er wurde mit einem bewachten Krankentransport vom Theresienkrankenhaus nach L6 ins Polizeipräsidium gefahren, wo Moritz und Olivia auf ihn warteten. Zwei Polizisten führten ihn in den Verhörraum, Olivia und Moritz folgten ihnen und setzten sich dem

Verdächtigen gegenüber. Hinter der Spiegelwand standen Fatih und Dr. Klose, die gespannt auf die Ausführungen von Lehmann waren.
»Was halten Sie von unserem neuen Team, Dr. Üstbas?«
Fatih zögerte einen Moment, er wollte unbedingt etwas Kluges sagen.
»Ich glaube, dass wir da einen großen Fang für Mannheim gemacht haben. Olivia von Sassen schafft es, aus Moritz Martin noch ein wenig mehr herauszuholen.«
Dr. Klose räusperte sich. »Das sehe ich ganz genauso. Ich habe die beiden ja zusammengebracht«, gab er stolz und selbstüberzeugt von sich.
Fatih zog seufzend die Augenbrauen nach oben. So viel Selbstüberschätzung und Selbstverliebtheit mochte er gar nicht. Dann lauschten beide dem Gespräch, das auf der anderen Seite der Spiegelwand geführt wurde.
»Erzählen Sie uns, was letzten Sonntag im S-Bahn-Waggon geschehen ist, Herr Lehmann«, begann Olivia.
»Ich habe doch das Recht auf einen Anwalt, oder? Bis dieser nicht hier ist, schweige ich.« Thomas verschränkte die Arme.
»Herr Lehmann, gerade haben wir Sie und Ihren Sohn gerettet. Wir sind nicht Ihre Feinde«, antwortete ihm Olivia und sah ihn streng an. Sie wartete eine Weile und musterte ihn dabei. Dann fuhr sie fort: »Natürlich können Sie auf Ihren Anwalt warten, aber warum denn? Wenn Sie mit uns kooperieren, kann sich das positiv auf den Richterspruch auswirken.«
Er schwieg weiter.
»Mit dieser Haltung sehen Sie für mich aus wie ein eiskalter Mörder«, bemerkte Moritz ganz beiläufig, »und denen glaubt man eh nicht.«

Sein Blick traf den von Olivia.
»Sie sind kein kaltblütiger Mörder. Das wissen Sie und ich. Fangen Sie nicht jetzt mit dieser Rolle an«, bat Olivia.
Jetzt sog er die Luft des Raumes tief in sich ein. Er wusste nicht, wo er beginnen sollte und was danach mit ihm geschehen würde. Deshalb schwieg er zunächst. Moritz sprang für ihn ein.
»Sie sind mit dem Lösegeld von Weinheim nach Mannheim zum Rangierbahnhof gefahren, weil der Entführer das so von Ihnen verlangt hatte. Richtig?«
Thomas nickte und fing nun doch zu sprechen an.
»Das ist richtig.«
Er nahm einen Schluck aus dem Glas mit Wasser, das standardgemäß immer im Verhörzimmer stand.
»Der Entführer hatte am Telefon gefordert, dass ich um 23:30 Uhr mit dem Geld auf dem Parkplatz vor der SAP-Arena warte. Dann würde er mich anrufen und mir die genauen Details der Übergabe bekanntgeben.«
Er machte einen Moment Pause. Die Erinnerung an letzten Sonntag schmerzte ihn zu sehr.
»Sie erhielten den Anruf?«, fragte Olivia.
Wieder nickte Thomas.
»Ich war pünktlich am Parkplatz. Kaum war ich dort, klingelte mein Handy. Es war wieder die gleiche männliche Stimme. Sie lotste mich über den Rangierbahnhof bis zu einer S-Bahn, in der sich der Entführer verschanzt hatte. Dort sollte ich das Geld hinterlegen und wieder gehen.«
Er nahm einen weiteren Schluck Wasser.
»Warum haben Sie das nicht einfach so gemacht?«, bohrte Olivia weiter.

»Weil –«
Thomas fehlten die Worte. Er begann zu zittern.
»Ach!«, rief er und schickte ein paar Flüche seinem Ausruf hinterher.
»Was ist dann geschehen, Herr Lehmann?«, fragte Moritz.
Sein Gegenüber versuchte sich zu beruhigen. Hilflos schaute er im Raum umher, als ob er irgendwo Hilfe finden könnte. Dann richtete er seinen Blick wieder auf Olivia und Moritz.
»Plötzlich wurde mir klar, wer der Entführer war. Ich erkannte seine Stimme.«
»Wen, glaubten Sie, erkannt zu haben?«
»Andreas Steiner. Ein Gespenst aus meiner Vergangenheit«, gab Thomas langsam zu.
»Woher kannten Sie Andreas Steiner?«
»Er wuchs mit mir zusammen in Käfertal auf. Wir waren Nachbarn.«
»Sie waren beide ein Teil der Outsider, richtig?«, fragte Moritz.
»Ja. Ich war von Anfang an dabei, Andreas kam später hinzu.«
»Nur weil Sie ihn so lange kannten, ist das doch noch lange kein Grund, ihn umzubringen. Was war zwischen Ihnen los?«, warf Olivia ein.
»Als wir zwölf Jahre alt waren, war noch alles in Ordnung. Wenige Jahre später wurden wir jedoch zu Rivalen, da waren wir sechzehn.«
In Thomas' Augen sammelte sich das Wasser, so sehr schmerzte ihn die Erinnerung. Dann begann er langsam, die beiden Kommissare an seiner Erinnerung teilhaben zu lassen.

»Ich hatte eine jüngere Schwester. Sabine –«
Er stockte und brauchte eine Weile, bis er fortfahren konnte.
»Wir sind uns sehr nahegestanden. Als wir sechzehn waren, war sie vierzehn, und sie war mit Andreas zusammen. Niemand wusste das damals, ich hatte jedoch bemerkt, dass sie ihm Blicke zuwarf. Sie bewunderte ihn. Deshalb nahm ich ihn eines Tages zur Seite und hab ihm klargemacht, dass Sabine viel zu jung für ihn ist. Er hat so getan, als würde er es akzeptieren, heute weiß ich, dass es nicht so war. Ein Jahr später war Sabine schwanger. Sie wollte mir nicht verraten, wer der Vater des Kindes ist, obwohl ich ihr all meine Unterstützung zugesagt habe. Schließlich brach sie den Kontakt zu mir und unseren Eltern ab. Ich flehte sie über gemeinsame Freunde an, wieder mit mir zu sprechen, doch sie verweigerte jede Kontaktaufnahme. Eines Tages war sie verschwunden. Sie ist nach Holland gefahren, um das Kind abzutreiben, und nie wieder zurückkommen. Irgendetwas ist bei der Abtreibung schiefgegangen. Sie starb noch am selben Tag.«
Thomas konnte seine Tränen nicht mehr zurückhalten, die Erinnerung an seine Schwester überwältigte ihn. Die beiden Kommissare ließen ihn eine Weile in Ruhe, dann fragte Olivia: »Der Vater des Kindes war Andreas Steiner?«
Er nickte.
»Wussten Sie das damals?«
Nur mühsam konnte Thomas weitererzählen.
»Ich habe es vermutet und ihn zur Rede gestellt. Er leugnete alles und beschuldigte mich mehrerer Sachen, damit die anderen mich aus dem Kreis ausschließen wür-

den. Doch das spaltete die Gruppe und führte zu ihrem Ende. Wir Outsider hatten uns einen heiligen Eid geschworen, dass wir nie gegeneinanderstehen und uns immer die Treue halten würden. Andreas hat diesen Eid in jenem Moment gebrochen und die Outsiders zerstört. Die einen stellten sich auf seine Seite, die anderen unterstützten mich. Und ich stand da, voller Trauer um meine Schwester. Damals hab ich beschlossen, das Elend meiner Jugend hinter mir zu lassen und mit allen Mitteln reich zu werden, damit ich woanders leben könnte.«

»Aber deshalb haben Sie ihn doch nicht umgebracht, Herr Lehmann?«, forschte Olivia nach.

»Das war nicht unsere letzte Begegnung. Jahre später, ich war längst in der Immobilienbranche tätig, erhielt ich den Auftrag ein paar Wohnungen und Wohnblöcke zu renovieren. Ich übernahm die Aufgabe und sanierte die Gebäude, danach kaufte ich sie von der Mannheimer Hausverwaltung ab und vermietete sie selbst.«

»Zu einem höheren Preis.«

»Ganz richtig. Zu einem höheren Preis, weil sie jetzt mehr wert waren«, berichtigte Thomas Olivias Vorwurf: »Mir kam dabei unter, dass Andreas Steiner in einer der Wohnungen lebte. Irgendwann hat er gekündigt und ist woanders hingezogen. Wahrscheinlich hat er die Mieterhöhung immer als eine Art Retourkutsche gesehen, obwohl das nie so gemeint war. Ich wollte mit ihm gar nichts mehr zu tun haben, nicht mehr an ihn denken müssen, das alles hätte mich nur wieder an meine Schwester erinnert.«

»Dadurch, dass Steiner ausziehen musste, begann eine Misere in seinem Leben, die bis zum Schluss andauerte. Er hat Sie persönlich für sein Unglück verantwortlich gemacht. Deshalb wollte er *Ihren* Sohn entführen und von *Ihnen* Lösegeld erpressen«, erklärte Olivia.

Lehmann seufzte.

»Erzählen Sie weiter von letztem Sonntag«, bat Moritz.

Lehmann musste sich wieder sammeln. Er griff ein weiteres Mal zum Glas und trank das restliche Wasser in einem Zug aus. Anschließend behielt er das Glas fest in seinen Händen.

»Ich betrat die S-Bahn. Es war stockdunkel. Und obwohl Andreas seine Stimme leicht verstellte, erkannte ich ihn nach all den Jahren sofort wieder. ›Was soll das, Andreas?‹ hab ich ihn gefragt. Er sagte eine Weile lang nichts, wahrscheinlich fühlte er sich ertappt. Ohne Vorwarnung ging er auf mich los und beschimpfte mich. Er beschuldigte mich vielerlei Dinge, von denen ich keine Ahnung hatte. Dann schlug er auf mich ein. Ich musste mich wehren.«

Thomas schlug mit dem Glas so vehement auf den Tisch, dass es in alle Richtungen zersplitterte. Olivia gab einem der Polizisten ein Zeichen, dass die Scherben eingesammelt und weggebracht werden sollten, bevor sich noch jemand versehentlich verletzte.

»Ich hab mich nie geprügelt, auch bei den Outsidern nicht. Weil ich so groß war, hat sich nie jemand mit mir angelegt. Aber als Andreas anfing, wehrte ich mich und schlug zurück. Mit einem Fausthieb traf ich ihn am Kopf, sodass er umfiel. Als er am Boden lag, erkannte ich in dem schwachen Licht, das von draußen in die Bahn fiel, dass es wirklich Andreas Steiner war.«

Thomas blieb die Stimme weg. Sein Hals schnürte sich zu. Es dauerte einige Minuten, bis er sich wieder gefasst hatte.

»Als er am Boden lag, fragte ich ihn, was damals mit meiner Schwester gewesen sei. Er wollte nichts sagen, doch als ich ihn in die Mangel nahm, erzählte er mir endlich, dass er Sabine geschwängert hatte. Ich hab ihn gefragt, warum sie damals nicht zu mir gekommen sind. Daraufhin hat er mir geantwortet, weil man mir nicht vertrauen könne, und das hätte er ihr auch immer wieder deutlich gesagt, denn sie hätte es zuerst nicht glauben wollen. Er hat sie gegen mich aufgebracht, die ganze Zeit.«
Thomas schluchzte aus vollem Herzen.
»Er sagte, dass Sabine sich damals wieder mit mir vertragen wollte und dass er sie daran gehindert hat, weil er mich nicht ausstehen kann. Das sei auch der Grund dafür, dass er jetzt *meinen* Jungen in seiner Gewalt hätte und nicht irgendeinen anderen. Jetzt würde er sich an mir rächen, jetzt sei es vorbei mit meinem schönen Leben, jetzt sei er dran, jetzt würde *er* sich ein schönes Leben machen. Bei dem Gedanken daran, was er damals Sabine und unserer Familie angetan hat, bin ich ausgerastet. Ich war blind vor Wut und hab ihn gewürgt, bis er endlich ruhig war.«
Nun vergrub er sein Gesicht in den Händen. Er schämte sich schrecklich.
»Ich wollte ihn doch nicht töten, ich wollte nur, dass er still ist und dem Jungen nichts antut.«

* * *

Olivia und Moritz saßen schweigend in ihrem Büro. Sie hatten den Fall gelöst, aber es hatte sie viel Kraft ge-

kostet. Moritz begann etwas Ordnung in das Chaos auf seinem Schreibtisch zu bringen, doch sein Bemühen währte nicht lange und er ließ sich auf seinen Schreibtischstuhl fallen.
Olivia hingegen war mit einigen Akten und Formularen beschäftigt, die pflichtgemäß ausgefüllt werden mussten. Eine Weile lang sagten die beiden gar nichts. Nach der Hektik der letzten Tage waren sie schlicht und ergreifend erschöpft.
»Was meinst du, wie viel er kriegt?«, unterbrach Moritz schließlich das Schweigen.
Olivia legte die Formulare zur Seite.
»Bei einem minderschweren Fall von Totschlag gibt es zwischen einem und zehn Jahren. Keine Ahnung also. Schwer zu sagen«, antwortete Olivia.
»Hängt vom Richter ab.«
»Du sagst es, Moritz.«
Dann schwiegen beide erneut. Die Geschichte von Thomas Lehmann hatte sie ganz schön mitgenommen. Erst nach einer ganzen Weile unterbrach Moritz abermals die Stille.
»Mit meinem alten Partner bin ich nach einem gelösten Fall immer ein Bierchen trinken gegangen.«
»Ich glaube, Moritz, wir brauchen da ein neues Ritual.«
»Hast du eine Idee?«, fragte der Ermittler.
In diesem Moment flog die Tür auf und Dr. Klose betrat den Raum. Fatih folgte ihm auf dem Fuß.
»Das waren zwei Fälle in einem. Gut gemacht!«, lobte Dr. Klose sein Team.
»Haben wir es nicht immer mit mehr als nur einem Fall zu tun?«, bemerkte Moritz.
Dr. Klose ließ sich nicht aus der Fassung bringen, strahlend ging er auf Olivia zu.

»Ich glaube, Sie sind genau zur richtigen Zeit an der richtigen Stelle gewesen. Natürlich wird man da zur Heldin«, gratulierte Dr. Klose. Dann fügte er fast verlegen hinzu: »Ich habe die Presse bereits informiert. Morgen ist eine kleine Pressekonferenz angesetzt, zu der ich Sie gerne einladen würde. Das schaut dann auch nach außen gut aus.«

»Willkommen in Mannheim, Prinzessin!«, fügte Moritz trocken hinzu.

»Und im Übrigen, meine Herren, Herr Martin, Herr Üstbas. Wenn unsere neue, junge Kollegin das nächste Mal behauptet, sie hätte einen Mord beobachtet, dann glauben Sie ihr das gefälligst. Haben wir uns verstanden?«

Dr. Klose sah die beiden streng an, bevor er sich an Olivia wandte.

»Und Sie, Frau von Sassen«, er legte eine Pause ein, »ich bin sehr stolz auf Sie. Es hat sich wirklich gelohnt, dass ich Ihnen hier in Mannheim eine zweite Chance gegeben habe. Machen Sie nur weiter so!«

Dr. Klose klopfte Olivia väterlich auf die Schulter.

»Wie sagt man so schön: Ende gut, alles gut!«, erklärte er strahlend und verließ das Büro.

Olivia und Moritz sahen sich verdutzt an.

Das hat er jetzt aber nicht vermasselt. Ein Sprichwort, das er offensichtlich beherrscht.

»Ich dachte, er kann das nicht?«, fragt Olivia in die Runde.

»Kann er auch nicht. Das war ein rein statistischer Zufall«, lachte Fatih.

Moritz reagierte etwas ernster. »Zweite Chance? Was hast du eigentlich in Berlin ausgefressen, dass du dort weg musstest?«, bohrte er sofort nach.

»Kein Kommentar«, grinste Olivia ihn an.

Überhaupt kein Kommentar, Moritz. Das wirst du nie erfahren, ganz gleich wie tief du bohrst und wie häufig du fragst. Das bleibt mein Geheimnis.

»Mich würde das auch interessieren«, schaltete sich Fatih ein, doch sein Interesse war nun von kurzer Dauer, denn sein Handy klingelte. Fatih nahm ab und nickte kurz in die Runde. »Ich muss los, meine Frau.« Er verschwand und schloss hinter sich die Tür.

»Und wir beide, Prinzessin? Was machen wir beide jetzt?«

»Soweit ich mich erinnere, wollte mich mein neuer Kollege Moritz Martin zu einem Spaghetti-Eis einladen, sobald der Fall gelöst ist. Und das wäre jetzt der ideale Zeitpunkt.«

»Aber es ist schon Abend und ziemlich kalt.«

»Na und, wenn es schon nicht richtig Sommer wird, dann tun wir wenigstens so.«

»Aye-Aye, Prinzessin!«

»Nenn mich einfach Livi.«

»Okay. Prinzessin Livi.«

ENDE

Jörg Böhm

Und nie sollst du vergessen sein

Schwarzwald-Krimi

384 Seiten
Format 13,5 x 20,5 cm,
Broschur
€ 12,95

978-3-7650-8426-3

• E-Book
€ 9,99

978-3-7650-2100-8

Für einen Kurzurlaub reist die junge Hauptkommissarin Emma Hansen nach Nöggenschwiel – ein Ort, den sie bereits mit ihren Eltern zahlreiche Male in den Sommerferien besucht hatte. Doch mit der Erholung ist es schnell vorbei, als ein grausamer Mord das Rosendorf im Südschwarzwald erschüttert: ein alter Bauer wird erschlagen im nahe gelegenen Stausee gefunden. Als wenig später auch noch die Verkäuferin des Dorfladens erdrosselt wird, geht die Polizei von einem Serientäter aus. Aber welchen Zusammenhang gibt es zwischen den Opfern, und was haben die Morde mit dem Verschwinden von Emmas Freundin Charlotte vor 15 Jahren zu tun? Als Emma mit eigenen Nachforschungen beginnt, stößt sie auf ein dunkles Geheimnis und erkennt zu spät, dass man die Vergangenheit besser ruhen lassen sollte ...

Leseprobe

Juli 1997

Endlich war sie am Ziel angekommen. Es hatte länger gedauert, als sie gedacht hatte und ihr Herz raste wie wild. Sie war ganz benommen von der gerade bewältigten Anstrengung und sie spürte die Schweißtropfen auf ihrer Stirn. Sie war erleichtert, glücklich und doch schienen ihre Glieder kalt und starr zu sein.

Obwohl es immer noch weit mehr als 20 Grad warm war, fröstelte sie und eine Gänsehaut überzog ihren schlanken Körper. Reiß dich zusammen, es wird schon alles gut gehen, ermahnte sie sich, als sie erneut ein kalter Schauer durchfuhr.

Sie versuchte sich zu beruhigen, doch es ging nicht. Sie keuchte. Sie war nach dem schweißtreibenden Marsch hinauf zur Wegscheide immer noch völlig außer Atem und ihr Puls pochte wie wild an ihre Schläfen. Die Luft war schwer, trocken und staubig und es roch nach abgemähten Feldern und sattem Heu.

Um sie herum war es dunkel. Einsam.

Sie stand oben auf der Anhöhe und schaute zurück. Hinter ihr lag in der Talsenke in einem hellen Lichterglanz Nöggenschwiel, das Rosendorf des Schwarzwalds.

Es feierte das 28. Rosenfest.

Und sie war die neue Königin der Rosen.

Es war keine zwei Stunden her, da war sie gekrönt und feierlich in ihr neues Amt eingeführt worden. Nun wartete ein Jahr voller Empfänge, Auftritte und Präsentationen auf sie. Ob als Blumen-Botschafterin im Ausland, gefragte Expertin auf Rosen-Messen oder Repräsentantin der gesamten, zwischen Rhein und Hochschwarzwald gelegenen Urlaubsregion – sie wusste, was sie in den kommenden zwölf Monaten alles erwarten würde.
Sie schloss für einen kurzen Augenblick die Augen, während die warme Sommerluft ihren zarten, fast schon zerbrechlichen Körper streichelte. Ihre dunkelbraunen langen Haare tanzten, als der Wind auflebte und eine kräftige Brise über sie hinweg wehte. Nur mit Mühe konnte sie ihre filigrane Krone festhalten, die beinahe vom Wind weggeweht wurde. Der schwarze faltenreiche Rock ihres Trachtenkleids, dessen samtener Brustbereich mit aufwendigen Goldstickereien dekoriert war, und die mit roten Rosen bedruckte Schürze flatterten im Spiel des Windes und legten dabei ihre schlanken, leicht gebräunten Beine frei. Die grobmaschig gestrickten weißen Kniestrümpfe hatte sie bereits kurz nach der feierlichen Zeremonie ausgezogen, nachdem die rund 2.000 Stimmen ausgezählt waren und sie mit fast 90 Prozent Zustimmung zur klaren Siegerin der diesjährigen Wahl gekürt worden war.
Schon als kleines Mädchen hatte sie sich nichts sehnlicher gewünscht, als einmal Rosenkönigin zu werden.
Immer und immer wieder hatte sie sich in Mamas Kleider gehüllt, eine selbst gebastelte Krone ins Haar gesteckt und sich vor dem Spiegel gedreht, um im Anschluss daran ihren Puppen ihre selbst verfasste Rede als frisch gekrönte Rosenkönigin zum Besten zu geben.
Das war zehn Jahre her. Nun war ihr größter Wunsch endlich in Erfüllung gegangen. Aber was hatte sie davon? Sie wusste, dass sie ihren Traum nie würde ausleben können. Denn sie

wollte ihn gegen einen noch viel schöneren eintauschen. Einen Traum, der nicht nur wahr werden, sondern von jetzt auf gleich ihr gesamtes Leben verändern würde.

Unter ihr flackerten in den Straßen rote, gelbe und weiße Lampions, die den Ort in ein warmes Licht tauchten. Das ganze Dorf – und mit ihm mindestens noch mal so viele Touristen, Urlauber und Rosenliebhaber – war auf den Beinen, denn niemand wollte sich das Ereignis des Jahres entgehen lassen. Das Rosenfest war der jährliche Höhepunkt des schönen und warmen Sommers in Nöggenschwiel. Das Rosendorf, das 360 Tage im Jahr einen romantisch-verträumten Dornröschen-Schlaf hielt, blühte am Wochenende des Rosenfests auf. An diesem Wochenende feierte das ganze Dorf die Rosenkönigin mit der Wahl am Samstag und dem prächtigen Rosenumzug am Sonntagnachmittag.

Die Ferienwohnungen, Apartments und Zimmer waren auf Jahre im Voraus gebucht und die Stammgäste genossen die Feierlichkeiten, die es in dieser traditionellen Art und Weise nirgendwo anders gab. Ob Hinweisschilder, Straßenlaternen oder Fensterbretter – alles war mit Rosen verziert, mit Blumenarrangements dekoriert und bunten Girlanden geschmückt. Vor allem die Gärten, Pavillons und Beete waren ein einziges Blumenmeer in den schönsten Farben.

Und das alles würde sie jetzt hinter sich lassen. Sie strich sich die Haare aus dem Gesicht. Ein Lächeln umspielte ihre Lippen. Sie freute sich auf das, was sie erwartete, wäre da nicht dieser furchtbare Streit gewesen. Ein Streit, der beinahe alles zunichte gemacht hätte. Aber daran wollte sie jetzt nicht denken. Nicht jetzt.

Es schauderte sie erneut.

Aus dem Augenwinkel sah sie, wie das Scheinwerferlicht eines Autos zwischen den Tannen und Fichten des kleinen Wäldchens an der nahegelegenen Bundesstraße unruhig auf und ab tanzte. Unwirklich wie kleine Sterne am Horizont flakkerten die gelben Punkte, die langsam immer größer wurden, je näher der Wagen kam. Sie wich ein wenig von der Straße zurück, als das Auto sie fast erreicht hatte. Für einen Moment hatte sie das Gefühl, der Fahrer hätte aufgeblendet und sie grüßen wollen. Doch der Wagen verlangsamte sich nicht, sondern ließ sie im Sommerwind zurück.

Es wird schon alles gut werden. Er kriegt sich schon wieder ein. Er liebt mich doch, dachte sie, als sie dem Wagen gedankenverloren hinterher sah. Er würde sie schon gleich abholen und mitnehmen, so hatte er es ihr versprochen.

Sie schloss die Augen. Trotz all der Ungewissheit fühlte sie sich frei und ungezwungen. Sie war glücklich und doch war es ein Glück mit einem bitteren Beigeschmack. Denn sie wusste, sie würde ihren Vater so sehr verletzen wie noch kein Mensch zuvor.

Sie stellte sich gerade sein Gesicht vor, wie er erst nach Luft ringen, dann furchtbar wütend werden und anschließend zusammenbrechen würde, wenn sie ihm ihren Entschluss mitteilen würde.

Ihr Vater. Sie war sein Ein und Alles. Das wusste sie schon lange bevor ihre Mutter von jetzt auf gleich mit einem Lehrerkollegen durchgebrannt war. Und nun würde sie durchbrennen und ihrem Vater ebenfalls das Herz brechen. Aber es ging einfach nicht anders, und er würde es sicherlich verstehen, wenn erst einmal ein wenig Zeit ins Land gegangen war. Sie beglückwünschte sich dabei selbst zu ihrem genialen und doch so einfachen Plan.

Denn sie musste fliehen – vor dem Dorf und seinen Menschen und vor ihm.

Schon wieder hatte er sie angesprochen. Nur: Dieses Mal hatte er es nicht heimlich getan wie sonst, wenn er sie vor der Kirche, an der Bushaltestelle oder nach dem Einkauf im Lädele abpasste. Er hatte sie vor allen Leuten und mitten auf der Tanzfläche der Rosendorfhalle angesprochen. Er hatte so stark geschwitzt, dass ihm der Schweiß an seinen Schläfen heruntergelaufen war. Seine Finger hatten nervös am untersten Knopf seines kurzärmeligen Karohemdes gespielt, als er sie angesprochen hatte.

„Hallo!"

Er hatte gezögert und vorsichtig nach links und rechts geschaut, ehe er fortgefahren war: „Gut siehst du aus. Fast zu schön, um wahr zu sein." Seine Augen hatten kurz aufgeblitzt und ein Funkeln in sich getragen, das ihr jetzt noch einen unheimlichen Schauer über den Rücken laufen ließ.

Sie war so perplex gewesen, dass sie ihn irritiert angestarrt hatte. Nicht imstande, irgendetwas darauf zu erwidern. „Danke", war das Einzige, was ihr über die Lippen gekommen war.

Er hatte süffisant gelächelt und sie von oben bis unten gemustert. Fast so, als wolle er sie mit seinem Blick in sich aufsaugen.

Ein Teil von ihr sein.

„Schenkst du mir einen Tanz?", hatte er gefragt, und sie erinnerte sich, wie das Funkeln in seinen Augen einem tiefen Verlangen gewichen war.

„Ich … Ich … will mich nur kurz frisch machen", hatte sie mehr gestottert als geantwortet in der Hoffnung, er würde ihr jetzt keine Szene machen. So war sie dann schnell zu den Waschräumen geeilt. Kurz vor den Toiletten war sie scharf nach rechts abgebogen und durch den Seitenausgang der Halle ins Freie geflüchtet, um das Rosenfest, die vielen Menschen und vor allem ihn endlich hinter sich zu lassen.

Sie musste noch einmal tief durchatmen. So langsam machte sie sich Sorgen, wo ihr Lebensretter denn nun endlich bleiben würde. Nun stand sie bereits weit über eine halbe Stunde auf

der Anhöhe und wartete auf ihn. Sie konnte den süßen Duft der Freiheit schon förmlich riechen. Mit ausgebreiteten Armen drehte sie sich im Wind und spürte das Leben.
Ihr Leben.
Plötzlich überkam sie das Gefühl, dass sie nicht alleine war. Sie hielt inne und hörte in die Stille hinein, die nur vom Säuseln des Windes und dem Zirpen der Grillen unterbrochen wurde. In weiter Ferne vernahm sie das sanfte Rauschen der Bäume und die ausgelassenen und fröhlichen Stimmen der an der Rosendorfhalle feiernden Menschen.
War da jemand? Ein Schatten? Sie konnte in der Dunkelheit nichts erkennen. Es gab keine Straßenlaternen an dieser Weggabelung und das diffuse Mondlicht war zu kraftlos, als dass es den Weg beleuchten könnte. Wie ein seidiger Schleier hatten sich die Wolken vor den Mond geschoben und ihn sanft eingehüllt.
„Schatz, bist du's?“, fragte sie mit leicht zittriger Stimme in die stille, dunkle Nacht. Doch niemand antwortete ihr.
Hatten ihre Augen sie also nur getäuscht? Oder war es gar das eine Glas Rosenschnaps zu viel gewesen, das ihre Sinne beeinträchtigte und ihre Wahrnehmung trübte?
Panik machte sich in ihr breit. Wo bleibt er nur, fragte sie sich, als sie plötzlich jemanden hinter sich atmen hörte.